संपूर्ण बाल कहानियाँ

(भाग १)

संपूर्ण बाल कहानियाँ

(भाग-१)

विष्णु प्रभाकर

प्र
प्रभात प्रकाशन

प्रकाशक • **प्रभात प्रकाशन प्रा. लि.**
4/19 आसफ अली रोड,
नई दिल्ली–110002

संस्करण • 2025
मूल्य • छह सौ रुपए
मुद्रक • नरुला प्रिंटर्स, दिल्ली

SAMPOORNA BAL KAHANIYAN (VOL. 1) *by* Shri Vishnu Prabhakar
Published by Prabhat Prakashan Pvt. Ltd., 4/19 Asaf Ali Road, New Delhi-2
ISBN 978-93-5562-456-7 (Vol. 1) ₹ 600.00
ISBN 978-93-5562-851-0 (Set of Vol. 2) ₹ 1200.00
e-mail: prabhatbooks@gmail.com

क्रम-सूची

अशर्फियों का चोर

प्राचीन काल में एक नगरी थी। उसका नाम था—श्रावस्ती। वहाँ प्रसेनजित् नाम का एक राजा राज करता था। उसी नगर में किसी दूसरे देश का एक ब्राह्मण भी अपने मित्र के घर में रहता था। वह ब्राह्मण बनियों का पुरोहित था। उसे खूब पैसा मिलता था, और वह उस पैसे को जोड़ा करता था।

इस तरह उसने दो हजार अशर्फियाँ जोड़ लीं, और फिर उनको पास के जंगल में एक पेड़ के नीचे गाड़ दिया। घर में रखता तो चोरों के चुरा ले जाने का डर था। बैंक तब थे नहीं। लेकिन उसका मन अब भी शांत नहीं हुआ। उसे बराबर यह शंका लगी रहती थी कि कहीं कोई उन अशर्फियों को वहाँ से भी खोदकर न निकाल ले जाए।

और सचमुच एक दिन ऐसा हो गया। वह रोज उन अशर्फियों को देखने जाया करता था। उस दिन भी गया, लेकिन क्या देखा कि किसी ने उस स्थान को खोद डाला है और अशर्फियाँ निकाल ली हैं। अब तो उसके जैसे प्राण ही निकल गए। बहुत-बहुत दुःख हुआ उसे। उसने सोचा, अब जीकर क्या होगा। इससे तो मर जाना अच्छा है। लेकिन मरना भी क्या आसान है! अब करे तो क्या करे?

इसी उधेड़-बुन में एक दिन उसने इस बात की चर्चा अपने मित्र से की। उसके बाद वह कहानी एक कान से दूसरे कान, दूसरे कान से तीसरे कान होती हुई राजा के पास पहुँच गई। सुनकर राजा को भी बहुत दुःख हुआ। उसने ब्राह्मण को बुलाकर पूछा, "तुमने किस पेड़ की जड़ में वे अशर्फियाँ छिपाई थीं?"

ब्राह्मण ने उत्तर दिया, "महाराज, मैंने नागबला के पेड़ के नीचे अपनी अशर्फियाँ गाड़ी थीं।"

राजा ने सुना, एक मिनट सोचा, फिर कहा, "तुम चिंता मत करो, मैं पता लगाकर

छोड़ूँगा कि किसने तुम्हारी अशर्फियाँ चुराई हैं; और अगर पता नहीं लगा सका तो अपने खजाने से तुम्हें दो हजार अशर्फियाँ दूँगा।"

यह सुनकर ब्राह्मण बहुत खुश हुआ। उसने राजा को आशीर्वाद दिया और चला गया।

राजा बहुत बुद्धिमान था। सोचते-सोचते उसके मन में एक विचार उठा। उसने मंत्री को बुलाकर कहा, "मेरे सिर में बहुत तेज दर्द रहने लगा है किसी अच्छे वैद्य को बुलाओ।"

बस, फिर क्या था। वैद्य पर वैद्य राजा का इलाज करने लगे। राजा हर वैद्य से एक सवाल जरूर पूछता था, "आजकल तुम्हारे पास कितने रोगी आते हैं? उन्हें क्या-क्या दवा देते हो?"

सभी वैद्य राजा को खुश करने के लिए बढ़ाचढ़ा कर जवाब देते थे। एक दिन एक वैद्य ने राजा के इसी प्रश्न के उत्तर में निवेदन किया, "मैं अपने एक रोगी को नागबला को दवा के रूप में प्रयोग करने के लिए कहता हूँ।"

फिर राजा ने पूछा, "तुम्हारे उस रोगी का क्या नाम है?"

वैद्य ने कहा, "महाराज, उसका नाम मातृदत्त है।"

वैद्य के जाने के बाद महाराज ने मंत्री को बुलाया और कहा, "जैसे भी हो, मातृदत्त को बुलावा भेजो।"

मातृदत्त तो उसी शहर में रहता था, उसे ढूँढ़ने में क्या कठिनाई होती! थोड़ी ही देर में वह राजा के सामने पेश कर दिया गया। राजा ने उससे पूछा, "क्या तुम नागबला का प्रयोग करते हो?"

मातृदत्त ने उत्तर दिया, "जी, महाराज! वैद्यजी ने मुझे वही दवा लेने को कहा है।"

राजा ने फिर पूछा, "तुम्हारे लिए नागबला कौन लाता है?"

मातृदत्त ने उत्तर दिया, "महाराज, मेरा नौकर मेरे लिए नागबला लाता है।"

तब राजा ने कहा, "तुम अपने उस नौकर को तुरंत मेरे पास बुलाकर लाओ। मैं उससे मिलना चाहता हूँ।"

नौकर ऊपर से तो बहुत प्रसन्न था, पर न जाने क्यों अंदर-ही-अंदर डर भी रहा था।

राजा ने उससे पूछा, "क्या तुम अपने स्वामी के लिए नागबला लाते हो?"

नौकर ने हाथ जोड़कर और सिर झुकाकर कहा, "हाँ, महाराज, मैं ही लाता हूँ।"

तब राजा बोले, "हमें मालूम हुआ है, तुम्हें नागबला की जड़ से दो हजार

अशर्फियाँ मिली हैं। वे अशर्फियाँ एक ब्राह्मण की हैं। जाओ और अभी उन्हें उन ब्राह्मण देवता को सौंप दो।"

नौकर क्या कर सकता था! वह अशर्फियाँ ले आया और उन्हें ब्राह्मण को सौंप दिया।

□

बगुला भगत और बुद्धिमान मगर

एक तालाब था। उसमें बहुत सी मछलियाँ रहती थीं। वहीं एक बगुला भी रहता था। वे मछलियाँ उस बगुले से बहुत डरती थीं और उससे दूर-दूर रहती थीं।

बगुले ने सोचा, 'यह तो बड़ी खराब बात है। इनको किसी तरह अपने जाल में फँसाना चाहिए।' सोचते-सोचते उसे एक तरकीब सूझ ही गई। वह मछलियों के पास पहुँचा और उनसे बोला, "मैंने एक बहुत बुरी खबर सुनी है। एक मछेरा जाल लेकर इधर ही आ रहा है। मैंने उसे देखा है। वह तुम सबको जाल में फँसाकर मार डालेगा और खा जाएगा।"

मछलियाँ उस बगुले का विश्वास तो नहीं करती थीं, लेकिन मछुए से वे बहुत डरती थीं। उन्होंने पूछा, "हमें अब क्या करना चाहिए?"

बगुला बड़े गंभीर स्वर में बोला, "अगर तुम्हें मुझ पर विश्वास है तो मैं एक रास्ता जानता हूँ। पास के घने वन में कुछ दूरी पर एक तालाब है। उसका जल अमृत जैसा है। मछेरों को उस तालाब के बारे में कुछ पता नहीं। तुम चाहो तो मैं एक-एक करके तुम सबको वहाँ पहुँचा दूँगा।"

मछलियाँ तो बहुत बुरी तरह डर गई थीं, इसलिए उनकी बुद्धि काम नहीं कर रही थी। उन्होंने कहा, "हमें तुम पर पूरा विश्वास है। कृपा कर तुम हमें उस तालाब में ले चलो।"

यह सुनकर बगुला मन-ही-मन बहुत खुश हुआ। अब वह बारी-बारी से एक-एक मछली को उस झूठ-मूठ के तालाब पर ले जाता और मारकर खा जाता।

उस तालाब में एक मगरमच्छ भी रहता था। बगुला इन मछलियों को कहाँ ले जाता है, यह जानने के लिए उसने पूछा, "तुम इन मछलियों को कहाँ ले जाते हो?"

बगुले ने मगर को वही कहानी सुना दी, जो मछलियों को सुनाई थी। मगर था तो

बहुत ताकतवर, लेकिन मछेरों के जाल से वह भी डरता था। उसने बगुले से कहा, ''मुझे भी तुम उस तालाब पर पहुँचा दो।''

बगुला बहुत खुश हुआ और अगले दिन मगर को साथ लेकर उसी जगह पहुँचा, जहाँ वह मछलियों को मारकर खाया करता था।

मगर उस स्थान को देखते ही सबकुछ समझ गया—यह बगुला बहुत मक्कार है। मछलियों को यहाँ लाकर खा जाता है। मुझे भी इसी तरह मार डालेगा।

लेकिन वह मगर मछलियों जैसा डरपोक नहीं था। उसने सोचना शुरू किया, 'अरे, मैं तो मगर हूँ। मैं इस बगुले से डर जाऊँगा नहीं, नहीं।'

यह सोचते-सोचते उसने बगुले का गला पकड़ लिया और उसे मार डाला। और लौटकर बची हुई मछलियों को सारी कहानी सुनाई। बगुले की दुष्टता की बात सुनकर उन्हें बहुत दुःख हुआ; पर उनकी जान बच गई, इससे उन्हें खुशी भी कम नहीं हुई।

□

बुद्धिमान खरगोश

एक बहुत बड़ा जंगल था। उसमें एक बहुत ही ताकतवर सिंह रहता था। वह किसी भी पशु को देखता और पकड़कर उसे खा जाता।

जब कई दिन तक ऐसा ही होता रहा तो दूसरे जानवर बहुत घबराए। उन्होंने आपस में सलाह की और फिर वे सब मिलकर सिंह के पास पहुँचे। बोले, "आप तो हमारे राजा हैं। आप क्यों रोज-रोज परेशान होते हैं? हम आपको एक पशु रोज भेज दिया करेंगे।"

यह सुनकर सिंह बहुत प्रसन्न हुआ। उसने कहा, "अगर तुम अपने वचन का पालन करोगे तो मैं और किसी को नहीं मारूँगा।"

उसके बाद हर रोज ठीक समय पर एक पशु सिंह के पास पहुँच जाता और सिंह उसे मारकर अपनी भूख शांत करता।

एक दिन एक खरगोश की बारी आई। वह बड़ा चालाक था और चतुर भी। उसने सोचा कि क्या बचने का कोई रास्ता नहीं हो सकता? जो बुद्धिमान होते हैं वे आपत्ति और विपत्ति में भी नहीं घबराते। मुझे भी नहीं घबराना चाहिए और ऐसा काम करना चाहिए, जिससे हम सबकी रक्षा हो सके।

यही सब सोचते-सोचते उसे सिंह के पास पहुँचने में देर हो गई। सिंह गुस्से में भर उठा, और जब खरगोश वहाँ पहुँचा तो उसने गरजकर पूछा, "तूने मेरे पास आने में देर क्यों की?"

खरगोश ने बिना किसी डर के जवाब दिया, "हे स्वामी! मैंने जानबूझकर देर नहीं की। हुआ यह कि जब मैं आ रहा था तो रास्ते में अचानक एक दूसरा शेर मिल गया। वह बहुत बलवान् था। उसने मुझे रोक लिया। मैंने किसी तरह से झूठ बोलकर उससे कहा कि मैं एक जरूरी काम से जा रहा हूँ, जल्दी ही लौट आऊँगा।' तब कहीं जाकर

उसने मुझे छोड़ा।"

यह सुनकर सिंह की आँखें क्रोध से लाल हो उठीं। उसने जोर से अपनी पूँछ को पटका और दहाड़कर बोला, "मेरे राज्य में यह दूसरा शेर कैसे आया? मुझे बताओ, वह कहाँ रहता है?"

खरगोश ने उसी तरह शांत भाव से कहा, "हे स्वामी! चलिए, मैं आपको उसके रहने की जगह दिखाता हूँ।"

उसके बाद आगे-आगे खरगोश और पीछे-पीछे सिंह। दोनों चलते-चलते एक कुएँ के पास पहुँचे। खरगोश ने कहा, "हे स्वामी! वह दूसरा सिंह इस कुएँ में रहता है, आप खुद झाँककर देख लीजिए।"

शेर ने कुएँ में झाँका। कुएँ के पानी में उसे उसकी अपनी परछाईं दिखाई दी। परछाईं को उसने दूसरा सिंह समझा। और फिर तो वह बड़े जोर से दहाड़ने लगा।

जैसे ही वह दहाड़ा कुएँ में से उससे भी जोर से दहाड़ने की आवाज आई। यह उसके दहाड़ने की गूँज थी। लेकिन वह तो मूर्ख था। उसने समझा, यह दूसरा सिंह मुझसे भी तेज दहाड़ रहा है। मैं इसे अभी मार डालता हूँ।

इस प्रकार सोचते हुए उसने कुएँ में छलाँग लगा दी और पानी में डूबकर मर गया।

खरगोश खुशी से भरकर अपने साथियों के पास लौटा और उन्हें सारी कहानी सुनाई। वे सब बहुत प्रसन्न हुए और सुखपूर्वक जंगल में रहने लगे।

□

तीन मछलियाँ

एक बहुत सुंदर वन था। उसमें वैसा ही सुंदर एक तालाब भी था। उस तालाब में तीन मछलियाँ रहती थीं। तीनों के स्वभाव अलग-अलग थे। पहली के सामने अगर कोई समस्या आती तो वह तुरंत उसे सुलझाने की कोशिश करती, किसी की राह नहीं देखती थी।

दूसरी मछली भी होशियार थी, पर वह तुरंत ही कुछ करने में विश्वास नहीं करती थी। वह सोचती थी समय पर जैसा होगा, वैसा कर लिया जाएगा। अभी से क्यों परेशान हुआ जाए?

तीसरी मछली कुछ भी नहीं सोचती थी। वह तो यह मानती थी कि जो भगवान को मंजूर है, वही होगा।

एक दिन उन्होंने कुछ मछेरों को जाते हुए देखा। वे आपस में बात कर रहे थे कि 'इस तालाब में बहुत अच्छी मछलियाँ हैं। उन्हें पकड़ना चाहिए।'

पहली मछली यह सुनते ही जल की बहती धारा के साथ दूसरे तालाब में चली गई।

दूसरी मछली ने भी मछुओं की बातें सुनीं और सोचा, पहले इन्हें आने तो दो, तब जैसा ठीक समझूँगी, कर लूँगी।

सुना तीसरी मछली ने भी; लेकिन उसने कोई चिंता नहीं की। जो होना है, वह तो होगा ही। उसे कौन रोक सकता है?

जैसा कि हो सकता था, वे मछुए दूसरे दिन ही जाल लेकर आ पहुँचे।

पहली मछली तो दूसरे तालाब में पहुँच चुकी थी।

दूसरी मछली जाल को देखते ही ऐसे लेट गई, जैसे मर गई हो। मछुओं ने उसे देखकर सचमुच ही मरा हुआ समझ लिया और उठाकर एक तरफ फेंक दिया। बस उसे

मौक़ा मिल गया और वह भी चुपके से बहते जल की धारा में कूद गई और दूसरे तालाब में पहुँच गई।

तीसरी मछली ने न तो कुछ सोचा, न कुछ किया। वह जाल में फँस गई और तड़प-तड़पकर मर गई।

□

सच्चा मित्र

हमारे देश में एक नगर है—कन्नौज। कभी उसके राजा का नाम था चंद्रापीड़। उसका एक सेवक था, जिसका नाम धवलमुख था। वह घर में कभी भोजन नहीं करता था। हमेशा घर से बाहर ही भोजन करता था। एक दिन उसकी पत्नी ने उससे पूछा, "आपको रोज कौन खाना खिलाता है?"

धवलमुख ने उत्तर दिया, "तुम नहीं जानतीं, मेरे दो मित्र हैं। एक का नाम है कल्याण वर्मा, वह मुझे खूब पेट भरकर बढ़िया-बढ़िया भोजन करवाता है। दूसरे दोस्त का नाम है—वीरबाहु। वह हमेशा मेरे लिए प्राण देने को तैयार रहता है।"

यह सुनकर उसकी पत्नी बोली, "बड़े अचरज की बात है। आपने कभी मुझे तो बताया ही नहीं, न कभी उनसे मिलवाया। मैं कल अवश्य आपके साथ चलूँगी।"

धवलमुख ने कहा, "जरूर चलना।"

और अगले दिन वह अपनी पत्नी को साथ लेकर अपने मित्र कल्याण वर्मा के घर गया। कल्याण वर्मा अपने मित्र की पत्नी को देख बहुत प्रसन्न हुआ। उसने दोनों का खूब स्वागत किया। पत्नी बहुत प्रसन्न हुई।

दूसरे दिन वे दोनों वीरबाहु के घर गए। वे जब वहाँ पहुँचे तो वीरबाहु पासे खेल रहा था। उसने अपने मित्र और उसकी पत्नी को देखा, उनके कुशल समाचार पूछे और फिर पहले की तरह खेलने लगा।

थोड़ी देर में धवलमुख अपनी पत्नी के साथ घर लौट आया। पत्नी ने कहा, "आपके मित्र कल्याण वर्मा ने हमारा कैसा आदर-सत्कार किया। लेकिन वीरबाहु ने तो केवल कुशल समाचार ही पूछा। वह कैसे तुम्हारा बड़ा मित्र हुआ?"

धवलमुख मुसकराया। बोला, "तुम उसकी परीक्षा लेना चाहती हो। ऐसा करो, तुम कल अकेली उन दोनों के पास जाओ और उनसे कहो कि राजा मेरे पति से बहुत

नाराज हो गया है। किसी तरह आप उनकी रक्षा कीजिए। इस पर जो कुछ वे कहेंगे या करेंगे। उससे तुम्हें असलियत का पता लग जाएगा।''

पत्नी ने ऐसा ही किया। वह पहले कल्याण वर्मा के घर गई और उन्हें सब कहानी सुनाई।

कल्याण वर्मा ने उत्तर दिया, ''देवी, मैं वणिकपुत्र हूँ, मैं राजा से कैसे लोहा ले सकता हूँ। ऐसी स्थिति में तुम्हारे पति की रक्षा नहीं कर पाऊँगा।''

निराश होकर पत्नी वीरबाहु के पास पहुँची। उसने कहानी सुनते ही अपने हथियार सँभाले और तुरंत धवलमुख के पास पहुँचा। धवलमुख ने उसे बताया कि अभी-अभी मुझे समाचार मिला है कि मंत्रियों ने राजा को सही-सही बात बता दी है। राजा मुझ पर प्रसन्न हो गया है। अब आपको कष्ट करने की आवश्यकता नहीं।

यह सुनकर वीरबाहु बहुत प्रसन्न हुआ और अपने घर चला गया।

तब धवलमुख ने अपनी पत्नी से कहा, ''देखा तुमने मेरे इन दोनों मित्रों को। कितना और कैसा अंतर है इनमें। एक की दोस्ती केवल बाहरी शिष्टाचार मात्र है। दूसरे की दोस्ती सचमुच की दोस्ती है। चिकनाई दोनों में है, लेकिन एक में तेल की चिकनाई है तो दूसरे में शुद्ध घी की।''

□

दो भाई

बहुत पुरानी बात है। पटना नगर में दो भाई रहते थे। वे ब्राह्मण जाति के थे। बड़े भाई का नाम था यज्ञसोम और छोटे का कीर्तिसोम। उनके पिता उनके लिए बहुत सा धन छोड़ गए थे।

छोटा भाई कीर्तिसोम बहुत चतुर था। उसने अपना पैसा व्यापार में लगा दिया। उसे बहुत लाभ हुआ।

बड़े भाई यज्ञसोम ने कुछ नहीं किया। सारा पैसा खाने-पीने और दान देने में खत्म हो गया। जब उसके पास एक भी पैसा न बचा तो उसने अपनी पत्नी से कहा, "अपने भाइयों के बीच में निर्धन होकर रहना बड़ी लज्जा की बात है। इससे तो कहीं अच्छा है कि विदेश में जाकर मर जाएँ।"

उसकी स्त्री ने उत्तर दिया, "बात तो आप ठीक कहते हैं, मुझे भी शर्म आती है; लेकिन कहीं जाने के लिए भी तो पैसा चाहिए। ऐसा कीजिए कि कीर्तिसोम से रास्ते के खर्च के लिए कुछ पैसे माँग लाइए।"

यज्ञसोम कीर्तिसोम के पास पहुँचा और सारी बातें बता दीं। फिर कहा, "मैं विदेश जाकर धन कमाना चाहता हूँ। रास्ते के खर्च के लिए तुम मुझे कुछ पैसा दे दो।"

कीर्तिसोम अपने भाई की यह हालत देखकर बहुत दुःखी हुआ। वह उसे कुछ धन देने के लिए भी तैयार हो गया; लेकिन जब उसने अपनी पत्नी से पूछा तो उसकी पत्नी ने उसे ऐसा करने से मना कर दिया। कहा, "तुम्हारे भाई कमाना जानते ही नहीं। आपका पैसा भी वे खाने-पीने में उड़ा देंगे।"

यह सुनकर कीर्तिसोम ने अपने बड़े भाई को पैसा देने से मना कर दिया।

तब यज्ञसोम अपनी पत्नी को लेकर बिना पैसों के ही चल पड़ा। चलते-चलते वे एक घने जंगल में पहुँचे। वहाँ उन्हें एक बड़ा भयानक अजगर दिखाई दिया। वह अजगर

यज्ञसोम को देखते ही उसे निगल गया। उसकी स्त्री ने जब यह देखा तो वह जोर-जोर से विलाप करने लगी। तभी उसे मनुष्य की वाणी सुनाई दी। यह अजगर की वाणी थी। वह मनुष्य की आवाज में उससे पूछ रहा था, "कल्याणी, तुम इस तरह विलाप क्यों कर रही हो ?"

पत्नी ने उत्तर दिया, "आपने इस विदेश में मुझ दुखिया का भिक्षा-पात्र छीन लिया है, तब मैं विलाप कैसे न करूँ!"

अजगर ने तुरंत अपने मुँह से सोने एक का पात्र निकाला और कहा, "यह लो भिक्षा-पात्र।"

स्त्री बोली, "मुझ अभागिन को कौन भिक्षा देगा ?"

अजगर ने कहा, "तुम इस पात्र को आगे करके जिससे भी भिक्षा माँगोगी, वह अवश्य तुम्हें भिक्षा देगा और अगर नहीं देगा तो उसी क्षण उसके सिर के सौ टुकड़े हो जाएँगे।"

तब स्त्री बोली, "यदि आपकी बात सच है तो सबसे पहले मैं आपसे ही अपने पति की भीख माँगती हूँ।"

अजगर ने तुरंत यज्ञसोम को जीवित ही उगल दिया। अचरज की बात तो यह है कि ऐसा करते ही वह अजगर एक दिव्य पुरुष के रूप में बदल गया। उसने बताया, "मैं विद्याधरों का राजा हूँ। मेरा नाम कांचनदेव है। गौतम ऋषि ने किसी बात पर क्रुद्ध होकर मुझे अजगर बना दिया था। लेकिन जब मैंने उनसे बार-बार क्षमा माँगी तो उन्होंने कहा, 'जब भी तुम्हें किसी सती-साध्वी स्त्री से बातचीत करने का अवसर मिलेगा तो तुम फिर से विद्याधर बन जाओगे।' तुम सचमुच सती हो। तुमसे मैंने बातें कीं और ऋषि ने मुझे जो शाप दिया था वह समाप्त हो गया।"

और उसने उस स्वर्ण पात्र को रत्नों से भर दिया। उसके बाद उन दोनों से विदा लेकर आकाश-मार्ग से अपने देश चला गया।

यज्ञसोम और उसकी पत्नी अब बहुत प्रसन्न थे। उनके पास रत्नों का ढेर था। यज्ञसोम अब यह भी समझ गया था कि काम करते रहने से ही धन बढ़ता है। वे दोनों अपने घर लौट आए और सुखपूर्वक काम करते हुए रहने लगे।

□

दो दोस्त

समुद्र तो आप सबने देखा ही होगा। उसके किनारे एक वन था। उस वन में गूलरों के बहुत पेड़ थे। कभी खाया है आपने गूलर? बहुत मीठा होता है।

एक दिन एक बंदर किनारे पर बैठा हुआ गूलर खा रहा था। तभी एक गूलर एक पेड़ की डाल से टूटकर नीचे समुद्र में गिर पड़ा। समुद्र में एक मगरमच्छ रहता था। गूलर को देखकर उसके मुँह में पानी भर आया और वह उसे खा गया। वह गूलर इतना मीठा था कि उसे खाकर मगर गाने लगा।

उसका यह मधुर गाना बंदर ने सुना। उसे बहुत अच्छा लगा। उसने मगर को बहुत सारे गूलर तोड़कर दे दिए।

अब तो रोज मगर किनारे पर आता और बंदर उसे गूलर खिलाता। धीरे-धीरे दोनों में बहुत गहरी दोस्ती हो गई।

वह दोस्ती इतनी बढ़ी कि मगर सारा दिन समुद्र के किनारे बैठा रहता। गूलर खाता रहता या गाता रहता। इससे उसकी पत्नी बहुत परेशान हो गई। वह सोचती, इनके घर आने का कोई वक्त ही नहीं है। न इन्हें मेरी कोई चिंता। यह दोस्ती तो जी का जंजाल बन गई। इसे तुड़वाना होगा।

बस, एक दिन वह बहाना बनाकर चारपाई पर लेट गई। मगर ने पूछा तो वह बोली ही नहीं। मुँह फुलाए पड़ी रही।

तब मगर ने अपनी पत्नी की एक सहेली से इसका कारण पूछा। सहेली बोली, "तुम कैसे पति हो? अपनी पत्नी की चिंता भी नहीं करते। उसे एक बड़ा भयानक रोग हो गया है।"

मगर डर गया। बोला, "उस बीमारी की क्या दवा है, तुम जानती हो?"

वह बोली, "जानती तो हूँ पर तुम वह दवा ला नहीं सकते।"

मगर ने उत्तर दिया, ''ला क्यों नहीं सकता? तुम बताओ तो सही! मैं आकाश से तारे भी तोड़ लाऊँगा।''

यह सुनकर उसकी पत्नी की सहेली बहुत गंभीर हो गई। बोली, ''यह रोग तभी दूर हो सकता है, जब तुम्हारी पत्नी को बंदर का दिल खाने के लिए मिले।''

यह सुनकर मगर सचमुच घबरा गया। बंदर तो मेरा बहुत गहरा दोस्त है। मीठे-मीठे गूलर खिलाता है। उसका दिल मैं कैसे ले सकता हूँ? यह तो दोस्त के साथ दुश्मनी करना है।

पत्नी की सहेली बोली, ''तभी तो मैं कहती थी।''

मगर ने उस समय तो कोई उत्तर नहीं दिया, लेकिन वह सारी रात सोचता रहा—पत्नी मर गई तो उसका घर उजड़ जाएगा। बच्चे अनाथ हो जाएँगे। क्या करे वह? उसने बहुत सोचा, बहुत सोचा।

अंत में वह इस नतीजे पर पहुँचा कि पत्नी को बचाना ही होगा। उसने अपनी पत्नी से कहा, ''तुम दुःखी क्यों होती हो? बंदर का दिल तो क्या पूरा बंदर ला सकता हूँ तुम्हारे लिए।''

इस तरह पत्नी को समझा-बुझाकर वह बंदर के पास पहुँचा और बातों बातों में उसने कहा, ''भाई, इतने दिन हो गए हमको दोस्त बने हुए, लेकिन तुमने तो मेरा घर देखा ही नहीं अब तक। मेरी पत्नी से भी नहीं मिले। चलो, चलो आज मेरे घर ही आराम करना। दोनों दोस्त मिलकर वहाँ खूब खाएँगे और नाचे-गाएँगे।''

बंदर तैयार हो गया। मगर ने उसे अपनी पीठ पर बैठाया और घर की ओर चल पड़ा। रास्ते में बंदर को लगा कि मगर कुछ उदास है। उसने पूछा, ''अरे मित्र, तुम एकाएक उदास क्यों हो गए? क्या बात है?''

मगर था तो जड़ बुद्धि। अक्ल जैसी चीज उसके पास थी ही नहीं, इसलिए बोला, ''क्या बताऊँ दोस्त! मेरी पत्नी को एक भयानक रोग हो गया है। किसी बंदर का दिल खाने पर ही वह दूर हो सकता है। इसलिए मैं दुःखी हूँ।''

बंदर बहुत होशियार था। सारी बातें समझ गया। यह मगर तो बड़ा दुष्ट है। झूठे बहाने बनाकर मुझे यहाँ ले आया। अच्छी बात है, मैं भी इसे देखूँगा। दो क्षण चुप रहने के बाद वह बोला, ''अरे मित्र! तुमने यह बात मुझे पहले क्यों नहीं बताई? मेरा दिल तो गूलर के पेड़ पर रखा हुआ है। तुम बता देते तो मैं तभी ले आता।''

मूर्ख मगर अब भी कुछ नहीं समझा। बोला, ''तो चलो, वापस चलते हैं। तुम पेड़ पर से अपना दिल उतार लाना। उसे लेकर हम फिर वापस आ जाएँगे।''

और मगर ने बंदर को किनारे पर ले जाकर उतार दिया। बंदर कूदकर एकदम पेड़ पर चढ़ गया और वहीं से खिलखिलाकर बोला, ''अरे मूर्ख, तू इतना भी नहीं जानता,

दिल भी कहीं शरीर से अलग रह सकता है। मैंने तो तुम्हें मूर्ख बनाकर अपने प्राण बचाए हैं। अब मैं कभी तुम्हारे पास नहीं आऊँगा।''

बेचारा मगर, खाली हाथ अपने घर लौट गया। उसकी पत्नी भी तो यही चाहती थी।

□

कानों का सुख

किसी नगर में एक गायक रहता था। वह बहुत सुंदर गाता था। एक दिन एक धनवान् व्यक्ति ने उसे बुलाया और उसका गाना सुनने की इच्छा प्रकट की।

गायक तो यही चाहता था। उसने उस सेठ को कई अच्छे गाने सुनाए। सेठ बहुत खुश हुआ। उसने अपने खजांची को बुलाया और कहा, ''इस गायक ने अच्छे-अच्छे गीत सुनाकर मेरा मन बहलाया है। इसे दो हज़ार रुपए दे दो।''

''अभी लाता हूँ।'' यह कहकर खजांची वहाँ से चला गया। लेकिन कई घंटे बीत गए, वह लौटकर नहीं आया। तब गायक स्वयं उसके पास पहुँचा। लेकिन खजांची ने तब भी उसे रुपए नहीं दिए। गायक को बहुत गुस्सा आया और वह सेठ जी के पास पहुँचा। कहा, ''आपके कहने पर भी खजांची ने मुझे रुपए नहीं दिए।''

सेठ ने उत्तर दिया, ''उसने ठीक किया। तुम्हें रुपए देने की कोई आवश्यकता नहीं थी।''

गायक यह सुनकर हैरान रह गया। बोला, ''मैंने आपको गाना सुनाया हैं।''

सेठ ने उत्तर दिया, ''हाँ-हाँ, तुमने मुझे गाना सुनाया, मेरे कानों को सुख दिया। इसी प्रकार मैंने भी रुपए देने की बात कहकर तुम्हारे कानों को सुख दिया। हिसाब बराबर है। तुम्हें रुपए नहीं मिल सकते।''

बेचारा गायक निराश होकर वहाँ से चला गया।

□

बेचारा नेवला

एक नगर में एक ब्राह्मण रहता था। उसकी एक पत्नी थी। कुछ दिनों के बाद उनके घर में एक बेटे का जन्म हुआ। वे बहुत प्रसन्न हुए और गरीब होने पर भी बड़े प्यार से उसका लालन-पालन करने लगे। दोनों उसका बड़ा खयाल रखते थे। कभी उसे अकेला नहीं छोड़ते थे।

एक दिन उसकी माँ नदी पर नहाने के लिए गई। वह अपने पति को अपने बेटे के पास बैठा गई।

अचानक उस नगर के राजा की दासी वहाँ आई और बोली, "महाराज, आपको अभी राजमहल चलना होगा। आपको पूजा करवानी है।"

ब्राह्मण सोच में पड़ गया। अगर वह जाता है तो बेटा अकेला रह जाएगा, नहीं जाता है तो उसे दक्षिणा नहीं मिलेगी। वह करे तो क्या करे? बहुत सोचने पर उसे एक उपाय सूझा। उसके पास एक पालतू नेवला था। उसे वह अपने बेटे की रक्षा के लिए उसके पास छोड़ गया और स्वयं दासी के साथ चला गया।

उसके जाने के कुछ देर बाद एक साँप वहाँ आया और वह बालक की ओर चला। नेवले ने साँप को देखा, फिर बच्चे को देखा। वह बड़ा स्वामीभक्त था। स्वामी के बेटे के प्राणों की रक्षा करने के लिए उसने साँप पर हमला बोल दिया और उसके टुकड़े-टुकड़े कर डाले।

थोड़ी देर बाद बहुत सारी दक्षिणा लेकर वह ब्राह्मण भी अपने घर लौटा। नेवला उसे दरवाजे पर ही मिला। नेवले के मुँह पर खून लगा हुआ था। उसने समझा कि इस नेवले ने मेरे बेटे को मार डाला है। बस, यह सोचते ही उसने एक बड़ा सा पत्थर उठाकर नेवले पर दे मारा। बेचारा नेवला उसी समय मर गया।

अब ब्राह्मण अंदर गया। वहाँ उसका पुत्र बड़े आराम से लेटा हुआ था और

उसकी चारपाई के पास एक साँप मरा हुआ पड़ा था।

यह देखते ही वह सबकुछ समझा गया। उसे बहुत दुःख हुआ। लेकिन अब पछताए होत क्या, जब चिड़ियाँ चुग गईं खेत।

□

रुई कैसे साफ की गई

एक किसान था। था तो मेहनती, पर जब भगवान् के यहाँ अक्ल बँट रही थी तो वह कहीं सोया पड़ा था, इसलिए अक्ल नाम की कोई चीज उसके पास नहीं थी।

मेहनत वह बराबर करता था। और इसीलिए एक बार उसके खेत में रुई बहुत ज्यादा पैदा हुई। उसे लेकर वह बेचने के लिए बाजार में गया, लेकिन किसी ने भी उसकी रुई नहीं खरीदी। सबने यही कहा, "यह रुई साफ नहीं है। साफ करके लाओ।"

वह बेचारा जानता नहीं था कि रुई को कैसे साफ करना चाहिए। तभी उसने देखा कि एक आदमी एक सुनार के पास सोना लेकर आया और बोला, "मेरे इस सोने को शुद्ध कर दो।"

सुनार ने उस सोने को देखा, परखा और फिर उसे आग में डाल दिया। वह शुद्ध हो गया।

वह यह सब देख रहा था, बहुत खुश हुआ। घर पहुँचकर उसने बहुत सी लकड़ियाँ और उपले लेकर आग जलाई और फिर उसमें रुई को डाल दिया।

देखते-देखते वह सारी रुई कुछ ही क्षणों में जलकर भस्म हो गई। शुद्ध रुई के स्थान पर उस मूर्ख के पास राख ही बच रही।

□

गंजा मूर्ख

एक बार एक गंजा आदमी वन में फल खाने के लिए पहुँचा। था वह मूर्ख। वह यह नहीं जान पा रहा था कि फल कैसे खाना चाहिए!

तभी एक दूसरा नौजवान मूर्ख वहाँ आया। उसके हाथ में बेल के बहुत से फल थे। वह बहुत भूखा था, इसलिए उन्हें तोड़ना चाहता था। इस गंजे मूर्ख को देखकर उसके मन में गुदगुदी होने लगी। उसने मजाक–ही–मजाक में एक बेल फल उसके सिर पर दे मारा।

गंजा मूर्ख एक बार तो तिलमिला उठा, लेकिन उसे भी बहुत भूख लग आई थी। यह फल उसकी भूख मिटा सकता था, इसलिए उसने उस युवक से कुछ भी नहीं कहा। उसे डाँटा तक नहीं। बस, बेल का गूदा खाने लगा।

उस नवयुवक मूर्ख को यह देखकर और भी मजा आया। उसने दूसरा फल फिर उसके सिर पर दे मारा। तीसरा मारा, चौथा मारा, यहाँ तक कि उसके सारे फल खत्म हो गए। उधर गंजे का सिर भी खून से लथपथ हो गया।

यह देखकर वह नवयुवक डर गया और वहाँ से चला गया। उसके बाद वह गंजा भी अपने घर लौट आया। उसके सिर को खून से भरा देखकर घरवालों ने घबराकर पूछा, "अरे, यह सब क्या हुआ? किसने मारा तुम्हें"

उसने उत्तर दिया, "एक नौजवान के पास बेल के बहुत सारे मीठे फल थे। वह उन्हें मेरे सिर पर फेंकता रहा और मैं उन्हें खाता रहा। मीठे फलों के लिए क्या मैं इतनी चोट भी नहीं सह सकता था?"

उसकी यह बात सुनकर सब लोग बहुत हँसे।

□

सातवीं पूड़ी

एक वज्र मूर्ख था। यानी उसमें अक्ल का नामोनिशान भी नहीं था। एक बार वह कहीं जा रहा था। चलते-चलते रास्ते में उसे भूख लग आई। थोड़ी दूर पर हलवाई की एक दुकान थी। जल्दी-जल्दी वह वहाँ पहुँचा। उसने उस दुकान से आठ पूड़ीयाँ खरीदीं।

फिर एक अच्छी जगह बैठकर उसने उन्हें खाना शुरू किया। एक पूड़ी खाई, दूसरी पूड़ी खाई, तीसरी खाई; लेकिन फिर भी उसका पेट नहीं भरा। इसलिए उसने चौथी पूड़ी खाई, फिर पाँचवीं खाई, छठी भी खा गया। लेकिन उसका पेट अब भी नहीं भरा। तब उसने सातवीं पूड़ी उठाई और उसे भी पहले की तरह खा गया। लेकिन इस बार क्या हुआ कि उसका पेट भर गया।

हमने पहले कहा था न कि अक्ल का नाम भी नहीं था उसमें। वह वज्र मूर्ख था। अपने आप से बोला, ''सचमुच ही मैं मूर्ख हूँ। जरा भी अक्ल नहीं मुझे। सोचो तो, अगर मैं सबसे पहले इस सातवीं पूड़ी को खाता तो मेरा पेट भर जाता और वे छह पूड़ियाँ बेकार न जातीं। अब मैं ऐसी गलती कभी नहीं करूँगा। अब सबसे पहले सातवीं पूड़ी खाया करूँगा।''

□

मूर्ख सेवक

एक व्यापारी था। कपड़े का व्यापार करता था। दिसावर ले जाने के लिए उसने बहुत सारे अच्छे-अच्छे कपड़ों को चमड़े में लपेटकर ऊँटों पर लाद दिया।

चलते-चलते उसके काफिले का एक ऊँट थक गया। व्यापारी ने सोचा, इसके स्थान पर मुझे एक और ऊँट लाना होगा।

शहर जाते हुए उसने अपने नौकरों से कहा, "अगर मेरे पीछे वर्षा आ जाए तो इस बात का ध्यान रखना कि चमड़ा भीग न पाए।"

संयोग की बात, उस व्यापारी के जाते ही बड़े जोरों की वर्षा शुरू हो गई। सेवकों ने सोचा, इन चमड़े की पेटियों को भीगने से कैसे बचाया जाए?

थोड़ी देर सोचने के बाद उन्होंने पेटियों में से कपड़े निकाले और सब पेटियों को उनसे ढक दिया। चमड़े की पेटियाँ भीगने से बच गईं, लेकिन कपड़ा सब भीग गया।

व्यापारी जब लौटा तो उसने यह सब देखा और अपना सिर पीट लिया। बोला, "अरे मूर्खो, तुमने यह क्या किया?"

मूर्ख बोले, "आपने ही तो कहा था कि चमड़े की पेटियाँ भीगने न पाएँ। वे नहीं भीगी हैं। इसमें हमारा क्या दोष?"

व्यापारी क्या करता? जिन कपड़ों की रक्षा के लिए उसने चमड़े को भीगने से बचाने के लिए कहा था, उन्हीं कपड़ों को उन मूर्खों ने भिगो दिया। मूर्ख लोग जैसा उन्हें समझाया जाए, उसका उलटा ही समझते हैं।

□

दो मूर्ख शिष्य

एक नगर की पाठशाला में एक गुरुजी रहते थे। उनके दो चेले थे। दोनों मूर्ख थे। एक-दूसरे से बहुत जलते थे। एक शिष्य गुरुजी का दायाँ पैर मल-मलकर धोया करता और दूसरा शिष्य बायाँ पैर धोया करता था।

एक दिन ऐसा हुआ कि गुरुजी ने उस शिष्य को, जो उनका दाहिना पैर धोता था, किसी जरूरी काम से बाहर भेज दिया।

उसके जाने के बाद गुरुजी ने बायाँ पैर धोनेवाले अपने शिष्य से कहा, "आज तुम मेरा दायाँ पैर भी धो दो।"

उस शिष्य ने उत्तर दिया, "मैं उसका पैर नहीं धोऊँगा। वह मुझसे बहुत लड़ता है।"

गुरुजी ने उसे बहुत समझाया तो वह राजी हो गया। लेकिन उसके बाद उसने उस पैर को पत्थर मार-मार कर तोड़ डाला।

गुरुजी दर्द के मारे चिल्लाने लगे। उनकी आवाज सुनकर दूसरे शिष्य दौड़े हुए वहाँ आए और उन्होंने उस मूर्ख शिष्य को बहुत पीटा।

दूसरे दिन दायाँ पैर धोनेवाला शिष्य लौट आया। और कल जो कुछ हुआ था, उसका उसे पता चल गया। उसे बहुत गुस्सा आया और उसने तुरंत गुरुजी के दूसरे पैर को तोड़ डाला।

इस प्रकार उन मूर्खों ने गुरुजी को हमेशा के लिए अपंग बना दिया।

□

एक मूर्ख दामाद

एक मूर्ख था। शादी के बाद वह पहली बार अपनी ससुराल गया। उसकी सास बहुत खुश हुई। उसने दामाद की आव-भगत करने के लिए बढ़िया चावल निकाले। वह उनको साफ कर रही थी कि अचानक किसी काम से उसे बाहर जाना पड़ा।

वह मूर्ख वहीं बैठा हुआ था। उसे वे चावल बहुत अच्छे लगे। जब सास बाहर चली गई तो उसने एक मुट्ठी भरकर चावल अपने मुँह में डाल लिये। इसी समय सास लौट आई।

वह मूर्ख घबरा गया। वह उन चावलों को न निगल सका, न उगल सका। उसका मुँह फूल गया और उसके लिए बोलना भी मुश्किल हो गया।

यह देखकर उसकी सास बहुत परेशान हुई। यह अचानक मेरे दामाद को क्या हो गया? उसने अपने पति को बुलाया। पति ने जब अपने दामाद का फूला हुआ मुँह देखा तो वह भी घबरा गया। एकदम भागता हुआ वैद्यजी के पास पहुँचा।

वैद्यजी ने आकर देखा तो कहा, ''ऐसा लगता है कि इसके गले में फोड़ा है। इसकी ठोढ़ी में सूराख करना पड़ेगा, तब यह सारी मवाद बाहर आएगी।''

वह मूर्ख अब भी कुछ नहीं बोला। वैद्यजी ने उसके गले में सूराख किया। लेकिन यह क्या, उस सूराख में से तो चावल निकल रहे थे।

सास-ससुर ने जब यह देखा तो वे सबकुछ समझ गए और अपने दामाद की मूर्खता पर खूब हँसे।

□

मूर्ख कंजूस

किसी नगर में एक सेठ रहता था। उसके पास बहुत धन था। लेकिन बुद्धि उसमें जरा भी नहीं थी। कंजूस वह इतना था कि वह हमेशा बिना नमक के सत्तू खाया करता था। किसी स्वादिष्ट भोजन का स्वाद कैसा होता है, यह वह जानता ही नहीं था।

लेकिन एक दिन पता नहीं क्या हुआ, उसने अपनी पत्नी से कहा, "आज मेरा मन खीर खाने को कर रहा है।"

पत्नी को अचरज तो हुआ, लेकिन उसने तुरंत खीर बनाकर तैयार कर दी। उसका मन भी तो खाने को कर रहा था न!

लेकिन उस मूर्ख को इस बात का डर था कि कहीं कोई आ न जाए। इसलिए वह घर के अंदर छिपकर बैठ गया।

संयोग से तभी उसका एक मित्र उससे मिलने के लिए आया। उसकी पत्नी से पूछा, "तुम्हारे पति कहाँ हैं?"

पत्नी ने अंदर जाकर अपने पति से कहा, "आपका एक मित्र आपसे मिलने को आया है।"

वह कंजूस यह सुनकर घबरा गया। उसने अपनी पत्नी से कहा, "मैं लेट जाता हूँ। तुम मेरे पाँव पकड़कर खूब जोर-जोर से रोना शुरू कर दो। तुम्हारे रोने की आवाज सुनकर वह अंदर आ जाएगा, फिर तुमसे कुछ पूछेगा। तब तुम कह देना कि मेरे पति मर गए हैं। यह सुनकर वह चला जाएगा। उसके जाने के बाद हम दोनों मिलकर खीर खाएँगे।"

पत्नी ने ऐसा ही किया। वह पति के पैर पकड़कर जोर-जोर से रोने लगी। मित्र ने अंदर आकर पूछा, "क्या बात है? तुम क्यों रो रही हो?"

रोते-रोते वह बोली, "अभी थोड़ी देर पहले इन्होंने मुझसे खीर बनाने के लिए

कहा था। लेकिन मैंने जैसे ही खीर बनाई, ये मर गए।''

वह मित्र सबकुछ जानता था। समझ गया कि यह सब बहाना है। उसे डर था कि मैं भी खीर खाऊँगा।

यह सोचकर वह मित्र भी 'हाय मित्र, हाय मित्र' कहकर विलाप करने लगा। उनकी आवाज सुनकर पास-पड़ोस के और भी लोग वहाँ आ गए। सेठजी की मौत का समाचार सुनकर सब उन्हें श्मशान ले जाने का इंतजाम करने लगे।

उस समय उसकी पत्नी ने रोते-रोते उसके कान के पास मुँह ले जाकर कहा, ''अब तुम उठ जाओ, नहीं तो ये लोग तुम्हें श्मशान ले जाकर जला डालेंगे।''

कंजूस सेठ ने उसी तरह उत्तर दिया, ''नहीं, जब तक मेरा वह मित्र यहाँ से चला नहीं जाता, मैं नहीं उठूँगा। वह मेरी खीर खाना चाहता है। मैं उसे ऐसा नहीं करने दूँगा।''

और वह उसी तरह लेटा रहा। पड़ोसियों ने और रिश्तेदारों ने अरथी तैयार की, उसे श्मशान ले गए। चिता पर रखा, लेकिन वह तब भी नहीं हिला। जब आग उसको जला रही थी, तब भी उसने अपने मुख से एक शब्द नहीं निकाला। अंत में वह जलकर राख हो गया।

इस प्रकार उस आदर्श कंजूस ने जरा सी खीर के लिए अपने प्राणों का बलिदान कर दिया। उसके मरने के बाद उसके धन को दूसरे लोगों ने खूब भोगा।

□

बिलाव और ब्रह्मचारी

उज्जैन नगरी में एक मठ था। उस मठ में एक ब्राह्मण रहता था। वह महामूर्ख था। उस मठ में बहुत से चूहे भी रहते थे। और जैसा कि होता है, चूहे रात को बड़ा उत्पात मचाते थे। बेचारा ब्राह्मण बिलकुल नहीं सो पाता था।

एक दिन उसका एक मित्र उससे मिलने आया, तब उसने उस मित्र को चूहों के उपद्रव की बात बताई।

मित्र बोला, "अरे, चूहों से छुट्टी पाना तो बहुत आसान बात है। अपने मठ में एक बिलाव पाल लो। वह इन सब चूहों को खा जाएगा।"

मूर्ख ब्राह्मण ने कहा, "यह बिलाव क्या होता है ? मैंने तो कभी देखा ही नहीं।"

मित्र ने उत्तर दिया, "अरे, तुम बिलाव को नहीं जानते ? उसकी आँखों का रंग भूरा होता है और शरीर का रंग पीला व मटमैला। उसकी पीठ पर सुनहरे बाल होते हैं। वह गलियों में घूमता रहता है।"

यह सब बताकर वह मित्र अपने घर चला गया। तब उस ब्राह्मण ने अपने शिष्यों को वहाँ बुलाया और बोला, "तुम सबने बिलाव की पहचान तो सुन ही ली है, कल एक बिलाव ढूँढ़कर ले आना।"

गुरु की आज्ञा पाकर सारे शिष्य बिलाव को ढूँढ़ने निकल पड़े। वे बार-बार रटते रहते—"उसकी आँखें भूरी होती हैं। उसके बाल सुनहरे होते हैं। वह अपनी पीठ पर बालोंवाला मृगचर्म ओढ़े रहता है।"

आखिर एक दिन उन्हें एक ऐसा जीव मिल गया। वह एक ब्रह्मचारी था। वे उसी को बिलाव समझकर पकड़ लाए। गुरुजी ने भी बिलाव ही समझा और रात के समय कमरे में बंद कर दिया। सवेरे वह मित्र फिर आया और उसने देखा कि कमरे में एक ब्रह्मचारी बंद है। उसने पूछा, "इसे क्यों बंद किया हुआ है ?"

मूर्ख ब्राह्मण ने उत्तर दिया, "तुमने ही तो कहा था बिलाव को पकड़ने के लिए। सो इसे पकड़कर हमने कमरे में बंद कर दिया।"

यह सुनकर मित्र बड़े जोर से हँसा। बोला, "तुम महामूर्ख हो। यह बिलाव नहीं है, यह तो ब्रह्मचारी है। बिलाव के चार टाँगें और एक पूँछ भी होती है।"

यह सुनकर उन मूर्खों को बहुत दुःख हुआ। उन्होंने ब्रह्मचारी को छोड़ दिया। लेकिन जब लोगों को यह कहानी मालूम हुई तो वे खूब हँसे।

□

सुंदर बैल

किसी नगर के पास एक मठ था। उस मठ में बहुत से मूर्ख रहते थे। उनमें एक धनवान् मूर्ख भी था। किसी ने उसे बताया कि तालाब बनवाने से बहुत पुण्य मिलता है। इसलिए उसने मठ के पास एक तालाब खुदवा दिया और उसके चारों किनारों को बँधवा दिया।

एक दिन उसने वहाँ जाकर देखा कि किसी ने उस तालाब के किनारे उखाड़ दिए हैं।

दूसरे दिन गया तो भी उसने यही देखा। तीसरे दिन गया तो भी किनारे उखड़े हुए थे। वह सोचने लगा, 'यह कौन है, जो रोज आकर किनारे उखाड़ जाता है?'

एक दिन वह बहुत सवेरे वहाँ पहुँचा। उसे देखकर बड़ा अचरज हुआ कि एक सुंदर बैल आकाश से उतरकर वहाँ आया और उसने अपने सींगों से तालाब के किनारे तोड़ डाले। तब उस धनवान् मूर्ख ने सोचा कि यह बैल हो न हो, स्वर्ग से आता है। तब क्यों न मैं इसकी पूँछ पकड़कर इसके साथ स्वर्ग चला जाऊँ? यह सोचकर उसने बैल की पूँछ पकड़ ली। वह बैल उड़ गया और उस मूर्ख को अपने रहने के स्थान कैलास पर्वत पर ले गया।

वहाँ खाने के लए लड्डू-पेड़े जैसे बड़े स्वादिष्ट पदार्थ थे। वह मूर्ख वहाँ रहकर रोज उन्हें खाने लगा। वह बैल सदा की तरह रोज आता-जाता था। मूर्ख ने सोचा, 'क्यों न एक बार फिर उसकी पूँछ पकड़कर मैं धरती पर हो आऊँ?'

उसने ऐसा ही किया और वह धरती पर पहुँच गया। वहाँ वह अपने सभी मित्रों से मिला। उसके मूर्ख साथियों ने उससे पूछा, "तुम कहाँ चले गए थे?"

धनवान् मूर्ख ने उन्हें सारी कहानी कह सुनाई। यह कहानी सुनकर उसके साथियों ने कहा, "हमें भी वहाँ ले चलो, हमें भी लड्डू खिलवाओ।"

उस धनवान् मूर्ख ने अपने साथियों को वहाँ जाने का मार्ग बता दिया। कहा, ''सबसे पहले मैं उसकी पूँछ पकड़कर लटक जाऊँगा। फिर तुम बारी बारी से एक दूसरे के पैर पकड़कर लटक जाना।''

वे सब बहुत प्रसन्न हुए। अगले दिन जब बैल आया तो धनवान मूर्ख ने अपने दोनों हाथों से उसकी पूँछ पकड़ ली। दूसरे मूर्ख ने उसके पैर पकड़ लिये। तीसरे ने दूसरे के पैर कपड़े, चौथे ने तीसरे के। इसी तरह उन्होंने एक-दूसरे के पैर पकड़ लिये। इस तरह एक जंजीर-सी बन गई।

बैल उन्हें आकाश में ले उड़ा। ऊपर चलते-चलते अचानक एक मूर्ख ने उस धनवान् मूर्ख से पूछा, ''तुमने जो लड्डू खाए थे, वे कितने बड़े थे?'' धनवान् मूर्ख ने लड्डुओं का नाप बताने के लिए जैसे ही बैल की पूँछ से हाथ हटाए, वे सारे मूर्ख एक साथ धरती पर आ गिरे और मर गए।

□

विचित्र रास्ता

एक मूर्ख कहीं जा रहा था। वह रास्ता भूल गया। तब उसने किसी दूसरे आदमी से सही रास्ता पूछा।

उस आदमी ने बताया, ''नदी के किनारे जो पेड़ खड़ा है, उसके ऊपर के रास्ते से चले जाओ।''

मूर्ख तो निरा मूर्ख था। वह सचमुच पेड़ के ऊपर चढ़ गया और चलने लगा। उसके बोझ से पेड़ की शाखाएँ झुक गईं। बेचारा किसी तरह उन्हें हाथों से पकड़कर लटक गया।

उसी समय एक आदमी हाथी पर बैठा हुआ नदी के बीच में से जा रहा था। मूर्ख ने उसे पुकारा, ''मेहरबानी करके आप मुझे बचा लीजिए, नहीं तो मैं गिर कर मर जाऊँगा।''

हाथी सवार दयावान् था। वह हाथी को लेकर पेड़ के नीचे आया और उसने अपने हाथों से उस मूर्ख के पैर पकड़ लिये। लेकिन उसी क्षण हाथी चल पड़ा। बेचारा हाथी सवार भी उस मूर्ख के पैर पकड़े हुए लटक गया।

यह देखकर उस मूर्ख ने हाथी सवार से कहा, ''इस प्रकार लटके-लटके तो हम दोनों नदी में गिरकर मर जाएँगे। तुम गाना जानते हो तो गाना शुरू कर दो शायद गाने की आवाज सुनकर कोई यहाँ आ जाए और हमें बचा ले।''

हाथी सवार सचमुच गाना जानता था। उसने गाना शुरू कर दिया। गाना बहुत सुंदर था। उसे सुनकर मूर्ख बहुत प्रसन्न हुआ और उसके गाने पर ताली बजाने के लिए अपने हाथों में पकड़ी पेड़ की शाखा छोड़ दी।

ताली तो क्या बजती, वे दोनों उसी समय नदी में गिरकर न जाने कहाँ बहते चले गए।

□

बैल और शेर

एक नगर में एक बनिया रहता था। उसका नाम था वर्धमान। उसके पास खूब सारा पैसा था। फिर भी एक रात खाट पर लेटे-लेटे उसने सोचा—'मुझे और अधिक धन कमाना चाहिए। जिनके पास पैसा होता है, उनके सभी दोस्त होते हैं।'

यह सोचकर उसने इत्र-तेल का व्यापार करना तय किया। बस, एक दिन उसने बहुत सा माल लिया और एक सुंदर रथ पर बैठ दिसावर के लिए चल पड़ा। उस रथ में दो बैल जुते हुए थे। उनके नाम थे संजीवक और नंदक। रास्ते में यमुना के किनारे बहुत कीचड़ था। संजीवक उसमें फँस गया और उसका पैर टूट गया। यह देखकर वर्धमान को बड़ा दुःख हुआ। वह अपने बैलों को बहुत प्यार करता था। तीन दिन तक वह वहीं रुका रहा। इस पर उसके साथियों ने कहा, "आप इस बैल के कारण यहाँ क्यों पड़े हैं? यहाँ तो शेर और बाघ रहते हैं। सबकी जान को खतरा है। आप छोटी चीज के लिए बड़ी चीजों को खतरे में क्यों डालते हैं?"

यह बात बनिए की समझ में आ गई। वह आगे चल पड़ा। घायल बैल के पास वह दो रखवाले छोड़ गया। रखवालों ने सोचा—इस वन में तो बड़ा खतरा है। बस, वे संजीवक को वहीं छोड़कर अगले दिन वर्धमान के पास पहुँचे। उन्होंने उससे झूठ-मूठ कह दिया, "संजीवक मर गया। आप उसे प्यार करते थे, इसलिए हमने उसकी मिट्टी को अच्छी तरह ठिकाने लगा दिया।"

यह सुनकर दयालु सेठ को बड़ा दुःख हुआ। पर क्या करता, सब्र करके रह गया। उधर संजीवक यमुना के किनारे ठंडी-ठंडी हवा खाता रहा। एक दिन उसका पैर ठीक हो गया। तब वह उठा और किसी तरह ऊपर आकर दूब की कोंपलें चरने लगा। बस, फिर तो वह थोड़े ही दिनों में खूब मोटा-ताजा और बलवान् हो गया। वह सींगों से धरती को खोदता और जोर-जोर से रँभाता। सच है, जिसे बचना होता है उसे कोई भी नहीं मार सकता।

एक दिन एक शेर वहाँ पानी पीने आया। उस शेर का नाम था पिंगलक। जैसे ही वह पानी पीने नीचे उतरा, उसने संजीवक के डकराने की आवाज सुनी। वह डर गया, पर उसने मन की बात किसी से नहीं कही। ऊपर आकर उसने अपने सब साथियों और नौकरों को इकट्ठा किया। उनमें दो गीदड़ थे दमनक और करटक। उनका पिता शेर का मंत्री था; पर उन्हें शेर ने ऊँचा पद नहीं दिया था। फिर भी वे सदा उसके पीछे-पीछे फिरा करते थे। दमनक ने करटक से धीरे से कहा, "हमारा स्वामी पानी पीने गया था, पर बिना पानी पिए क्यों लौट आया? इसने हम सबको यहाँ क्यों इकट्ठा किया है?"

करटक ने जवाब दिया, "हमको इस बात से क्या मतलब है? जो दूसरों की बातों में टाँग अड़ाते हैं, वे कील खींचनेवाले बंदर की तरह मर जाते हैं।"

दमनक बोला, "वह कैसे?"

□

कील खींचनेवाला बंदर

करटक ने कहा, "किसी शहर के पास बगीचे में एक मंदिर बन रहा था। कई बढ़ई उसके लिए लकड़ी चीर रहे थे। दोपहर को वे भोजन करने शहर चले जाया करते थे। एक दिन उन्होंने दोपहर तक आधा लट्ठा चीरा और वे उसके बीच में कील फँसाकर भोजन करने चले गए। इतने में बंदरों का एक झुंड उधर आ निकला। वे इधर-उधर कूदने-फाँदने लगे। एक बंदर अधचिरे लट्ठे पर जा बैठा और उसमें फँसी हुई कील को खींचने लगा। कुछ देर कोशिश करने पर कील अपनी जगह से निकल गई, लेकिन बंदर के शरीर का एक हिस्सा तख्तों में फँस गया और वह मर गया। इसलिए मैं कहता हूँ कि जो दूसरों के काम में टाँग अड़ाता है, वह बंदर की तरह मर जाता है। फिर शेर के खाने से जो कुछ बच जाता है, वह तो हमें मिल ही जाता है, इसलिए हम क्यों किसी के झगड़े में पड़ें?"

दमनक—"क्या तुम्हें केवल खाने से ही मतलब है? नहीं, यह ठीक नहीं है। जो दूसरे के काम नहीं आता, उसके जीने का क्या लाभ? आदमी को बड़े काम करने चाहिए। अपने कुल का नाम करना चाहिए।"

करटक ने कहा, "तुम-हम प्रधान तो हैं नहीं, फिर क्यों झंझट में पड़ें? मामूली आदमी जब राजा के सामने बोलते हैं तो उनका अपमान ही नहीं होता, निंदा भी होती है।"

दमनक बोला, "नहीं, ऐसी बात नहीं है। मामूली आदमी भी राजा की सेवा करें तो बड़े हो जाते हैं। बड़े सेवा करना छोड़ दें तो साधारण बन जाते हैं। जो ऐसा कहते हैं कि राजा बड़ी मुश्किल से खुश होता है, वे आलसी और मूर्ख हैं।"

करटक ने कहा, "तो अब तुम क्या करना चाहते हो?"

दमनक बोला, "हमारा राजा डरा हुआ है। पहले हम उसके डर का कारण जानेंगे,

फिर किसी-न-किसी तरह सुलह या लड़ाई करवाकर उसे अपने वश में कर लेंगे।''

करटक ने पूछा, ''तुमने कैसे जाना कि राजा डरा हुआ है?''

दमनक बोला, ''इसमें जानने की क्या बात है? इशारे से, बोलने से और आँख-मुँह के भावों से मन की बात जानी जा सकती है। आज मैं अपनी चतुराई से राजा का डर दूर करूँगा और उसे वश में करके मंत्री बनने की साँठ-गाँठ लगाऊँगा।''

करटक ने कहा, ''तुम तो सेवा करना जानते ही नहीं। फिर राजा को कैसे अपना बनाओगे?''

दमनक ने बताया कि वह सबक का धर्म जानता है। साथ ही यह भी जानता है कि राजा का प्यारा कौन होता है। जो चतुर है, निडर है, जो धन को अच्छे कामों में लगाता है, जो अच्छे कपड़े पहनता है, जो जुए और शराब को बुरा समझता है, जो लड़ाई में राजा के आगे और नगर में उसके पीछे-पीछे चलता है तथा ऐसे ही बहुत से काम करता है, वह राजा का प्यारा होता है।

करटक ने और बहुत सी बातें पूछीं। उसे डराया भी, पर दमनक ने अपना विचार नहीं छोड़ा। इस पर करटक ने कहा, ''अगर तुम्हारी यही मंशा है तो जाओ; जैसा तुम्हारे जी में हो, करो। मैं तुम्हारी सफलता चाहता हूँ।''

दमनक करटक को नमस्कार करके पिंगलक के पास चला। उसे आता देखकर पिंगलक ने दरबान से कहा, ''अपनी छड़ी हटा लो। यह मेरा पुराना मित्र दमनक है। इसे बेरोक-टोक आने दो।''

दरबान ने ऐसा ही किया। दमनक ने राजा को प्रणाम किया। फिर उसकी आज्ञा पाकर आसन पर बैठ गया। पिंगलक ने उसके सिर पर दाहिना पंजा रखकर पूछा, ''तू कुशल से तो है? तुझे बहुत दिनों में देखा।

दमनक बोला, ''मुझे आपसे कुछ काम नहीं था; पर समय पर बात कहनी ही पड़ती है, इसलिए चला आया। हम अनेक पीढ़ियों से आपके चरणों के सेवक रहे हैं। मुसीबत में आपके आगे-पीछे फिरते रहते हैं, फिर भी हम अपना अधिकार नहीं पाते। आपके लिए यह ठीक नहीं है। सेवकों और गहनों को अपनी जगह पर ही रखना चाहिए। जो राजा सेवक का कम आदर करता है, उसे सेवक छोड़ देते हैं। आप कहते हैं कि बहुत दिनों में देखा, तो सुनिए, जो काँच को मणि और मणि को काँच समझते हैं, उनके पास कोई सेवक कैसे ठहर सकता है? लेकिन सेवकों के बिना अकेला राजा भी बिना किरणों के सूरज की तरह हो जाता है।''

और फिर कैसा सेवक राजा के योग्य है, कैसा नहीं, यह सब बताकर दमनक बोला, ''यह गीदड़ है, यह मानकर आप जो मेरा अनादर करते हैं, वह भी ठीक नहीं; क्योंकि रेशम कीड़ों से बनता है, सोना पत्थर (खान) से निकलता है, लाल कमल

कीचड़ में और नीला कमल गोबर में पैदा होता है, आग काठ में होती है और मणि साँप के फन में। गुणी लोग गुण से बड़े होते हैं। इस बात का जन्म से कोई संबंध नहीं है। मैं आपका भक्त हूँ और आपके काम का हूँ। आपको मेरा अनादर नहीं करना चाहिए।''

पिंगलक ने कहा, ''ठीक है, तू काम कर सके या न कर सके, मेरे लिए हमेशा मेरे पुराने मंत्री का पुत्र है। इसलिए तू जो कुछ कहना चाहता है, निडर होकर कह।''

दमनक बोला, ''देव! मैं कुछ कहना चाहता हूँ, लेकिन सभा के बीच में नहीं। कारण यह है कि जो बातचीत छह कानों में चली जाती है, वह फैल जाती है। जो चार कानों में रहती है, वह बाहर नहीं जाती।''

दमनक की बात सुनकर बाघ, चीता, भेड़िया आदि जो वहाँ थे, दूर चले गए। इसके बाद दमनक ने राजा से धीरे से पूछा, ''आप पानी पीने गए थे, फिर लौट क्यों आए?''

पिंगलक ने शरमाकर कहा, ''नहीं, कोई विशेष बात नहीं है।''

दमनक बोला, ''देव! अगर यह बात कहने लायक नहीं है तो न कहें। कुछ बातें छिपाने के लिए होती हैं। जो विद्वान् हैं, वे सोच-विचारकर बात करते हैं।''

सुनकर पिंगलक ने सोचा, दमनक होशियार जान पड़ता है। इसके सामने मैं अपने मन की बात कहूँगा, क्योंकि गुणवान् सेवक और सच्चे मित्र से अपना दुःख कहने पर आदमी सुखी होता है।

इसलिए पिंगलक ने पूछा, ''हे दमनक! आजकल तू दूर से आती हुई एक डरावनी आवाज नहीं सुनता?''

उसने कहा, ''सुनता हूँ, लेकिन इसमें क्या बात है?''

पिंगलक बोला, ''मैं इस जंगल से भाग जाना चाहता हूँ।''

दमनक ने पूछा, ''किसलिए?''

पिंगलक बोला, ''इसलिए कि मेरे वन में कोई अजीब जानवर घुस आया है। जैसी उसकी आवाज है, लगता है, उसकी ताकत भी वैसी ही होगी।''

दमनक ने कहा कि आप केवल आवाज से डर गए! यह ठीक नहीं, क्योंकि जो केवल आवाज से डरते हैं, वे कायर होते हैं। तरह-तरह के बाजे बजाने से तरह-तरह की आवाजें निकलती हैं, इसलिए केवल आवाज से नहीं डरना चाहिए। वीर पुरुष विधाता के डराने पर भी नहीं डरते। मैं आपको गीदड़ और नगाड़े की कहानी सुनाता हूँ।

□

गीदड़ और नगाड़ा

एक गीदड़ था, उसका नाम था गोमायु। वह भूखा-प्यासा भोजन की तलाश में घूम रहा था। घूमते-फिरते लड़ाई के मैदान में जा निकला। वहाँ एक नगाड़ा पड़ा था। पेड़ की टहनियाँ हवा से हिल-हिलकर उससे टकराती तो जोर-जोर से आवाज पैदा होती थी। यह आवाज सुनकर गोमायु डर गया। उसने सोचा—ऐसी जोरदार आवाज करनेवाले जानवर की नजर में नहीं पड़ना चाहिए। मुझे भाग चलना चाहिए। लेकिन फिर सोचा कि भय और खुशी के मौके पर उतावली से काम करना ठीक नहीं। मैं पता लगाता हूँ कि यह किसकी आवाज है?

बस, वह हिम्मत करके आगे बढ़ा और नगाड़े की जाँच की। उसने पास जाकर उसे बजाया। बड़ा खुश हुआ। बहुत दिनों में मुझे इतना भोजन मिला है। इसके अंदर जरूर मांस और चरबी भरी है। यह सोचकर उसने किसी तरह ऊपर के सख्त चमड़े को चीर डाला। उसके दाँत भी टूट गए, पर वह उसके अंदर घुस गया। किंतु वहाँ केवल लकड़ी के खोल को देखकर उसे बड़ी निराशा हुई।

इसलिए मैं कहता हूँ कि केवल आवाज से नहीं डरना चाहिए।

पिंगलक ने कहा, "अरे भाई! जब मेरे कुटुंबवाले सब डर गए हैं और भाग जाना चाहते हैं, तब मैं कैसे धीरज धरूँ?"

दमनक बोला, "इसमें उनका क्या दोष है? सेवक तो स्वामी की तरह होते हैं, इसलिए मैं इस आवाज का पता लगाने जाता हूँ। जब तक मैं न आऊँ तब तक आप धीरज से मेरी राह देखें।"

पिंगलक ने कहा, "क्या तुझमें उसके सामने जाने की हिम्मत है?"

दमनक बोला, "स्वामी की आज्ञा से अच्छे सेवक कहीं भी जा सकते हैं। वे साँप के मुँह में और समुद्र में भी घुस सकते हैं।"

पिंगलक ने कहा, "ऐसी बात है तो तू जा। तेरा कल्याण हो!"

दमनक नमस्कार करके संजीवक की आवाज के पीछे-पीछे चल दिया।

संजीवक के पास पहुँचकर दमनक को पता चला कि वह तो केवल एक बैल है। वह बड़ा खुश हुआ और मन में सोचने लगा—'यह तो बड़ा अच्छा हुआ। इसके साथ यदि पिंगलक का मेल और लड़ाई कराई जाए तो वह मेरे वश में हो जाएगा।'

इस तरह सोचता हुआ वह पिंगलक के पास लौट आया।

पिंगलक ने पूछा, "क्या तू उस जीव को देख आया?"

दमनक बोला, "क्या मैं आपसे झूठ बोल सकता हूँ? देवता और राजा के सामने जो जरा सा भी झूठ बोलता है, उसका नाश हो जाता है।"

पिंगलक ने कहा, "तूने उसे जरूर देखा होगा। बड़े लोग दीनों पर गुस्सा नहीं करते, इसलिए उसने मुझे मारा नहीं। तेज आँधी भी कोमल और नीचे झुके हुए तिनकों को कभी नहीं उखाड़ती।"

दमनक बोला, "जैसा आप समझें। वह बड़ा है और हम छोटे। फिर भी, अगर आप कहें तो मैं उसे आपकी सेवा में ला सकता हूँ।"

पिंगलक ने लंबी साँस भरी और हैरानी से पूछा, "तू ऐसा कर सकता है?"

दमनक बोला, "बुद्धि क्या नहीं कर सकती? बुद्धि से जो काम बन सकता है, वह हाथी, घोड़ों और फौजों से भी नहीं बन सकता।"

पिंगलक ने कहा, "अगर ऐसी बात है तो मैं तुझे अपना मंत्री बनाता हूँ। आज से यह काम तू ही करेगा।"

फिर तो दमनक तुरंत संजीवक के पास गया और उसे फटकारने लगा। बोला, "चल, चल रे दुष्ट बैल! तुझे महाराज पिंगलक बुलाते हैं।"

यह सुनकर संजीवक ने पूछा, "भाई! यह पिंगलक कौन है?"

दमनक बोला, "तू महाराज पिंगलक को नहीं जानता? जरा ठहर, तुझे इसका फल मिलेगा। वह देख, सब जानवरों के बीच में बरगद के नीचे वह शेर बैठा है। वही पिंगलक है।"

यह सुनकर संजीवक को बड़ी चिंता हुई। उसने समझा कि बस, अब मेरा जीवन खत्म हुआ। उसने खुशामद करते हुए कहा, "आप बात करने में चतुर जान पड़ते हैं। आप अगर मुझे वहाँ ले जाना ही चाहते हैं तो कुछ ऐसा करिए, जिससे वह मुझे नुकसान न पहुँचाने का वचन दें और मुझ पर दया करें।"

दमनक बोला, "तू ठीक कहता है। राजा के मन की बात कोई नहीं जान सकता। तू अभी यहीं खड़ा रह। मैं सब ठीक-ठाक करके ही तुझे वहाँ ले जाऊँगा।"

ऐसा कहकर दमनक पिंगलक के पास आकर बोला, "देव, वह कोई मामूली

जीव नहीं है। शिवाजी महाराज की सवारी का बैल है। कहता था कि शिवाजी महाराज ने मुझे यमुना के किनारे घास चरने को कहा है और यह जंगल खेलने के लिए दिया है।''

पिंगलक डर गया। उसने कहा, ''अब समझा। यह जंगल मांस खानेवाले पशुओं से भरा है। इसमें घास चरनेवाला जानवर बिना देवता की कृपा के इस तरह नहीं घूम सकता। अच्छा, फिर तुमने क्या कहा?''

दमनक बोला, ''मैंने कहा कि पिंगलक इस वन के राजा हैं। वह दुर्गा की सवारी हैं, इसलिए तुम उनके प्यारे मेहमान हो। तुम उनके पास जाओ और उनसे दोस्ती करके साथ-साथ रहो। उसने मेरी बात मान ली और कहा कि ऐसा करो, जिससे महाराज मुझे कुछ न कहने का वचन दें। अब आप जैसा अच्छा लगे वैसा करें।''

यह सुनकर पिंगलक ने कहा, ''शाबाश! तूने मेरे दिल की बात कही। इसलिए मैं वचन देता हूँ कि मैं उसे कुछ नहीं कहूँगा। तू भी उससे मेरे लिए ऐसा ही वचन माँग और जल्दी से उसे यहाँ ले आ।''

दमनक उसे प्रणाम करके फिर संजीवक के पास चला। रास्ते में खुश होकर सोचता जाता था—'आहा! अब तो स्वामी मुझ पर खुश होकर मेरे वश में हो गए हैं। अब मुझसे बढ़कर खुशकिस्मत कोई दूसरा नहीं हो सकता।'

बाद में संजीवक के पास पहुँचकर उसने कहा, ''हे मित्र! तेरे लिए मैंने महाराज से वचन ले लिया है कि वह तुझे कुछ नहीं कहेंगे। तू बेफिक्र होकर चल। पर देख, राजा की कृपा पाकर तुझे मेरी शर्त माननी होगी। शेखी में आकर भूल न जाना। मैं भी तेरे साथ सलाह-मशवरा करके राज-काज चलाऊँगा। ऐसा करेगा तो हम दोनों आंनद करेंगे।''

संजीवक बोला, ''जैसा आपने कहा मैं वैसा ही करूँगा।''

उसके ऐसा कहने पर दमनक उसे लेकर पिंगलक के पास आया और बोला, ''महाराज, मैं संजीवक को ले आया हूँ। अब आपको जैसा ठीक लगे, करें।''

संजीवक ने सिर झुकाकर पिंगलक को प्रणाम किया। पिंगलक ने अपना दाहिना हाथ उसके मजबूत कंधे पर रखकर पूछा, ''आप कुशल से तो हैं? इस वीरान जंगल में आप कैसे आए?''

संजीवक ने तब उसे सारी कहानी सुनाई।

उसे सुनकर पिंगलक ने और भी आदर के साथ कहा, ''मित्र, डरो मत। मैं तुम्हारी रक्षा करूँगा। फिर भी तुम हमेशा मेरे पास रहा करो, क्योंकि इस वन में बड़े-बड़े खूँखार जानवर रहते हैं।''

यह कहकर पिंगलक ने यमुना के किनारे उतरकर पानी पिया और फिर वन में घुस गया। तब से उसने अपने राज्य का काम-काज करटक व दमनक पर छोड़ दिया और संजीवक के साथ बातचीत में समय बिताने लगा। संजीवक बहुत बुद्धिमान और चतुर

था। उसने थोड़े ही दिनों में पिंगलक को बुद्धिमान बना दिया और उसका जंगलीपन दूर कर दिया। वे दोनों रोज अकेले में सलाह करते। दूसरे लोग दूर ही रहते। करटक और दमनक भी वहाँ नहीं जा सकते थे। इसका परिणाम यह हुआ कि सिंह ने शिकार करना छोड़ दिया। सिंह के शिकार न करने से भूखे जानवर उसे छोड़कर उसी तरह जाने लगे, जैसे कोई पेड़ सूख जाए और उस पर फल न लगें तो पंछी भी उसे छोड़ देते हैं।

इस तरह भूख से दुःखी होकर और कोई पूछ न रहने के कारण दमनक व करटक आपस में सलाह करने लगे। दमनक ने कहा, ''भाई करटक! अब तो हमारी कोई पूछ नहीं रही। संजीवक के प्रेम के कारण पिंगलक ने अपने सब काम छोड़ दिए। सब साथी भी चले गए। अब क्या किया जाए?''

करटक बोला, ''अगर स्वामी तेरी बात न भी मानें तो भी तुझे उन्हें ऊँच-नीच सुझाना चाहिए। तू ही इस घास खानेवाले को महाराज के पास लाया था।''

दमनक ने कहा, ''तुम ठीक कहते हो। वह दोष मेरा ही है, स्वामी का नहीं।''

करटक बोला, ''ऐसी हालत में हम दोनों को क्या करना चाहिए?''

दमनक ने कहा, ''ऐसे वक्त में भी मेरी बुद्धि ऐसा कमाल दिखाएगी कि मैं संजीवक को महाराज से अलग कर दूँगा। चालाकी से उसे फोड़ूँगा।''

करटक बोला, ''भाई, अगर किसी तरह महाराज को तेरी चाल का पता चल गया तो संजीवक के बदले तेरी मौत आ जाएगी।''

दमनक ने कहा, ''मित्र, ऐसा मत कहो बुरे दिनों में जब भाग्य रूठ जाए, तब चालाकी से काम बनाना बुरा नहीं है। कोशिश नहीं छोड़नी चाहिए। हमेशा कोशिश करते रहनेवाला व्यक्ति ही फलता-फूलता है।''

करटक बोला, ''यह ठीक है; पर मुझे तो डर है कि संजीवक चतुर है और शेर भयानक है। तेरी बुद्धि भी तेज तो है, फिर भी तू पिंगलक से संजीवक को अलग नहीं कर सकेगा।''

दमनक ने कहा, ''भाई, उपाय से जो काम किया जा सकता है वह ताकत से नहीं किया जा सकता। कौवी ने सोने की माला से काले नाग का नाश करा दिया था।''

करटक ने पूछा, ''यह कैसे हुआ?''

□

कौओं का जोड़ा और काला नाग

दमनक कहने लगा—"किसी देश में एक बरगद का पेड़ था। उस पर कौए का एक परिवार रहता था। उनके बच्चों को हमेशा एक काला साँप खा जाया करता था, जो उसी पेड़ के कोटर में रहता था। इस बात से दुःखी होकर उन्होंने अपने प्यारे दोस्त सियार से कहा,—"भाई, ऐसी हालत में हम क्या करें ? दुष्ट काला साँप हमारे बच्चों को खा जाता है। उन्हें बचाने का कोई उपाय बताओ ?"

सियार ने कहा, "इस बारे में तुम भी सोच न करो। यह बात ठीक है कि बिना तरकीब के इस दुष्ट को नहीं मारा जा सकता। तरकीब जाननेवाला चाहे छोटा ही हो, किंतु उसे शूरवीर भी नहीं हरा सकते। बहुत सी मछलियाँ खा लेने पर भी जब लालच बना रहा तो केकड़े ने बगुले को मार डाला था।"

कौए ने पूछा, "वह कैसे ?"

□

बगुला और केकड़ा

सियार कहने लगा—"किसी देश में एक बड़ा तालाब था। उसमें तरह-तरह के पानी के जानवर रहते थे। वहाँ रहनेवाला एक बगुला बूढ़ा हो गया तो उसमें मछलियाँ पकड़ने की शक्ति न रही। भूख के कारण तब वह तालाब के किनारे बैठकर रोने लगा।

इतने में एक केकड़ा बहुत से जलचरों के साथ उसके पास आया और उसके दुःख से दुःखी होकर बोला, "मामा, आज तुम खाते क्यों नहीं? आँखों में आँसू भरकर साँस क्यों खींच रहे हो?"

उसने कहा, "बेटा, तुमने ठीक समझा। मैंने मौत आने तक न खाने का व्रत लिया है। इसलिए मैं मछलियाँ नहीं खाता।"

यह सुनकर केकड़े ने पूछा, "आप ऐसा क्यों कर रहे हैं?"

उसने कहा, "बेटा, मैं इसी तालाब में बड़ा हुआ हूँ। मैंने यह सुना है कि अब करीब बारह साल तक यहाँ पानी नहीं बरसेगा।"

केकड़े ने पूछा, "तुमने यह कहाँ से सुना?"

बगुला बोला, "मैंने यह एक ज्योतिषी के मुँह से सुना है। इस तालाब में थोड़ा ही पानी है, इसलिए यह जल्दी ही सूख जाएगा। तालाब के सूख जाने पर जिनके साथ मैं बड़ा हुआ, सदा खेला, वे सभी पानी के बिना मर जाएँगे। मैं यह नहीं देख सकता इसलिए मैंने यह व्रत लिया है। आज छोटे तालाबों के रहनेवालों को उनके नातेदार बड़े तालाबों में ले जा रहे हैं। मगर गोह और दरियाई घोड़े वगैरह तो खुद चले जा रहे हैं, पर इस तालाबवाले बेफिकर हैं। इस वजह से मैं और भी रो रहा हूँ, क्योंकि उनमें से एक का भी नाम-निशान नहीं बचेगा।"

उसकी ये बातें केकड़े ने सबसे कहीं। तब सारे मछली-कछुए आदि डर कर

बगुले के पास आए और पूछने लगे, "मामा, क्या कोई ऐसा उपाय है, जिससे हम बच सकें?"

बगुले ने कहा, "इस तालाब से थोड़ी दूर पर पानी से भरा एक गहरा तालाब है। उसमें कमल खिले हैं। अगर चौबीस साल भी पानी न बरसे तो भी वह सूख नहीं सकता। जो कोई मेरी पीठ पर चढ़ जाएगा, उसे मैं वहाँ ले जाऊँगा।" इस पर 'चाचा, पहले मैं, 'मामा, पहले मैं, ऐसा चिल्लाते हुए सब जीवों ने उसे चारों ओर से घेर लिया। अब तो दुष्ट बगुला बारी-बारी से उन्हें पीठ पर चढ़ाकर पास ही एक चट्टान पर ले जाता और उन्हें खा जाता। फिर लौटकर झूठी-झूठी बातें सुनाकर दूसरों का मन बहलाता। इस प्रकार रोज वह अपना भोजन पाने लगा।

एक दिन केकड़े ने कहा, "मामा, मेरे साथ तेरी सबसे पहले बात हुई थी, फिर भी तू मुझे छोड़कर दूसरों को क्यों ले जाता है?"

यह सुनकर दुष्ट बगुले ने सोचा, रोज-रोज मछली खाने से मैं बीमार हो गया हूँ, इसलिए अब केकड़ा खाना ठीक रहेगा। यह निश्चय कर वह केकड़े को पीठ पर चढ़ाकर चट्टान की ओर चल पड़ा। केकड़े ने दूर से ही मछलियों की हड्डियों का ढेर देखा और पूछा, "मामा, वह तालाब कितनी दूर है?"

यह जानकर कि केकड़ा मूर्ख है और जमीन पर यह कुछ न कर सकेगा, बगुला हँस पड़ा और बोला, "अरे केकड़े! दूसरा तालाब कहीं नहीं है। यह तो मेरी रोजी है। अपने भगवान् को याद कर, क्योंकि अब मैं तुझे इसी चट्टान पर पटक कर खाऊँगा।"

बगुला यह कह ही रहा था कि केकड़े ने अपने दोनों आरों से उसकी गरदन दबोच ली। वह मर गया। बाद में केकड़ा उस कटी हुई गरदन को लेकर तालाब पर पहुँचा। सबने उससे पूछा, "अरे, तू कैसे लौट आया? मामा क्यों नहीं लौटे?"

केकड़े ने हँसकर सब कहानी सुनाई और कहा, "अब किसी को घबराने की जरूरत नहीं आज से सबका भला होगा।"

सियार ने कहा, "कहानी सुनने के बाद कौआ और कौवी उड़ चले। उड़ते-उड़ते कौवी एक तालाब के पास पहुँची। उसने देखा कि किसी राजा की रानियाँ किनारे पर सोने की माला, मोती के हार और गहने-कपड़े रखकर नहा रही है। कौवी सोने की एक माला लेकर अपने घोंसले की तरफ उड़ी। उसे माला ले जाते देखकर नौकर और रखवाले डंडे लेकर उसके पीछे-पीछे दौड़े। कौवी साँप के कोटर में वह माला डालकर दूर उड़ गई। रखवालों ने पेड़ की जड़ में झाँककर देखा तो वहाँ एक काला नाग फन फैलाए बैठा था। उसे मारकर वे सोने की माला ले गए। इसके बाद कौए का परिवार सुख से रहने लगा।"

दमनक बोला, "इसलिए मैं कहता हूँ कि तरकीब से जो काम हो सकता है वह बहादुरी से नहीं हो सकता। जिसके पास बुद्धि है उसी के पस बल है। बुद्धि के सहारे एक

खरगोश ने वन में बलवान् सिंह का नाश कर दिया था।''

करटक ने पूछा, ''वह किस तरह?''

□

सिंह और खरगोश

एमनक बोला—"किसी वन में एक शेर रहता था। उसका नाम भासुरक था। वह बड़ा बलवान् था। रोज अनेक हिरन, खरगोश आदि जीवों को मारता था। ऐसा करने से वह कभी नहीं चूकता था। एक दिन उस वन में रहनेवाले सब जानवर इकट्ठे होकर शेर के पास गए और बोले, "स्वामी! हम सब जानवरों को रोज-रोज मारने से आपको क्या मिलता है? आपका पेट तो एक जानवर से भी भर सकता है। इसलिए हम आपसे वादा करते हैं कि आज से यहीं बैठे-बैठे आपके पास एक पशु आ जाया करेगा। ऐसा करने से आपका पेट बिना तकलीफ उठाए भरता रहेगा और हम लोगों का नाश भी नहीं होगा। आप राजा हैं। आपको राजा का धर्म निभाना चाहिए। जो राजा प्रजा पर मेहरबानी करते हैं, वे फलते-फूलते हैं और जो प्रजा का नाश करते हैं, उनका नाश हो जाता है, इसमें कोई शक नहीं।"

उनकी ये बातें सुनकर भासुरक ने कहा, "तुम ठीक कहते हो। लेकिन अगर ऐसा न हुआ तो मैं सबको मारकर खा जाऊँगा।"

सबने वादा किया कि ऐसा ही होगा। इसके बाद वे बेफिक्र होकर वन में घूमने लगे। अब उन्हें किसी बात का डर नहीं रहा। अपनी बारी आने पर रोज एक जानवर शेर के पास चला जाता था।

एक बार एक खरगोश की बारी आई। सब जानवरों के जोर देने पर वह दुःखी मन से धीरे-धीरे जा रहा था और जाते-जाते शेर को मारने का उपाय सोच रहा था। रास्ते में एक कुआँ था। उसमें झाँककर खरगोश ने पानी में अपनी परछाईं देखी। उसे देखकर उसने सोचा—यह बड़ी अच्छी तरकीब है। मैं अपनी चतुराई से शेर को गुस्सा दिलाकर इस कुएँ में गिरा दूँगा। इसके बाद जब दिन थोड़ा रह गया तब वह शेर के पास पहुँचा। वक्त पर खाना न मिलने के कारण भूखा शेर गुस्से से भरा बैठा था। वह जीभ से अपने

होंठों को चाट रहा था और सोच रहा था कि सवेरे मैं इस वन के सब जानवरों को मार डालूँगा। तभी खरगोश ने सामने जाकर उसे प्रणाम किया। गुस्से से भरे शेर ने उसको झिड़ककर कहा, "अरे, नीच खरगोश! एक तो तू छोटा है और दूसरे देर करके आया, इसलिए तेरे इस अपराध के कारण मैं तुझे और दूसरे सब पशुओं को मार डालूँगा!"

खरगोश ने हाथ जोड़कर जवाब दिया, "महाराज, इसमें न तो मेरा कुछ कसूर है, न दूसरे जानवरों का। देर होने की वजह कुछ और ही है।"

शेर ने कहा, "जल्दी से बता।"

खरगोश बोला, "स्वामी, छोटा जानकर सब जानवरों ने मुझे पाँच खरगोशों के साथ भेजा था। जब मैं आ रहा था तो रास्ते में एक दूसरे शेर ने हमें रोका और पूछा—'क्यों रे! तुम सब कहाँ जा रहे हो?' इस पर मैंने जवाब दिया—'वादे के अनुसार हम सब अपने मालिक शेर के पास उसका भोजन बनकर जा रहे हैं।' तब उसने कहा—'यह सारा जंगल मेरा है। भासुरक तो चोर है। अगर वह राजा है तो इन चार खरगोशों को यहाँ छोड़कर उसे जल्दी बुला ला। हम दोनों में जिसकी ताकत ज्यादा होगी, वही इन सबको खा सकेगा।' उसकी आज्ञा पाने पर मैं आपके पास आया हूँ। देर होने का यही सबब है।"

यह सुनकर भासुरक ने कहा, "अगर यह बात है तो तू पहले उस चोर को दिखा, जिससे मैं अपना गुस्सा उस पर उतारकर कलेजा ठंडा करूं।"

खरगोश ने कहा, "स्वामी, यह सच है कि अपनी जमीन और अपनी आन के लिए बहादुर लोग लड़ाई लड़ते हैं। पर वह शेर किले में रहता है। किले में रहनेवाला बड़ी तकलीफ देनेवाला होता है और जिस राजा के पास किला नहीं है, वह ऐसा होता है जैसे बिना दाँत का साँप।"

यह सुनकर भासुरक ने कहा, "तू किले की बात छोड़, उसे दिखा भर दे। मैं उसे मार डालूँगा, क्योंकि अगर आदमी दुश्मन और रोग को पैदा होते ही नहीं दबा देता तो वे बढ़कर उसका नाश कर देते हैं। और जो अपने बल को जानता है और उत्साही है वह अकेला होने पर भी अपने दुश्मनों को मिटा देता है।"

खरगोश ने कहा, "ऐसा होने पर भी उसका बल जाने बिना आपका वहाँ जाना ठीक नहीं है।"

भासुरक बोला, "तुझे इन बातों से क्या काम? तू उसे दिखा तो सही।"

खरगोश बोला, "अगर ऐसी बात है तो आइए, मेरे साथ चलिए।"

यह कहकर वह आगे हो लिया। कुएँ के पास पहुँचकर उसने भासुरक से कहा, "स्वामी, आपका तेज कोई नहीं सह सकता। आपको दूर से ही आता देखकर वह चोर अपने किले में घुस गया है। आप कहें तो मैं दिखाऊँ।"

भासुरक ने कहा, ''हाँ-हाँ, मुझे किला जरूर दिखा।''

खरगोश ने उसे कुआँ दिखा दिया। कुएँ के पानी में अपनी परछाईं देखकर वह बेवकूफ शेर गरजने लगा। उस गर्जना की गूँज से कुएँ के अंदर से दुगुनी तेज आवाज उठने लगी। उसे अपने दुश्मन की दहाड़ समझकर सिंह कुएँ में कूद पड़ा और मर गया।

दमनक ने कहा, ''इसीलिए कहते हैं कि जिसके पास बुद्धि है उसी के पास बल है। अगर तू कहे तो मैं वहाँ जाकर अपनी चतुराई से पिंगलक और संजीवक दोनों की दोस्ती तुड़वा दूँ।''

करटक ने कहा, ''अगर ऐसी बात है तो जा, जैसा जी में आए, कर। तेरा रास्ता सुख से कटे।''

बाद में पिंगलक जब अकेला था तो दमनक उसके पास पहुँचा और प्रणाम करके बैठ गया।

पिंगलक ने पूछा, ''क्या बात है ? तू बहुत दिनों से दिखाई नहीं दिया ?''

दमनक ने कहा, ''आपको हमारी कोई जरूरत नहीं, इसलिए नहीं आता। फिर भी राज-काज खराब होते देखकर मैं दुःखी होकर कुछ कहने चला आया। क्योंकि जिसकी हार न चाही जाए, उसकी बुराई या भलाई की बात बिना पूछे भी उसे समझानी चाहिए।''

यह मतलब भरी बात सुनकर पिंगलक ने कहा, ''तुझे क्या कहना है ? जो कहना है, वह साफ-साफ कह।''

दमनक ने कहा, ''स्वामी, यह संजीवक आपसे दुश्मनी रखता है। मुझे अपने भरोसे का आदमी समझकर उसने मुझसे कहा कि मैंने इस पिंगलक की मजबूती और कमजोरी दोनों पहचान ली है। अब मैं इसे मारकर सब पशुओं का राजा बनूँगा और तुझे मंत्री बनाऊँगा।''

यह भयंकर बात सुनकर पिंगलक के होश उड़ गए और उसने कहा, ''संजीवक तो मेरा प्रिय सेवक है। वह मेरे साथ दुश्मनी कैसे रख सकता है ?''

दमनक बोला, ''इस बारे में कोई खास नियम नहीं है। क्योंकि ऐसा कोई आदमी नहीं है जो अधिकार न चाहता हो। केवल कमजोर लोग ही हर समय राजा की सेवा किया करते हैं।''

पिंगलक ने कहा, ''कुछ भी हो, मेरा मन उस पर शक करने को नहीं कहता।''

दमनक बोला, ''यही तो बुरी बात है। आप किस विशेष गुण के कारण उस मूर्ख को अपने पास रखे हुए हैं ? अगर आप यह सोचते हैं कि वह बड़े शरीर वाला है और उससे मैं अपने दुश्मनों का नाश करवाऊँगा तो यह काम वह नहीं कर सकता। क्योंकि वह घास खानेवाला है और आपके दुश्मन मांस खानेवाले हैं। इसलिए उसकी मदद से दुश्मनों को

नहीं जीता जा सकता। उस पर तो आप अब दोष लगाकर उसे मार ही डालिए।''

पिंगलक ने कहा, ''सभा में पहले जिसकी प्रशंसा की हो, उस पर दोष लगाना आसान नहीं है। फिर मैंने तेरी ही बात मानकर उसकी रक्षा करने का वचन दिया था। अब मैं ही उसे कैसे मारूँ? वह मेरा पक्का मित्र है। मुझे उससे कोई शिकायत नहीं है। संजीवक अगर मुझसे दुश्मनी रखता है तो भी मुझे उसके खिलाफ कुछ नहीं करना चाहिए।''

दमनक बोला, ''दुश्मन को माफ करना उचित नहीं फिर, आपने तो उसकी दोस्ती में पड़कर अपना राजधर्म छोड़ दिया है। इसी कारण आपके सेवक उदास हो गए हैं। वह घास खानेवाला है, आप और आपके सेवक मांस खानेवाले हैं। अगर आपने किसी को न मारने का व्रत ले लिया है तो आपके नौकरों को मांस खाने को कहाँ से मिलेगा? मांस नहीं मिलेगा तो वे आपको छोड़कर चले जाएँगे। फिर आपका भी नाश हो जाएगा। संजीवक की दोस्ती के कारण आपके मन में भी शिकार खेलने की बात नहीं आएगी; क्योंकि कहा है कि जैसे सेवा करनेवाले नौकर होते हैं, वैसा ही मनुष्य हो जाता है। दुष्टों के साथ रहने से साधु भी खराब हो जाते हैं। इसलिए अच्छे आदमी नीचों का संग नहीं करते। जिनके कुल-शील का कुछ पता न हो, उन्हें आश्रय नहीं देना चाहिए। ऐसा करने पर खटमल के दोष के कारण जूँ मारी गई थी।''

पिंगलक ने पूछा—''वह कैसे''

□

जूँ और खटमल

दमनक कहने लगा—किसी देश में एक राजा राज करता था। उसके पास सोने के लिए सुंदर कमरा था। वहाँ दो सफेद रेशमी कपड़ों के बीच एक सफेद जूँ रहती थी, जो राजा का खून चूसती थी और सुख से अपने दिन बिताती थी। एक दिन कहीं से घूमता हुआ एक खटमल उस कमरे में आ निकला। उसे देखकर जूँ बड़ी दुःखी हुई और बोली, 'तुम यहाँ कैसे आ गए? इससे पहले कि कोई तुम्हें देखे और जाने को कहे, तुम यहाँ से भाग जाओ।'

खटमल ने कहा—''अगर बुरा आदमी भी घर पर आ जाए तो उससे भी ऐसा नहीं कहना चाहिए। भले आदमी हमेशा उसका 'आइए', 'पधारिए', 'कुशल तो हैं'—ऐसा कहकर स्वागत करते हैं। मैंने तीखे, कड़वे, कसैले और खट्टे बहुत तरह का खून चखा है, पर मीठा खून आज तक नहीं चखा। अगर तू मुझ पर कृपा करे तो तरह-तरह के जायकेदार भोजन खाने से इस राजा के शरीर में जो मीठा खून पैदा हुआ है, उसे चखकर जीभ का सुख पाऊँ। तू अकेली राजा का खून चूसे, यह ठीक नहीं है।'

यह सुनकर जूँ ने कहा, 'अरे खटमल, मैं तो जब यह राजा सो जाता है तब इसका खून चूसती हूँ। लेकिन तू बड़ा चपल है। अगर तू मेरे साथ खून पीना चाहता है तो धीरज धर और मनचाहा लहू पी।'

खटमल बोला, 'मैं ऐसा ही करूँगा। मैं देवता और गुरु की कसम खाकर कहता हूँ कि जब तक तू राजा का लहू न चख लेगी तब तक मैं नहीं चखूँगा।'

वे दोनों इस तरह बात कर ही रहे थे कि राजा अपनी पलंग पर आकर लेट गया। इसके बाद उस खटमल ने लोभ में आकर राजा के जागते हुए ही उसे काट लिया। खटमल के काटने पर राजा को लगा कि जैसे सुई चुभी हो। वह पलंग छोड़ कर फौरन उठा खड़ा हुआ और अपने नौकरों से बोला, 'अरे, पता लगाओ कि इस

चादर में खटमल है या जूँ?'

जो सेवक वहाँ थे, उन्होंने जल्दी से चादर बड़ी बारीकी से देखी। उस समय फुर्तीला होने के कारण खटमल तो खाट की दरार में घुस गया, पर जूँ कपड़े के जोड़ में दिखाई पड़ गई और मार दी गई।

दमनक बोला, ''इसीलिए मैं कहता हूँ कि जिसके कुल-शील का पता न हो, उसे कभी शरण नहीं देनी चाहिए। खटमल के दोष से जूँ मारी गई। इसलिए आप संजीवक को मार डालिए, नहीं तो वह आपको मार डालेगा। कहा है कि जो राजा अपनों को बाहर निकाल देता है और जो अजनबी लोगों पर भरोसा करता है वह ककुद्रुम की तरह मारा जाता है।''

पिंगलक ने पूछा, ''वह कैसे?''

□

नील के बरतन में गिरा हुआ गीदड़

दमनक ने कहा—किसी जंगल में एक गीदड़ रहता था। एक दिन भूख से बेचैन होकर वह लालची एक नगर में आया। उसे देखकर चारों ओर से कुत्ते उसे काटने दौड़े। उनसे जान बचाने के लिए वह गीदड़ पास ही एक रँगरेज के घर में घुस गया। वहाँ नील के रंग से भरा हुआ एक बहुत बड़ा बरतन रखा था। कुत्तों से डरा हुआ वह गीदड़ उसी बरतन में गिर पड़ा। इसलिए उसका रंग नीला हो गया। कुत्तों ने उसे नहीं पहचाना और वे अपनी-अपनी राह चले गए। गीदड़ भी फिर घूमता हुआ जंगल की तरफ चला गया। नील अपना रंग कभी नहीं छोड़ता। गीदड़ का रंग महादेवजी के गले जैसा नीला हो गया और उसकी चमक तमाल के पेड़ की तरह हो गई। उसे देखकर शेर, बाघ, भेड़िए आदि जानवर डर गए। वे घबराकर इधर-उधर भागने लगे और कहने लगे कि इस अजीब जानवर की आदत और बल का कुछ पता नहीं, इसलिए हमें इससे दूर रहना चाहिए।

नीले गीदड़ ने उन जानवरों को घबराया हुआ देखा तो कहा, "अरे जानवरो! तुम मुझे देखते ही भाग क्यों रहे हो? डरो मत। ब्रह्मा ने मुझे अपने हाथ से बनाया और कहा, 'जानवरों का कोई राजा नहीं है। इसलिए मैं उनके राजा के रूप में तेरा राज-तिलक करता हूँ। तू जाकर सबको पाल-पोस।' इसलिए मैं यहाँ आया हूँ। सबको मेरी छत्र-छाया में रहना चाहिए। मेरा नाम ककुद्रुम है। मैं तीनों लोकों के जानवरों का राजा हूँ।"

यह सुनकर शेर, बाघ आदि सब "स्वामी! प्रभो! आज्ञा दीजिए।" ऐसा कहने लगे और उसे चारों ओर से घेरकर बैठ गए। उसने शेर को मंत्री, बाघ को सेजपाल, चीते को राजा की पान-सुपारी का मालिक और भेड़िए को दरबान बनाया। पर उसके जितने सगेसंबंधी गीदड़ थे, उनसे उसने बात तक नहीं की। सबको उसने धक्के देकर बाहर निकलवा दिया। कुछ दिन बाद एक बार उसने दूर से चिल्लाते हुए गीदड़ों की आवाज सुनी। उनकी आवाज सुनकर उसके शरीर के रोएँ खड़े हो गए। आँखों से खुशी के आँसू

बह निकले और वह जोर-जोर से रोने लगा।

शेर, बाघ वगैरह जानवरों ने उसको 'हुआँ, हुआँ!' चिल्लाते सुना। वे पहचान गए कि यह तो गीदड़ है। थोड़ी देर के लिए शर्म से उन्होंने सिर झुका लिया। फिर कहा, "अरे! इसने हम सबको ठगा है। यह तो एक मामूली गीदड़ है! मारो इसे।"

यह सुनकर नीला गीदड़ भागना ही चाहता था कि शेर ने उसके टुकड़े-टुकड़े कर दिए।

दमनक ने कहा, "इसलिए मैं कहता हूँ कि जो राजा अपनों को बाहर निकाल देता है और परायों को विश्वासी समझ लेता है, वह ककुद्रुम की तरह मारा जाता है।

यह सुनकर पिंगलक ने कहा, "अच्छा, इस बात का क्या सबूत है कि मेरी ओर से संजीवक की नीयत बिगड़ गई है?"

दमनक बोला, "आज ही उसने मेरे सामने तय किया है कि कल सवेरे मैं पिंगलक को मारूँगा। यही इस बात का सबूत है। सवेरे सभा के समय वह लाल आँखों से आपकी ओर गुस्से से देखेगा। उसके होंठ फड़कते होंगे। यह जानकर आप जैसा ठीक समझें, करें।"

यह कहकर वह संजीवक के पास पहुँचा और नमस्कार करके बैठ गया। उसे अनमने और धीरे-धीरे आते हुए देखकर संजीवक बोला, "आओ मित्र! बहुत दिनों में दिखाई दिए। राजी-खुशी से हो? तुम मेरे घर आए हो, इसलिए आज जो अमूल्य चीजें होंगी, वह भी माँगने पर मैं तुमको दूँगा। मित्र लोग जिसके घर जाते हैं, वह बहुत खुशकिस्मत होता है।"

दमनक ने कहा, "अजी, नौकरों की भला क्या राजी-खुशी! जो राजा के नौकर हैं उनको अपने जीने का भी भरोसा नहीं होता। गरीब, बीमार, बेवकूफ, घुमक्कड़ और नौकर—ये पाँचों जीते हुए भी मरे बराबर हैं।"

जब दमनक ने इस तरह की बहुत सी बातें कहीं तो संजीवक बोला "तुम कहना क्या चाहते हो? असली बात बताओ।"

दमनक ने कहा, "मालिक का भेद बतलाना वजीरों के लिए ठीक नहीं; क्योंकि जो ऐसा करता है, वह नरक में पड़ता है। फिर भी, तुम्हारे प्यार के कारण मैंने भेद खोल दिया है, क्योंकि तुम मेरे विश्वास दिलाने पर ही राजकुल में घुसे हो। तुम्हारे ऊपर पिंगलक की बुरी नीयत है। आज अकेले में उसने मुझसे कहा था कि सवेरे संजीवक को मारकर सब जानवरों का पेट भरूँगा। मैंने उसे कहा, 'स्वामी, मित्र से द्रोह करके रोजी चलाना ठीक नहीं है।' उसने गुस्से में भरकर कहा—'अरे दुष्ट! संजीवक घास खानेवाला है, हम मांस खानेवाले। इसलिए हमारा वैर तो कुदरती है। दुश्मन की ओर से लापरवाही कैसे की जा सकती है? इसलिए किसी भी उपाय से शत्रु को मिटा देना चाहिए। उसको

मारने में कोई दोष नहीं है।' "उसका यह निश्चय जानकर मैं तुम्हारे पास आया हूँ। इसलिए मुझ पर धोखा देने का दोष नहीं लग सकता। मैंने तुमको भेद की बात बतला दी। अब तुम्हें जैसा ठीक लगे वैसा करो।"

ये वचन बिजली गिरने के समान थे। सुनकर संजीवक बेहोश हो गया। होश आने पर वह वैरागी की तरह बोला, "अजी, ठीक ही तो कहा है कि राजा बिना ममता के होते हैं। वन में रहना, भीख माँगना, बोझ ढोकर पेट पालना—सब ठीक है, बीमारी भी ठीक है; पर राजा के यहाँ से दौलत पाना ठीक नहीं है। मैंने पिंगलक के साथ दोस्ती कर ठीक नहीं किया। एक जैसे शील और एक जैसी रुचिवाले आदमियों के बीच ही दोस्ती हो सकती है। बलवानों और कमजोरों के बीच दोस्ती ठीक नहीं है। मैं पिंगलक को खुश करने की कोशिश करूँगा; पर वह खुश नहीं होगा, क्योंकि जो बिना कारण वैर ठानता है, उसे खुश नहीं किया जा सकता।"

और भी बहुत सी बातें बताकर संजीवक ने कहा, "मुझे पता लग गया कि उसके पास रहनेवाले, मुझ पर जो उसकी कृपा-दृष्टि थी, उसे न सह सके। उन्होंने ही उसे मुझसे नाराज कर दिया है।"

दमनक बोला, "मित्र, अगर ऐसा है तो मुझे डर नहीं है। दुर्जनों ने अगर पिंगलक को गुस्सा दिलाया है तो भी वह तेरी बातों से ही खुश होगा।"

संजीवक ने कहा, "मित्र, तुमने ठीक नहीं कहा। दुष्ट लोग अगर छोटे भी हों तो उनके साथ नहीं रहा जा सकता। वे उसे किसी-न-किसी उपाय से मार देते हैं। कहा है कि चालबाजी से अपनी जीविका चलानेवाले खोटे लोग उसी प्रकार भला या बुरा करते हैं, जिस प्रकार ऊँट के बारे में कौए आदि ने किया।।"

दमनक ने पूछा "वह कैसे?"

□

सिंह, ऊँट, गीदड़ और कौआ

संजीवक बोला—किसी उपवन में एक सिंह रहा करता था। चीता, कौआ, गीदड़ और दूसरे जानवर उसके नौकर थे। एक दिन सब ने एक ऊँट देखा। वह काफिले से अलग होकर इधर-उधर भटक रहा था। उसे देखकर सिंह ने कहा, "अरे, यह कोई अजीब जंतु है। इसका पता लगाना चाहिए कि यह गाँव का है या शहर का?"

यह सुनकर कौआ बोला, "स्वामी, यह तो गाँव का रहनेवाला है। इसका नाम ऊँट है और यह तो आपका भोजन है। इसलिए इसको मार डालिए।"

सिंह ने कहा, "अपने घर आनेवालों को मैं नहीं मारूँगा, क्योंकि बिना किसी डर के घर आए दुश्मन को भी जो मारता है, उसे ब्राह्मण को मारने के बराबर पाप लगता है। इसलिए तुम उसको अभयदान देकर मेरे पास ले आओ। मैं उससे यहाँ आने का कारण पूछूँगा।"

इस पर वे सब ऊँट को भरोसा तथा अभयदान देकर बुला लाए। वह प्रणाम करके बैठ गया। बाद में जब सिंह ने पूछा तो उसने सारा हाल बता दिया। इस पर सिंह ने कहा, "अजी, अब तुम गाँव में जाकर बोझ ढोने की तकलीफ न उठाओ। इस जंगल में बढ़िया हरी-हरी घास है, उसे चरो और हमेशा मेरे पास सुख से रहो।"

ऊँट ने कहा, "ठीक है!" जब उसे पता लग गया कि अब कोई डर नहीं है तो वह खुशी-खुशी वहाँ रहने लगा।

एक दिन उस सिंह की लड़ाई एक जंगली हाथी के साथ हुई। उस लड़ाई में सिंह हाथी के दाँतों से घायल हो गया। घायल होने पर भी वह मरा नहीं। लेकिन कमजोर इतना हो गया कि वह एक कदम भी नहीं चल सकता था। कौए आदि सेवकों को भी बड़ी तकलीफ होने लगी। वे भूखे रहने लगे। यह देखकर सिंह ने अपने सेवकों से कहा, "अजी, कही से ऐसा जानवर ढूँढ़कर ले आओ, जिसे अपनी ऐसी हालत में भी मैं मार

सकूँ और तुम लोगों के खाने का बंदोबस्त कर सकूँ।"

इस पर वे चारों ओर शिकार की खोज में घूमने लगे, पर उन्हें कोई ऐसा जानवर नहीं मिला। तब वह कौआ और गीदड़ आपस में सलाह करने लगे। गीदड़ ने कहा, "भाई काकजी! इस भाग-दौड़ में क्या रखा है। वह ऊँट मालिक का भरोसा पाकर यहाँ रहता है। उसे मारकर अपना गुजारा करना चाहिए।"

कौआ बोला, "कहा तो तुमने ठीक है, पर उसे मालिक ने अभयदान दिया है। इसलिए वह मारने लायक नहीं है।"

गीदड़ ने कहा, "मैं स्वामी को ऐसी सीख दूँगा, जिससे वह उसे मार डालेगा। जब तक मैं मालिक की आज्ञा लेकर न लौट आऊँ, तब तक तुम यहीं ठहरो।"

यह कहकर वह जल्दी से सिंह के पास पहुँचा और बोला, "महाराज, हम सारा जंगल छान आए, पर हमें कोई जानवर नहीं मिला। अब हम क्या करें? भूख के कारण अब तो हम एक कदम भी नहीं चल सकते। आप भी पथ्य (बीमार को दिया जानेवाला भोजन) पर हैं। अगर आप कहें तो आज ऊँट के मांस का ही पथ्य बने।"

सिंह उसकी ऐसी कठोर बात सुनकर गुस्से से भर गया। बोला, "अरे, मुझे धिक्कार है! अगर तूने फिर ऐसा कहा तो मैं तुझे उसी वक्त मार डालूँगा। मैंने उसे अभयदान दिया है। मैं उसे किस तरह मार सकता हूँ?"

यह सुनकर गीदड़ ने कहा, "स्वामी, आपने उसे अभयदान दिया है, इसलिए मारने से दोष लगता है। लेकिन वह स्वयं अपनी देह आपको भेंट कर दे तो दोष नहीं लगेगा। इसलिए अगर वह खुद ऐसा कहे तो आप उसे मार डालें, नहीं तो हममें से किसी एक को मार डालिए, क्योंकि आप तो पथ्य पर हैं। अगर आप भूख को रोकेंगे तो मर जाएँगे। हमारे प्राणों का क्या लाभ, अगर वे स्वामी के काम न आ सकें! अगर आपको कुछ हो गया तो भी हमें जलकर मरना होगा। कुटुंब के स्वामी के मर जाने पर कुटुंब भी खत्म हो जाता है।"

यह सुनकर सिंह ने कहा, "तुम्हें जो ठीक लगे वही करो।"

यह सुनकर गीदड़ दूसरे नौकरों के पास गया और बोला, "दोस्तो, हमारे मालिक बहुत बीमार हैं, इसलिए यहाँ घूमने से क्या लाभ? उनके बिना हमारी रक्षा कौन करेगा? सो हमें उनके पास चलना चाहिए। वह भूख के कारण मर रहे हैं। हमें अपना शरीर उनको भेंट कर देना चाहिए। इस तरह हम उनकी कृपा का बदला चुका सकेंगे। कहा गया है कि अगर सेवक के देखते हुए भी स्वामी पर मुसीबत पड़े तो वह सेवक नरक में जाता है।"

इसके बाद वे सब आँखों में आँसू भरकर सिंह के पास पहुँचे, और प्रणाम करके बैठ गए। उन्हें देखकर सिंह ने कहा, "क्यों जी, तुम्हें कोई जानवर मिला?"

इस पर कौए ने जवाब दिया, ''महाराज, हम सब जगह घूमे, पर कोई जानवर नहीं मिला। इसलिए अब आप मुझे खाकर अपनी जान बचाइए। ऐसा करने से आपका पेट भरेगा और मुझे स्वर्ग मिलेगा।''

यह सुनकर गीदड़ बोला, ''अजी, तुम्हारा तो छोटा सा शरीर है। तुमको खाकर स्वामी का गुजर नहीं होगा। पर तुमने जो स्वामीभक्ति दिखाई है, उससे तुम स्वामी के भोजन के ऋण से मुक्त हो गए और दोनों लोक में प्रशंसा पाओगे। अब तुम आगे से हट जाओ। मैं भी स्वामी से कुछ कहूँगा।''

कौए ने वेसा ही किया, तब गीदड़ हाथ जोड़कर बोला, ''स्वामी, आप मुझको खाकर अपनी जान बचाएँ और मुझे अपना यह लोक और परलोक बनाने दें।''

कुछ सोचकर चीता बोला, ''अजी, तुमने कहा तो ठीक, पर तुम्हारा भी शरीर छोटा है। तुम खाने लायक भी नहीं हो, क्योंकि पंजेवाले हो। कहा है कि जान पर आ बनने पर भी जो चीजें खाने योग्य न हों, वे नहीं खानी चाहिए। इस पर भी छोटी तो एकदम नहीं खानी चाहिए। हाँ, तूने यह साबित कर दिया कि तू अच्छे दिल का है। अब तू आगे से हट जा। मैं भी मालिक से कुछ कहना चाहता हूँ।''

गीदड़ के हट जाने पर चीते ने सिंह से कहा, ''आप मेरी जान लेकर अपने शरीर की रक्षा करें। मुझे हमेशा स्वर्ग में रहने का मौका दें। तमाम धरती पर मेरा खूब यश फैलने दें। इसमें आपको संकोच नहीं करना चाहिए। स्वामी का काम करते हुए जिस सेवक की मौत होती है उसे सदा के लिए स्वर्ग मिलता है और तमाम संसार में उसका यश फैल जाता है।''

यह सुनकर ऊँट सोचने लगा—''इन सबने स्वामी से मीठी-मीठी बातें कहीं, पर उन्होंने इनमें से एक को भी नहीं मारा। इसलिए मुझे भी समय के अनुकूल बात कहनी चाहिए, जिससे ये तीनों मेरी तारीफ करें। यह तय करके वह बोला, ''अजी, तुमने जो कुछ कहा, सब सच कहा; पर हो तो तुम भी पंजेवाले। फिर, स्वामी तुमको कैसे खा सकते हैं ? इसलिए तुम आगे से हटो। मैं स्वामी से कुछ कहूँगा।''

ऐसा कहकर ऊँट आगे बढ़ा। उसने सिंह को नमस्कार किया और बोला, ''स्वामी, ये सब आपके खाने लायक नहीं हैं। इसलिए आप मुझे खाकर अपने शरीर को बचाएँ। इससे मेरे लोक-परलोक दोनों बनेंगे।''

वह यह कह ही रहा था कि गीदड़ और चीते ने उसकी दोनों कोखें फाड़ डालीं। वह मर गया। बाद में उन कमीनों ने उसे खा डाला। इसलिए मैं कहता हूँ कि चालबाजी से अपनी रोजी चलानेवाले खोटे लोग उसी तरह भला या बुरा करते हैं, जिस तरह ऊँट के बारे में कौए आदि ने किया।

सिंह, ऊँट, सियार और कौए की यह कथा सुनकर संजीवक दमनक से बोला,

"मैं मानता हूँ कि इस राजा के साथी नीच हैं और किसी बदमाश ने मेरे खिलाफ उसके कान भरे हैं। ये चुगलखोर बड़े खराब होते हैं, लेकिन तू तो मेरा मित्र है। मुझे बता, अब क्या करूँ?"

दमनक—"तुम्हें दूसरे देश चले जाना चाहिए।"

संजीवक—"यह ठीक है; पर जब स्वामी गुस्से में हों तो दूसरी जगह नहीं जाया जा सकता और चला भी जाए तो शांति नहीं मिलती, क्योंकि जो बड़े आदमी का अपराध करता है वह उससे दूर जाकर भी नहीं बच सकता। बुद्धिमान के हाथ लंबे होते हैं। उनसे वह अपराधी को मार देता है। सो मुझे तो लड़ने के सिवा कोई और रास्ता दिखाई नहीं देता।"

यह सुनकर दमनक मन में सोचने लगा—"यह दुष्ट तो लड़ने को तैयार है। अगर यह अपनी तेज सींगों से स्वामी पर हमला करेगा तो बुरा होगा। सो इसे एक बार और समझाऊँ, जिससे यह यहाँ से चला जाए।"

यह सोचकर उसने कहा, "मित्र, कहा तो तूमने ठीक है, लेकिन स्वामी और सेवक की लड़ाई कैसी? शत्रु की ताकत जाने बिना जो उससे वैर करता है, वह उसी तरह हार जाता है जिस तरह समुद्र टिटहरी से हार गया था।"

संजीवक ने पूछा, "वह कैसे?"

□

टिटहरी और समुद्र

दमनक बोला—किसी देश में समुद्र के किनारे टिटहरी का एक जोड़ा रहता था। जब मादा के अंडे देने का वक्त आया तो उसने टिटहरे से ऐसी जगह ढूँढ़ने को कहा, जहाँ कोई खतरा न हो। टिटहरा बोला, "यह स्थान बड़ा सुंदर है। तुम यहीं अंडे दो।"

वह बोली, "यहाँ तो पूनम के दिन ज्वार आता है और वह मतवाले हाथी तक को बहा ले जाता है। सो यहाँ से दूर कोई जगह ढूँढ़ो।"

यह सुनकर टिटहरे ने हँसकर कहा, "तुमने ठीक नहीं कहा। समुद्र में इतनी ताकत कहाँ है जो मेरे बच्चों को नुकसान पहुँचा सके? इसलिए तू निडर होकर अंडे दे।"

समुद्र ने भी उसकी यह बात सुनी। वह सोचने लगा—अरे, कीड़े की तरह छोटे इस परिंदे को इतना घमंड है। किसी ने ठीक कहा है कि टिटहरा आकाश टूटने के डर से अपने पैर ऊपर करके बैठता है। झूठा घमंड किसमें नहीं होता। इसलिए मुझे इसकी ताकत आजमाकर देखनी चाहिए। मैं इसके अंडे बहा ले जाऊँगा। देखूँ, यह क्या कर सकता है?"

सो अंडे देने के बाद टिटहरी का जोड़ा जब भोजन इकट्ठा करने बाहर गया तब समुद्र उनके अंडे बहा ले गया। लौटकर टिटहरी ने जब यह देखा तो वह रोने लगी और टिटहरे से बोली, "ओ नासमझ! मैंने तुझसे पहले ही कहा था कि समुद्र के ज्वार में अंडे बह जाएँगे, पर झूठे घमंड के कारण तूने मेरा कहना नहीं माना। किसी ने ठीक कहा है कि जो मित्रों की बात नहीं मानता, उसका ऊपर से गिरे हुए कछुए की तरह नाश हो जाता है।"

टिटहरे ने पूछा, "वह कैसे?"

□

काठ से गिरा हुआ कछुआ

वह बोली—किसी तालाब में एक कछुआ रहता था। दो हंस उसके बहुत प्यारे दोस्त थे। वे रोज तालाब के किनारे आते और उसे अनेक देवताओं व ऋषियों की कथा सुनाते। शाम को वे अपने घोंसलों को चले जाते। कुछ दिन बीत जाने पर बरसात न होने के कारण वह तालाब धीरे-धीरे सूख गया। कछुए के दुःख से दोनों हंस बड़े दुःखी थे। कछुए ने कहा, ''पानी के बिना मैं जी नहीं सकता। इसलिए कोई मजबूत रस्सी या छोटी लकड़ी लाओ और किसी ऐसे तालाब की खोज करो, जो पानी से भरा हो। मैं अपने दाँतों से उस लकड़ी को बीच से पकड़ लूँगा और तब तुम दोनों उसके दोनों छोर पकड़कर मुझे उस तालाब तक ले चलना।''

उन दोनों ने कहा, ''हम ऐसा ही करेंगे, पर मेहरबानी करके तुम मार्ग में चुप रहना, नहीं तो नीचे गिर पड़ोगे।''

फिर इसी तरह किया गया। जब वे आकाश में उड़े जा रहे थे तो कछुए ने देखा कि नीचे एक शहर है। वहाँ के लोग उसे इस तरह ले जाए जाते हुए देखकर अचरज से कहने लगे, ''अरे, देखो! ये पक्षी कोई चक्र जैसी चीज ले जा रहे हैं।''

उनका शोर सुनकर कछुए ने कहा, ''अरे, यह कैसा शोरगुल है?''

लेकिन वह अपनी बात पूरी भी न कर पाया था कि नीचे जा गिरा और उसके टुकड़े-टुकड़े हो गए। इसलिए मैं कहती हूँ कि जो दोस्तों की बात नहीं मानता, उसका कछुए की तरह नाश हो जाता है। जो लोग संकट से पहले या संकट आने पर भी बचने का उपाय कर लेते हैं उन्हें सुख मिलता है; पर जो केवल भाग्य पर भरोसा रखते हैं, वे बरबाद हो जाते हैं।

टिटहरे ने पूछा, ''वह कैसे?''

□

तीन मछलियाँ

टिटहरी बोली—किसी तालाब में तीन मच्छ रहते थे। एक दिन कुछ मछलीमार उधर से गुजरे। उस तालाब को देखकर वे बोले, "यह तालाब तो मछलियों से भरा है। इसे पहले कभी नहीं देखा। आज तो हमें भोजन मिल गया है। सवेरे हम जरूर यहाँ आएँगे।"

यह बात बिजली गिरने जैसी थी। इसे सुनकर पहले मच्छ ने सब मछलियों को बतलाया और कहा, "अरे, क्या आप लोगों ने मछलीमारों की बात सुनी? वे सवेरे आकर जरूर यहाँ मछली मारेंगे। इसलिए आप सब किसी पास के तालाब में चली जाएँ, क्योंकि जो कमजोर हैं, उन्हें बलवान शत्रुओं से दूर भागना चाहिए—और कोई चारा नहीं। सो अब आप एक क्षण भी यहाँ न ठहरें।"

दूसरे मच्छ ने कहा, "आप ठीक कहते हैं। मुझे यह बात मंजूर है। हमें दूसरी जगह चलना चाहिए।"

यह सुनकर तीसरा मच्छ जोर से हँसा और बोला, "आपने ठीक सलाह नहीं दी। सिर्फ मछलीमारों की बात से डरकर बाप-दादों का तालाब छोड़ देना ठीक नहीं है। अगर हमारी जिंदगी पूरी हो गई है तो दूसरी जगह जाकर भी हमें मरना अवश्य ही होगा। जिसके भाग्य रक्षा करता है, वह बिना कोशिश किए भी बच जाता है और जो भाग्य का मारा हुआ है, उसकी कितनी भी रक्षा कर लो, पर वह नहीं बचता। सो मैं तो नहीं जाऊँगा। आपको जैसा सूझे, करें।" यह मच्छ भाग्य पर भरोसा करनेवाला था।

उसका यह फैसला जानकर पहले दोनों मच्छ अपने परिवार के साथ वहाँ से चले गए। सवेरे उन मछलीमारों ने आकर तालाब में जाल डाला और तीसरे मच्छ को परिवार समेत सब ओर से फाँस लिया। तालाब में एक भी मछली नहीं रही।

इसलिए मैं कहती हूँ कि जो संकट आने से पहले या जो संकट आने पर भी बचने

का उपाय कर लेते हैं, उनको सुख मिलता है; पर जो भाग्य के ऊपर भरोसा रखकर बैठ जाते हैं वे बरबाद हो जाते हैं।

यह सुनकर टिटहरे ने कहा, "क्या तू मुझे भाग्य पर भरोसा रखनेवाले मच्छ की तरह मानती है। जरा तू मेरी बुद्धि का रंग देख। मैं इस दुष्ट समुद्र को सुखाता हूँ।"

टिटहरी बोली, "अरे, समुद्र के साथ तेरी लड़ाई कैसी? तुझे उसके ऊपर गुस्सा करना ठीक नहीं, क्योंकि कमजोर आदमी का गुस्सा उसी को तकलीफ देता है।"

टिटहरे ने कहा, "ऐसा न बोल। जिसमें उत्साह और साहस है वे छोटे होकर भी बड़ों को हरा देते हैं। क्या तू नहीं जानती कि खूब मोटा-ताजा हाथी भी अंकुश के वश में हो जाता है। जलते हुए दीपक से अँधेरा हट जाता है और बिजली गिरने से पहाड़ गिर जाते हैं। सो जिसमें तेज है, वही बलवान है। इसलिए मैं अपनी चोंच से समुद्र का सारा पानी सोखकर उसे सुखा डालूँगा।"

टिटहरी बोली, "जिस समुद्र में गंगा और सिंधु रोज नौ-नौ नदियों का जल लेकर प्रवेश करती हैं, उसे तेरी चोंच कैसे सोख सकेगी? उसमें तो एक बूँद पानी ही भरता है। भला ऐसी गप्प उड़ाने से क्या लाभ?"

टिटहरे ने कहा, "उत्साह से ही लक्ष्मी खुश होती है। मेरी चोंच लोहे जैसी है और रात-दिन काफी बड़े हैं, फिर भला समुद्र कैसे न सूखेगा? जब तक आदमी हिम्मत और मेहनत नहीं करता, तब तक उसे बड़ाई नहीं मिल सकती।"

टिटहरी बोली, "अगर समुद्र के साथ वैर करना ही है तो दूसरे परिंदों को बुलाकर और मित्रों को साथ लेकर मुकाबला कर। क्योंकि जैसे तिनकों के बटे रस्से से हाथी बँध जाता है वैसे ही गौरैया, कठफोड़वा, मक्खी और मेढक आदि के साथ लड़ाई करने से हाथी की मौत हुई।"

टिटहरे ने पूछा, "वह कैसे?"

□

गौरैया और हाथी

टिटहरी बोली—किसी जंगल में गौरैया का एक जोड़ा तमाल के पेड़ पर घोंसला बनाकर रहता था। कुछ समय बाद उनके बच्चे हुए। एक दिन गरमी से परेशान होकर एक हाथी छाया में बैठने के लिए तमाल के पेड़ के नीचे आया। बाद में उसने मस्ती में आकर अपनी सूँड़ से उसी टहनी को, जिस पर गौरैया का जोड़ा रहता था, तोड़ डाला। उसके टूटने से गौरैया के सब बच्चे मर गए। गौरैया किसी तरह बच गई, लेकिन अपने बच्चों के मर जाने से वह बहुत दुःखी हुई और इतना रोई कि किसी तरह चुप ही नहीं होती थी।

उसका ऐसा रोना-कलपना सुनकर उसका परम मित्र और उसके दुःख से दुःखी कठफोड़वा उसके पास आया और बोला, "बहन, ऐसे रोने से क्या लाभ? जो मर गए, उनके लिए शोक नहीं किया करते।"

गौरैया ने कहा, "यह बात ठीक है, पर उस दुष्ट हाथी ने मेरे बच्चों को मारा है। अगर तू मेरा सच्चा दोस्त है तो उस हाथी को मारने की तरकीब सोच जिससे मेरा दुःख दूर हो।"

कठफोड़वा बोला, "बहन, आप ठीक कहती हैं। दूसरी जाति का होने पर भी जो मुसीबत के समय मदद करता है, वह मित्र है। कहा भी है कि जो तकलीफ में भी साथ देता है वही दोस्त है, जो आज्ञाकारी है वही पुत्र है और जो काम करके दिखाता है वही सेवक है। सो आप मेरी बुद्धि का चमत्कार देखिए। एक मक्खी मेरी दोस्त है, मैं उसे बुलाकर लाता हूँ।"

बाद में गौरैया को लेकर वह मक्खी के पास गया और बोला, "यह गौरैया मेरी मित्र है। किसी दुष्ट हाथी ने इसके अंडे-बच्चे नष्ट करके इसे बड़ा दुःख दिया है। इसलिए उसको मारने में मैं तेरी मदद चाहता हूँ।"

मक्खी ने जवाब दिया, "इसमें कहने की क्या बात है? मित्र की भलाई का कौन सा काम मित्र नहीं करते? मेरा भी एक मेढक मित्र है। उसे भी बुला लें, फिर जैसा उचित होगा वैसा करेंगे।"

फिर वे तीनों मेढक के पास गए और उससे सब हाल कहा। सुनकर मेढक बोला, "हम सब मिलकर योजना बनाएँ तो उस बेचारे की क्या मजाल कि बच कर निकल जाए! सो तुम मेरी सलाह से काम करो। तुम दोपहर के वक्त उस मतवाले हाथी के कान के पास ऐसे गुनगुनाना जैसे वीणा बजती है। उसे सुनने के लालच से उसकी आँखें बंद हो जाएँगी। तब कठफोड़वा चोंच से उसकी आँख फोड़ कर उसे अन्धा कर देगा। फिर मैं एक गड्ढे में बैठकर झूठ-मूठ आवाज करूँगा। वह प्यास से परेशान होने पर मेरी आवाज सुनकर पानी के खयाल से उस गड्ढे के पास आएगा और उसमें गिरकर मर जाएगा।"

बस, ऐसा ही किया गया और हाथी गड्ढे में गिरकर मर गया। इसलिए मैं कहती हूँ कि गौरैया, कठफोड़वा, मक्खी, मेढक आदि ने एकता के साथ लड़ाई करके हाथी को मारा।

टिटहरे ने कहा, "ऐसा ही हो। अपने दोस्तों के साथ मैं समुद्र सोखूँगा।"

इस प्रकार तय करके उसने बगुला, सारस और मोर आदि परिंदों को बुलाया और कहा, "समुद्र ने मेरे अंडे चुराकर मेरा अपमान किया है। इसलिए उसके सोखने का उपाय सोचो।"

उन्होंने आपस में सलाह करके कहा, "हम दुर्बल हैं। समुद्र नहीं सोखा सकते, फिजूल कोशिश करने से क्या लाभ? हमारे स्वामी गरुड़ हैं। इसलिए इस सारे अपमान का हाल उनसे कहना चाहिए, जिससे अपनी जाति के अपमान से नाराज होकर वे बदला ले सकें। अगर घमंड में आकर वे हमारी बात सुनेंगे तो भी दुःख नहीं होगा, क्योंकि बलवान स्वामी से अपना दुःख कहकर आदमी सुखी होता है।"

यह निश्चय करके मुँह लटकाए और आँखों में आँसू भरे हुए सब परिंदे गरुड़ के पास गए और करुण स्वर में फरियाद करने लगे, "देव, आप हमारे स्वामी हैं, फिर भी समुद्र इस बेचारे टिटहरे के अंडे चुरा ले गया। इस परिंदे के कुल का नाश हो गया। यह समुद्र तो मनमानी तौर से दूसरों का भी नाश करेगा क्योंकि एक आदमी का बुरा काम देखकर दूसरा भी वही काम करता है। हमारी प्रार्थना है कि आप चोरों-ठगों वगैरह से सताई और ठगी गई प्रजा की रक्षा करें। जो राजा रक्षा करता है, उसे प्रजा के धर्म का छठा हिस्सा मिलता है। जो रक्षा नहीं करता उसे अधर्म का छठा भाग मिलता है। जैसे माली फल की इच्छा से पौधों को बड़े जतन से सींचता है, उसी तरह राजा को दान-मान रूपी जल से जतनपूर्वक प्रजा का पालन करना चाहिए।"

जब गरुड़ ने यह फरियाद सुनी तो परिंदों के दुःख से दुःखी और गुस्सा होकर वह सोचने लगे—'इन परिंदों ने ठीक कहा है। मैं तुरंत जाकर समुद्र को सोखता हूँ।' वह यह सोच रहे थे कि इतने में विष्णु भगवान् के एक दूत ने आकर कहा कि भगवान् देवताओं के काम से इंद्रपुरी जाने वाले हैं, इसलिए आप शीघ्र चलें।"

यह सुनकर गरुड़ ने अभिमान के साथ कहा, "अरे दूत! मेरे जैसे बुरे सेवक से भगवान् को क्या मतलब है? इसलिए तू जाकर उनसे कह दे कि मेरी जगह किसी दूसरे सेवक को रख लें। कहा है कि जो आदमी किसी दूसरे का गुण नहीं जानता, उसकी सेवा पंडितों को नहीं करनी चाहिए। भगवान् से तू मेरा नमस्कार भी कहना।"

दूत ने कहा, "हे गरुड़! भगवान् के लिए कभी भी आपने ऐसा नहीं कहा। इसलिए बताएँ कि भगवान् ने आपका कौन सा ऐसा अपमान किया है?"

गरुड़ ने जवाब दिया, "समुद्र तो भगवान् के लिए उनके घर जैसा है। उसने हमारे टिटहरे के अंडे चुरा लिये। इसलिए यदि वह समुद्र को दंड नहीं देते तो मैं उनका सेवक नहीं। तू मेरा यह फैसला भगवान् से कह देना। तुझे मेरा उत्तर लेकर उनके पास फौरन जाना चाहिए।"

रूठे हुए गरुड़ की बात जब भगवान् ने सुनी तो सोचने लगे, गरुड़ का रूठना ठीक ही है। इसलिए मैं खुद जाकर आदर के साथ उसे यहाँ ले आऊँगा; क्योंकि जो अपनी उन्नति चाहता है उसे भक्त, बलशाली और कुलीन नौकर का अपमान नहीं करना चाहिए, बल्कि पुत्र की तरह उसका पालन करना चाहिए।

इस प्रकार सोचकर भगवान् जल्दी से गरुड़ के पास पहुँचे। गरुड़ ने उन्हें अपने घर आया देखकर संकोच से मुँह नीचा कर लिया और प्रणाम बोले, "भगवान्! आपका घर होने के कारण घमंड में आकर समुद्र ने मेरे सेवक के अंडे चुराकर मेरा अपमान किया है। आपके कारण मैं रुक गया, नहीं तो मैं उसे अभी सुखा देता; क्योंकि स्वामी के डर से उसके कुत्ते को भी नहीं मारा जाता।"

यह सुनकर भगवान् ने कहा, "हे गरुड़! तेरी बात सच्ची है। सो तू मेरे साथ चल, जिससे समुद्र से अंडे लेकर हम टिटहरे को संतुष्ट करें और इसके बाद इंद्रपुरी चलें।" यह फैसला करके भगवान् ने समुद्र को बहुत बुराभला कहा और फिर अग्निबाण साधकर धमकी दी, "अरे दुष्ट! टिटहरे के अंडे दे, नहीं तो तुझे अभी सुखाए देता हूँ।"

इस पर समुद्र ने डरकर टिटहरे के अंडे लौटा दिए। टिटहरे ने उन्हें अपनी पत्नी को सौंप दिया।

यह कहानी सुनाकर दमनक ने संजीवक से कहा, "इसलिए मैं कहता हूँ कि शत्रु का बल जाने बिना जो शत्रुता करता है, वह उसी तरह हार जाता है जिस तरह समुद्र टिटहरी से हार गया। सो आदमी को कोशिश करना नहीं छोड़ना चाहिए।"

यह सुनकर संजीवक दमनक से फिर पूछने लगा, "मित्र, यह कैसे जाना जाए कि मेरी ओर से पिंगलक की नीयत खराब है? अब तक तो मुझ पर उसका बराबर प्रेम और कृपा-दृष्टि रही है। इससे मैंने अभी तक उसकी बुरी नीयत नहीं देखी। सो तू मुझे सब बातें समझाकर बतला, जिससे मैं अपने बचाव के लिए उसे मारने की कोशिश करूँ।"

दमनक बोला, "इसमें समझने की क्या बात है? फिर भी बताता हूँ। तुझे देखकर अगर वह लाल आँखें करके और भौंहें चढ़ाकर जीभ लपलपाने लगे, तब तू उसकी नीयत बुरी समझना, नहीं तो उसे प्रसन्न मानना। अच्छा, अब तू मुझे आज्ञा दे तो अपने घर जाऊँ। तू भी ऐसा काम कर जिससे इस बात का भेद न खुले। अगर आज शाम तक जा सके तो यह देश छोड़कर चला जा; क्योंकि कहा है कि कुल के लिए एक व्यक्ति को छोड़ देना चाहिए। गाँव की बात हो तो कुल को छोड़ देना चाहिए। जनपद के लिए गाँव को छोड़ देना ठीक है और अपनी बात हो तो दुनिया को छोड़ देना चाहिए। हे मित्र! जो बलवान् का मुकाबला नहीं कर सकते उनको या तो देश से चले जाना चाहिए या फिर बलवान् के साथ मिलकर रहना चाहिए। सो तुम या तो देश को छोड़ दो या फिर सुलह आदि करके अपनी रक्षा करो।"

यह कहकर दमनक वहाँ से करटक के पास चला गया। उसे आता देखकर करटक ने पूछा, "मित्र, तुमने वहाँ क्या किया?"

दमनक ने कहा, "मैंने वहाँ नीति का बीज बो दिया है, यानी अपनी चाल चल दी है। अब आगे जो भाग्य में है, होगा। लक्ष्मी उसी पुरुष-सिंह के पास आती है जो उद्योग करता है। भाग्य ही ठीक है, ऐसा कायर लोग कहते हैं। अपनी शक्ति के अनुसार कोशिश करनी चाहिए, बाद में काम न बने तो कोई चिंता नहीं।"

करटक बोला, "यह तो बता कि तूने नीति के बीज किस तरह बोए हैं?"

दमनक ने जवाब दिया, "मैंने झूठी बातें कहकर दोनों में फूट पैदा कर दी है।"

करटक ने कहा, "अरे, उन दोनों में प्रेम था। वे सुख से रहते थे। तूने उन्हें क्रोध में डालकर बुरा किया। किसी ने ठीक कहा है कि नीच आदमी काम खराब करना ही जानता है, बनाना नहीं जानता। हवा की तेजी पेड़ को गिरा देती है, उठा नहीं सकती।"

दमनक ने कहा, "तू नीति की बात नहीं जानता, तभी ऐसा कहता है। अरे, आदमी अगर दुश्मन और बीमारी को पैदा होते ही दूर नहीं करता तो वे मजबूत होकर उसे ही बरबाद कर देते हैं। संजीवक ने हमारा मंत्री-पद ले लिया, सो वह हमारा शत्रु है। यह मेरी ही बेवकूफी थी जो उसे अभयदान दिलवाया। उसने तो मुझे मंत्री-पद से हटवा दिया। इसलिए मैंने उसे मारने का जाल रचा है। वह मारा नहीं भी गया तो देश छोड़ ही देगा। तू ही इस बात को जानता है, और कोई नहीं। अरे, उसके मरने पर तीन लाभ

होंगे—एक तो वैर का बदला मिलेगा, दूसरे मंत्रि-पद और तीसरे भूख मिटेगी। सो तू क्यों मुझे बिना समझे-बूझे दोष देता है अरे, जो पंडित दुश्मन को सताता है और अपना मतलब सिद्ध करता है, वह चतुरक की तरह चाल को गुप्त न रखे तो उसे बेवकूफ मानना चाहिए।"

करटक ने कहा, "वह कैसे?"

□

सिंह, सियार और भेड़िया

दमनक कहने लगा—किसी जंगल में एक सिंह रहता था। उसके दो नौकर थे—एक भेड़िया और एक गीदड़। एक दिन सिंह ने जंगल में एक ऊँटनी को देखा। सिंह ने उसका पेट फाड़ दिया। उसके पेट में एक बच्चा निकला। ऊँटनी का मांस खाकर सिंह और उसके परिवार का पेट भर गया। तब सिंह उस ऊँटनी के बच्चे को अपने घर ले गया। उससे बोला, "तुझे मरने का कोई डर नहीं। मैं या और भी कोई तुझे कुछ नहीं कहेगा। तू मौज से इस जंगल में रह।"

बस, तब से सब सुख के साथ मिल-जुलकर रहने लगे। ऊँट का बच्चा जरा सी देर के लिए भी सिंह से अलग नहीं होता था। एक बार उस सिंह की लड़ाई एक जंगली हाथी से हुई। हाथी बड़ा बलवान् था। उसने अपने दाँतों से सिंह को बहुत बुरी तरह घायल कर दिया। उसके लिए चलना-फिरना तक कठिन हो गया। इस तरह भूख से कमजोर होकर उसने उन तीनों से कहा, "तुम सब किसी जानवर को ढूँढ़कर ले आओ, जिससे उसे मारकर मैं अपनी और तुम्हारी भूख मिटा सकूँ।"

यह सुनकर वे तीनों शाम तक जंगल में घूमते रहे, पर उन्हें कोई जीव नहीं मिला। इस पर गीदड़ ने सोचा कि अगर ऊँट के बच्चे को मारा जाए तो कुछ दिन तक भूख मिट सकती है। लेकिन वह मित्र है और आश्रित है, इसलिए स्वामी उसे नहीं मारेंगे। लेकिन मुझे अपनी चालाकी से उन्हें समझाना चाहिए कि वह उसे मार डालें। इस प्रकार सोचकर वह ऊँट के बच्चे से बोला, "स्वामी भूख के कारण बड़े दुःखी हैं। अगर वे मर गए तो हम भी भूखे मर जाएँगे। इसलिए मैं तुझसे कुछ कहना चाहता हूँ।"

ऊँट ने कहा, "तो जल्दी कह न। मुझसे अगर स्वामी का कुछ भला होगा, तो मुझे सौ अच्छे कामों का फल मिलेगा।"

इस पर गीदड़ बोला, "तू अपना शरीर स्वामी को दे दे। अगले जन्म में तुझे इससे

दुगुना बड़ा शरीर मिलेगा।"

ऊँट तुरंत राजी हो गया। गीदड़ तब उसे सिंह के पास ले गया और सारी बातें समझाकर बोला, "आप इसे दुगुना शरीर दें तो ऊँट अपना यह शरीर देने को तैयार है।" सिंह ने यह बात मान ली। तब गीदड़ और भेड़िए ने मिलकर ऊँट को मार डाला। बाद में सिंह उन्हें रखवाली के लिए छोड़कर नदी पर नहाने और पूजा-पाठ करने चला गया।

उसके जाने के बाद गीदड़ सोचने लगा कि इसी तरह इस ऊँट को अकेले ही खाना चाहिए। यह सोचकर उसने भेड़िए से कहा, "तू भूखा है। जब तक स्वामी न आएँ, तू इस ऊँट को खा। उनके सामने मैं तुझे बेकसूर साबित कर दूँगा।"

यह सुनकर भेड़िए ने थोड़ा सा मांस खाया था कि तभी सिंह आ गया और गीदड़ के इशारा करने पर वह दूर हट गया। सिंह ने आकर देखा तो कलेजा गायब था। उसने क्रोध से भरकर पूछा, "इस ऊँट को किसने जूठा किया है?"

यह सुनकर भेड़िया गीदड़ का मुँह देखने लगा। गीदड़ हँसकर बोला, "मेरा मुँह क्या देखता है? मेरा अनादर करके तूने मांस खाया है। अब इसका फल भोग।" यह सुनकर वह भेड़िया मारे जाने के डर से वहाँ से भाग गया।

उसी समय ऊँटों का एक बड़ा काफिला उधर आया। सबसे आगेवाले ऊँट के गले में घंटा बँधा हुआ था। उसकी आवाज सुनकर सिंह गीदड़ से बोला, "अरे, पता तो लगा, यह भयंकर आवाज किसकी है? ऐसी पहले तो कभी नहीं सुनी"

गीदड़ थोड़ी दूर जाकर लौट आया और बोला, "स्वामी, अगर आप भाग सकें तो जल्दी भागें। धर्मराज आप पर नाराज हैं। आपने उनके ऊँट को मारा है। उसके बदले में वह सौ ऊँट लेकर आ रहे हैं। उनके साथ मरे हुए ऊँट के दादा, पिता आदि सब हैं। वे बदला लेंगे।" यह सुनकर सिंह भी वहाँ से भाग गया। बाद में उस गीदड़ ने ऊँट के मांस को अकेले ही धीरे-धीरे खाया।

इधर करटक और दमनक इस तरह की बातें कर रहे थे, उधर दमनक के चले जाने पर संजीवक सोचने लगा कि मैं घास खानेवाला होकर मांसखोर पिंगलक का नौकर बन गया। यह मैंने क्या किया? किसी ने ठीक कहा है कि जो अयोग्य आदमियों के पास जाता है, वह मारा जाता है। अब मैं क्या करूँ? कहाँ जाऊँ? क्या पिंगलक के पास ही जाऊँ? शायद शरण में आया जानकर वह मुझे न मारे। अगर मैं कहीं और जाऊँ तो भी मांसखोर जानवर मुझे मार डालेंगे। इससे तो इस शेर के हाथों ही मरना अच्छा है।

ऐसा तय करके वह लड़खड़ाता हुआ पिंगलक के घर की तरफ चला। वहाँ उसने पिंगलक की वैसी ही हालत देखी जैसी दमनक ने बताई थी। वह डर गया और अपने बदन को सिकोड़कर दूर जाकर बैठ गया। उसने प्रणाम तक नहीं किया।

पिंगलक ने उसकी यह हालत देखी तो उसे भी दमनक की बातों पर विश्वास हो

आया। बस, वह क्रोध से भरकर उस पर टूट पड़ा और अपने नाखूनों से बैल की पीठ चीर दी। संजीवक भी सींग मारने के लिए उसके सामने डट गया। दोनों को इस तरह एक-दूसरे को मारने को तैयार देखकर करटक ने दमनक से कहा, "अरे बेवकूफ! तूने इन दोनों में विरोध बढ़ाकर अच्छा नहीं किया। तू नीति भी नहीं जानता। डर दिखाकर तू काम पूरा करना नहीं जानता। केवल दंड पर भरोसा रखना बेकार है। दंड पाप है। उसका प्रयोग सबसे बाद में करना चाहिए। सबसे पहले सुलह से काम निकालना चाहिए। अगर अब भी कुछ जोर है तो इस दुर्घटना को रोकने की तरकीब सोच। सुलह करने में ही मंत्री की अक्ल देखी जाती है।"

इस तरह उसे बहुत प्रकार से समझा-बुझाकर करटक बोला, "लेकिन मूर्ख को उपदेश देने से क्या लाभ? उसकी वही हालत होती है, जो सूचीमुख पक्षी की हुई थी। जो प्राणी उपदेश देने लायक नहीं है, उसे उपदेश नहीं देना चाहिए।"

दमनक ने पूछा, "वह कैसे?"

□

सूचीमुख और बंदर

करटक बोला—किसी पहाड़ी इलाके में बंदरों का एक झुंड रहता था। एक बार सर्दी के मौसम में ठंडी हवा के कारण उनका शरीर काँपा जा रहा था। बादल घिरे थे और उन्हें किसी भी तरह शांति नहीं मिल रही थी। तब कुछ बंदरों ने अंगारों की तरह की लाल घुमचियों को इकट्ठा किया। फिर आग जलाने की इच्छा से उनमें फूँक मारने लगे। इतने में एक परिंदे ने उनकी इस बेकार मेहनत को देखा। उसका नाम सूचीमुख था। वह बोला, "अरे, तुम सब मूर्ख हो। ये अंगारे नहीं, घुमचियाँ हैं। फिर बेकार मेहनत करने से क्या लाभ? तुम ऐसी कोई जगह, गुफा या कंदरा ढूँढ़ो जहाँ हवा न आती हो, क्योंकि अब भी बादल घिरे हुए हैं।"

इस पर एक बूढ़े बंदर ने कहा, "अरे, बेवकूफ! तुझे इससे क्या? तू भाग जा। संकट में पड़े हुए मूर्ख के साथ जो बातचीत करता है, वह नुकसान उठाता है।"

पर उस परिंदे ने बूढ़े की बात नहीं मानी। उलटा उसका अनादर करके वह दूसरे बंदरों से बोला, "अरे, क्यों बेकार तकलीफ उठा रहे हो?"

जब उस परिंदे ने बक-बक बंद नहीं की तो एक खिसियाए हुए बंदर ने उसके दोनों पंजे पकड़कर पत्थर पर पटक दिया। परिंदा मर गया। इसलिए मैं कहता हूँ कि जो प्राणी उपदेश देने लायक नहीं, उसे उपदेश नहीं देना चाहिए। ऐसा करने पर एक मूर्ख बंदर ने अच्छे घरवाले को बेघर बना दिया।

दमनक ने पूछा, "वह कैसे?"

□

बया और बंदर

करटक बोला—किसी जंगल में शमी के पेड़ की डाल पर बया पक्षी का एक घोंसला था। एक बार वह सुख से बैठी थी कि इतने में पानी बरसने लगा। जाड़े का मौसम था। उसी समय हवा और पानी से परेशान एक बंदर उस पेड़ के नीचे आकर बैठ गया। वह काँप रहा था और उसके दाँत बज रहे थे। उसकी वह हालत देखकर बया बोली, "अरे, तू आदमी की शक्लवाला है, फिर भी ठंड से दुःखी है। अरे मूर्ख! घर क्यों नहीं बना लेता?"

यह सुनकर बंदर गुस्से से भरकर बोला, "तू चुप क्यों नहीं रहती? तेरी इतनी हिम्मत कि तू मेरी हँसी उड़ाए! ठहर, तुझे बताता हूँ।"

यह कहकर ही वह चुप नहीं रह गया बल्कि बया को नसीहत देने के लिए पेड़ के ऊपर चढ़ गया और उसके घोंसले के कई टुकड़े कर डाले। इसलिए कहता हूँ कि मूर्खों को उपदेश नहीं देना चाहिए। तुझे मैंने शिक्षा तो दी है, फिर भी मेरी सीख तुझे अच्छी नहीं लगी; क्योंकि सीख सज्जनों को ही लाभ देती है, दुर्जनों को नहीं। मैंने यों ही पांडित्य का आसरा लिया है। धर्मबुद्धि और पापबुद्धि दोनों की कहानी मैं जानता हूँ। इस पांडित्य के कारण ही पुत्र ने धुएँ से पिता को मार डाला।

दमनक बोला, "वह कैसे?"

□

धर्मबुद्धि और पापबुद्धि

करटक ने कहा—किसी शहर में दो मित्र रहते थे। उनके नाम थे धर्मबुद्धि और पापबुद्धि। एक बार पापबुद्धि ने सोचा—'मैं बेवकूफ और गरीब हूँ, इसलिए क्यों न धर्मबुद्धि को साथ लेकर परदेश जाऊँ और वहाँ उसकी मदद से धन पैदा करूँ। फिर उसे ठगकर सुख पाऊँ।''

सो एक दिन धर्मबुद्धि ने कहा, ''मित्र, तू बिना दिसावर देखे बुढ़ापे में बच्चों से क्या बातचीत करेगा? जो अनेक देशों में घूम-घूमकर तरह-तरह की भाषाओं और रीति-रिवाजों को नहीं जानता, वह बेकार जन्म लेता है। दूसरे देशों में घूमे-फिरे बिना पूरी तरह से विद्या, धन और कला नहीं मिलते।''

उसके ये वचन सुनकर धर्मबुद्धि बड़ा प्रसन्न हुआ और बड़ों की आज्ञा लेकर अच्छी साइत में यात्रा पर निकल पड़ा। वहाँ उसके प्रभाव से पापबुद्धि ने बहुत धन कमाया। बाद में दोनों घरों की ओर लौटे। जब वे अपने घर के पास पहुँचे तो पापबुद्धि ने कहा, ''मित्र, यह सब धन घर नहीं ले जाना चाहिए। नाते-रिश्ते वाले माँगने लगेंगे। इसे कहीं गाड़कर केवल थोड़ा सा धन घर ले चलते हैं। जरूरत होने पर फिर आकर ले जाएँगे। क्योंकि धन देखने से मुनि का मन भी चंचल हो जाता है।''

यह सुनकर धर्मबुद्धि ने कहा, ''मित्र, ऐसा ही करो।''

फिर वे ऐसा ही करके घर लौट आए और सुख से रहने लगे। एक दिन पापबुद्धि आधी रात को जंगल में गया और सब धन खोदकर ले आया। बाद में वह धर्मबुद्धि के पास गया और गड़े हुए धन में से थोड़ा सा धन ले आने की बात कही। पर जब वे वहाँ पहुँचे तो धन का घड़ा खाली था। इस पर पापबुद्धि ने सिर पीटकर कहा, ''अरे, धर्मबुद्धि! यह धन तूने ही चुराया है, क्योंकि गड्ढा फिर से भरा गया है। इसलिए मुझे आधा धन दे, नहीं तो मैं राज दरबार में फरियाद करूँगा।''

धर्मबुद्धि बोला, "अरे, नीच! ऐसा मत कह। मैं धर्मबुद्धि हूँ, मैं चोरी नहीं कर सकता। धर्मात्मा लोग दूसरों की स्त्रियों को माँ के समान, दूसरों के धन को मिट्टी के समान और सब जीवों को अपने समान देखते हैं।"

इस प्रकार झगड़ते हुए वे दोनों अदालत में पहुँचे। वहाँ जब अधिकारियों ने आग से उनकी परीक्षा लेने की तैयारी की तो पापबुद्धि ने कहा, "तुम लोग सच्चा इनसाफ नहीं करते। गवाह न हो, तभी आग से परीक्षा ली जाती है। इस बारे में पेड़ के देवता मेरे गवाह हैं। वे ही दोनों में से एक-दूसरे को साहूकार ठहराएँगे।"

अधिकारी लोग बोले, "तूने ठीक कहा। सवेरे तुम दोनों हमारे साथ वन में चलो।"

पापबुद्धि ने घर आकर ये सब बातें अपने पिता को बताईं और कहा, "पिताजी! वहाँ शमी का एक बड़ा पेड़ है। उसमें एक बड़ा कोटर है। आप जाकर उसमें घुस जाइए। सवेरे जब मैं वन देवता से सच्ची बात कहने को कहूँ तो आप कहिएगा कि धर्मबुद्धि चोर है।"

पिता ने बेटे की बात मान ली।

सवेरे सबके साथ पापबुद्धि ऊँची आवाज में बोला, "हे वन देवता! हममें से जो चोर है, उसका नाम बताइए।"

पेड़ के कोटर में उसका पिता बैठा ही था, उसने कहा, "धर्मबुद्धि ने यह धन चुराया है।"

यह सुनकर राजपुरुषों को बड़ा अचरज हुआ। वे धर्मबुद्धि को पूरी सजा देने का विचार करने लगे। लेकिन इतने में धर्मबुद्धि ने पेड़ के चारों तरफ जलनेवाली चीजें इकट्ठी कीं और उनमें आग लगा दी। पेड़ का कोटर जल उठा। अब तो पापबुद्धि का पिता रोता-चिल्लाता बाहर निकला। उसका शरीर अधजला हो रहा था, आँखें फूट गई थीं। पूछने पर उसने अधिकारियों को सब हाल बता दिया। सो आखिर में अधिकारियों ने पापबुद्धि को उसी पेड़ पर लटका दिया और धर्मबुद्धि की तारीफ करते हुए बोले, "बुद्धिमान को सब बातों का ध्यान रखना चाहिए। मूर्ख बगुला देखता ही रह गया और नेवले ने दूसरे बगुलों को मार डाला।"

धर्मबुद्धि ने पूछा, "वह कैसे?"

□

बगुला, काला साँप और नेवला

वह बोले, ''किसी वन में पीपल का एक पेड़ था। उस पर बहुत से बगुले रहते थे। उसी के कोटर में एक काला साँप रहता था। वह बगुलों के छोटे-छोटे बच्चों को खाकर अपनी गुजर करता था। इस दुःख से दुःखी होकर एक बगुला तालाब के किनारे जाकर रोने लगा। यह देखकर एक केकड़े ने पूछा, ''मामा, इस तरह क्यों रो रहे हो?''

बगुला बोला, ''मित्र, मैं क्या कहूँ। साँप मेरे बच्चों को खा गया। इसी से मैं दुःखी हूँ।'' यह सुनकर केकड़ा विचार करने लगा, यह बगुला तो हमारा दुश्मन है। इसलिए इसे ऐसी निकम्मी और झूठी सलाह दूँ कि दूसरे सब बगुले भी मर जाएँ।

यह सोचकर वह बगुले से बोला, ''मामा, अगर यह बात है तो नेवले के बिल से साँप के कोटर तक मछली के टुकड़े रख दो। तब नेवला उसी रास्ते से जाकर साँप को मार डालेगा।''

बगुले ने वही किया और नेवले ने साँप को मार डाला; लेकिन बाद में वह धीरे-धीरे सब बगुलों को भी खा गया।

यह कथा सुनकर करटक बोला, ''अरे बेवकूफ! तूने पापबुद्धि की तरह उपाय तो विचारा, पर संकट का खयाल नहीं किया। तूने स्वामी की जान जोखिम में डाली है। तू सज्जन नहीं, केवल पापबुद्धि है। और तू स्वामी की यह हालत कर सकता है तो हमारे जैसे की क्या गिनती है? इसलिए तू मेरे पास मत रह। जहाँ चूहे लोहे की तराजू खा जाएँ, वहाँ बाज बालक को भी उड़ा ले जा सकता है, इसमें कोई शक नहीं।''

दमनक ने पूछा, ''वह कैसे?''

□

लोहे की तराजू और बनिया

करटक बोला—एक नगर में एक बनिया रहता था। जब उसका धन कम हो गया तो वह दिसावर जाने की बात सोचने लगा। क्योंकि जहाँ किसी ने सुख भोगा हो वहाँ अगर वह गरीबी की हालत में रहे तो बुरा लगता है। उसके घर में लोहे की एक पुश्तैनी तराजू थी। उसे किसी सेठ के घर में जमा करके वह दिसावर चला गया। फिर बहुत दिन तक मनचाही सैर करके लौट आया। लौटकर सेठ के पास आया और बोला, ''भाई सेठ, हमारी जमा की हुई तराजू तो दे दो।''

सेठ ने कहा, ''तेरी तराजू तो चूहे खा गए।''

कुछ सोचकर बनिया बोला, ''सेठ, अगर उसे चूहे खा गए तो तुम्हारा इसमें कोई दोष नहीं है। संसार ऐसा ही है, इसमें कोई चीज हमेशा नहीं बनी रहती। पर मैं नदी पर नहाने जा रहा हूँ, इसलिए तुम अपने बेटे को नहाने का सामान देकर मेरे साथ कर दो।''

सेठ ने चोरी का भेद खुलने के डर से अपने लड़के से कहा, ''बेटा, ये तुम्हारे चाचा हैं। नदी पर नहाने जा रहे हैं। नहाने का सामान लेकर तुम इनके साथ जाओ।''

लड़का खुशी-खुशी सामान लेकर चल दिया। नहाने के बाद बनिये ने उस लड़के को नदी के किनारे एक गुफा में छिपा दिया। फिर घर लौट आया। सेठ ने पूछा, ''मेरा बेटा कहाँ है?''

बनिये ने कहा, ''उसे तो नदी के किनारे से बाज उठाकर ले गया।''

सेठ बोला, ''अरे झूठे, कहीं बाज भी इतने बड़े लड़के को उठाकर ले जा सकता है! मेरे बेटे को लौटा दो, नहीं तो पंचों के पास जाता हूँ।''

बनिये ने कहा, ''अरे सत्यवादी! जैसे बाज लड़के को नहीं उठा ले सकता, उसी तरह चूहे भी लोहे की तराजू नहीं खा सकते। सो अगर तू बेटे को वापस चाहता है तो मेरी तराजू लौटा दे।''

इस तरह लड़ते-झगड़ते वे दोनों पंचायत में पहुँचे। सेठ ने अधिकारियों से अपने बेटे को लौटा देने की प्रार्थना की। जब बनिये ने कहा कि उसे तो बाज उठाकर ले गया तो वह बोला, "तू झूठ बोलता है। कहीं बाज भी लड़के को उठाकर ले जा सकता है!"

इस पर बनिये ने सरपंच से कहा, "पंचो! जहाँ चूहे लोहे की तराजू खा सकते हैं वहाँ अगर बाज बालक को उठा ले जाए तो इसमें क्या आश्चर्य है?"

अधिकारियों ने पूछा, "वह कैसे?"

इस पर बनिये ने पूरी कहानी बता दी।

यह सुनकर वे हँस पड़े और दोनों को समझा दिया। एक को तराजू और दूसरे को बेटा भी दिला दिया।

यह कथा सुनकर करटक दमनक से बोला, "सो हे मूर्ख! संजीवक के ऊपर मालिक की कृपा है, यह तू न सह सका। इसीलिए तूने यह सब किया। ठीक ही कहा है कि मूर्ख लोग पंडितों से, गरीब अमीरों से और पापी धर्मात्माओं से जलते हैं। दुष्ट, भला करने-धरने पर भी तूने बुरा किया। समझदार शत्रु अच्छा है, पर मूर्ख मित्र अच्छा नहीं। बंदर ने राजा का नाश किया, पर चोर ने ब्राह्मण को बचा लिया।"

दमनक ने कहा, "वह कैसे?"

□

राजा और बंदर

करटक बोला, "एक बंदर किसी राजा की सेवा किया करता था। राजा उस पर बहुत ही विश्वास करता था। वह महल में बेरोक-टोक घुसा करता था। एक बार जब राजा सोया हुआ था तो बंदर पंखा लेकर हवा करने लगा। उसी समय राजा की छाती पर मक्खी आ बैठी। बंदर ने पंखे से उसे बार-बार उड़ाया, पर वह बार-बार फिर वहीं आ बैठती थी। इस पर बंदर को गुस्सा आ गया। उसने तेज तलवार लेकर उस मक्खी पर वार किया। मक्खी चंचल होती है, सो वह उड़ गई; पर तलवार की तेज धार से राजा के दो टुकड़े हो गए और वह मर गया। इसलिए दीर्घ जीवन की चाह रखनेवाले को मूर्ख नौकर नहीं रखने चाहिए।"

और भी—

□

पंडित और चोर

किसी नगर में एक बड़ा विद्वान् ब्राह्मण रहता था। पिछले जन्म के संस्कारों के कारण उसकी आदत चोरों जैसी थी। एक बार उस देश में दूसरे देश से चार ब्राह्मण बहुत सा माल बेचने आए। उन्हें देखकर वह सोचने लगा कि किसी प्रकार उनका धन लेना चाहिए। ऐसा सोचकर वह उनके सामने गया। शास्त्र की सुंदर-सुंदर और मीठी-मीठी बातें कहकर उसने उनका मन मोह लिया और उनकी सेवा करने लगा। इस तरह जब वह नौकरी कर रहा था, तभी ब्राह्मणों ने माल बेचकर कीमती रत्न खरीदे। फिर उसके सामने ही उन रत्नों को अपनी जाँघ में छिपाया और अपने देश लौटने की तैयारी करने लगे। यह देखकर ब्राह्मण ने सोचा—'अरे, मुझे कुछ नहीं मिला। इसलिए इनके साथ जाना चाहिए, जिससे रास्ते में इन्हें जहर देकर सब रत्न ले लूँ। यह विचार कर वह उनके पास गया और रोते हुए बोला, ''तुम मुझे छोड़कर जा रहे हो। मेरा मन तो तुम्हारे मोह में फँस गया है। मैं कैसे रहूँगा? मुझे भी साथ ले चलो।''

वे ब्राह्मण दयालु थे। उसे भी साथ ले चले। रास्ते में किरातों का एक गाँव पड़ा। वहाँ कौए चिल्लाने लगे—''अरे, किरातो, दौड़ो! दौड़ो! सवा लाख के धनी जा रहे हैं। उन्हें मारकर धन ले लो।''

कौओं की बात सुनकर किरात जल्दी से वहाँ आए, ब्राह्मणों को डंडे लगाए और कपड़े उतारकर उनकी तलाशी ली, पर कुछ नहीं मिला। इस पर किरातों ने कहा, ''कौओं ने कभी झूठ नहीं कहा। इसलिए तुम्हारे पास जितना धन हो, हमें दे दो, नहीं तो सबको मारकर और खाल उतारकर तलाशी लेंगे। इस पर उस चोर ब्राह्मण ने सोचा कि ये लोग ब्राह्मणों को मारकर सब रत्न ले लेंगे और मुझे भी मार डालेंगे। तो इसलिए मैं ही पहले क्यों न मरूँ। मेरे पास रत्न नहीं हैं, इस कारण ये सब छूट जाएँगे। कहा भी है कि जो गौ व ब्राह्मण के लिए प्राण देता है, वह परम गति को प्राप्त होता है। ऐसा तय करके

उसने कहा, ''अरे किरातो! अगर यही बात है तो पहले मुझे मारकर मेरी तलाशी ले लो।'' डाकुओं ने वैसा ही किया और जब उसके पास कुछ नहीं मिला तो उन्होंने दूसरे ब्राह्मणों को छोड़ दिया।

इधर जब वे इस तरह बात कर रहे थे तो उधर पिंगलक ने संजीवक को मार डाला। फिर उसे मरा देखकर वह उसके गुण याद करके रोने लगा, ''अरे! संजीवक को मारकर मैंने बड़ा पाप किया। विश्वासघात से बढ़कर कोई पाप नहीं। मित्र से द्रोह करनेवाले को नरक मिलता है। मैं सभा में हमेशा संजीवक की प्रशंसा करता था। अब क्या कहूँगा?''

उसे इस तरह रोते देखकर दमनक उसके पास गया और खुश होकर बोला, ''स्वामी, आप कायर हैं, जो दुश्मन और घास खानेवाले के मारे जाने पर शोक करते हैं। राजाओं को यह शोभा नहीं देता; क्योंकि पिता, भाई, पुत्र, पत्नी या मित्र, जो भी जान लेना चाहे, उसेमारने वाले को पाप नहीं लगता। कोई बड़ा हो, पर यदि वह उपद्रव करता हो तो उसकी पूजा नहीं की जा सकती और फिर आप न सोचने लायक के बारे में सोचते हैं। पंडित लोग ऐसा नहीं करते।'' दमनक ने इस प्रकार समझाया तो पिंगलक ने संजीवक का शोक छोड़ दिया और वह दमनक को मंत्री बनाकर राज्य करने लगा।

□

चार मित्र

दक्षिण देश में एक नगर था। उसका नाम था मइलपुर। वहाँ से थोड़ी दूर पर एक बहुत ऊँचा बरगद का पेड़ था। अनेक जाति के परिंदे उसके फल खाते थे, बहुत तरह के कीड़े उसके खोखलों में रहते थे और बहुत से पथिक उसकी छाया में आराम पाते थे। उसी पेड़ पर एक कौआ रहता था। एक दिन चारा चुगने के लिए वह शहर जा रहा था। रास्ते में उसने देखा कि हाथ में जाल लिए हुये कला-कलूटा यमदूत की शक्लवाला एक आदमी खड़ा है। उसने सोचा, यह दुष्ट बरगद की तरफ ही जा रहा है। शायद वहाँ रहनेवाले परिंदों को पकड़ेगा। यह सोंचकर वह लौटा और परिंदों से बोला, ''भाइयो, एक दुष्ट चिड़ीमार जाल और चावल लेकर आ रहा है। चावल बिखेरकर वह जाल फैलाएगा। तुम सब उन चावलों को जहर समझना।''

ऐसा ही हुआ। चिड़ीमार ने जाल फैलाया, लेकिन एक भी पक्षी चावल चुगने नहीं आया, कौआ मना जो कर गया था। लेकिन थोड़ी देर बाद कबूतरों का राजा अपने एक हजार साथियों के साथ दाने-पानी की तलाश में उधर आ गया। उसने दूर से चावल के दानों को देखा और कौए के मना करने पर भी उन्हें खाने के लिए टूट पड़ा। फिर तो वह सब साथियों के साथ जाल में फँस गया। यह सब लालच के कारण हुआ या शायद उनका भाग्य ही उनके खिलाफ था। खैर, जो भी हो, पर चिड़ीमार उन्हें फँसा जानकर बहुत खुश हुआ और लाठी उठाकर मारने दौड़ा। कबूतरों के राजा ने उसे आते देखा तो अपने साथियों से बोला, ''अरे, डरो मत। दुःख पड़ने पर जो घबराता नहीं, उसका दुःख दूर हो जाता है। इसलिए सब मिलकर जाल के साथ ही उड़ चलो। हम उसकी नजरों से बाहर दूर जाकर इसमें से निकलने का उपाय सोचेंगे।''

उन्होंने ऐसा ही किया। चिड़ीमार ने देखा तो पीछे दौड़ा। वह सोच रहा था कि ये कबूतर अब तो एका करके उड़े जा रहे हैं, लेकिन जब लड़ेंगे तो जरूर नीचे गिर पड़ेंगे।

परिणाम जानने के लिए कौआ भी पीछे हो लिया। लेकिन जब वे आँख से ओझल हो गए तो चिड़ीमार मन मारकर लौट आया। उसने कहा, "जो होना होता है वह तो होकर ही रहता है। परिंदों का हाथ आना तो दूर रहा, घरवालों के लिए जिससे रोटी कमाता था, वह जाल भी चला गया।"

उसे गया जानकर कबूतरों के राजा ने कबूतरों से कहा, "भाइयो! वह दुष्ट चिड़ीमार लौट गया, इसलिए अब शांत होकर उत्तर की ओर उड़ चलो। वहाँ मेरा मित्र एक चूहा रहता है। वह हमारे फंदे काट देगा। संकट में मित्र के सिवाय दूसरा कोई सहायता नहीं करता।"

राजा के कहने पर कबूतर चूहे के बिल के पास पहुँचे। वह चूहा एक सौ मुँहवाले किले में निडर होकर रहता था। कबूतरों के राजा ने बिल के पास जाकर जोर से पुकारा, "हे मित्र! जल्दी आ, मैं बड़ी मुसीबत में हूँ।"

यह सुनकर चूहा किले के भीतर से बोला, "अरे, तुम कौन हो? किसलिए आए हो? तुम्हें क्या दुःख है?"

कबूतरों के राजा ने जवाब दिया, "मैं तेरा मित्र, कबूतरों का राजा हूँ, इसलिए तू ज़ल्दी से आ। तुझसे मुझे बहुत जरूरी काम है।"

मित्र की आवाज पहचानकर चूहा खुशी-खुशी जल्दी बाहर आया। मित्र के घर आने पर जो सुख मिलता है, उससे बढ़कर और कुछ नहीं। लेकिन जब उसने उन सबको जाल में फँसा हुआ देखा तो दुःखी होकर पूछा, "अरे, यह कैसे?"

कबूतरों के राजा ने उत्तर दिया, "समझते हुए भी क्या पूछता है? लालच के कारण मैं इसमें फँस गया हूँ। अब तू जल्दी से हमें छुड़ा।"

यह कहकर जब उसने देखा कि चूहा उसके फंदे काटने को तैयार है तो वह बोला, "मित्र, ऐसा मत कर। पहले मेरे नौकरों के फंदे काट, उसके बाद मेरे।"

यह सुनकर चूहा गुस्से से बोला, "तूने ठीक नहीं कहा। नौकर मालिक के बाद आते हैं।"

कबूतर ने कहा, "मित्र, ऐसा मत कहा। ये सभी अपना घर छोड़कर मेरे पास रहते हैं। इसलिए क्या मैं इनकी इतनी भी इज्जत न करूँ? यदि राजा नौकरों की अधिक कद्र करता है तो नौकर उसे गरीबी में भी नहीं छोड़ते। यदि फंदे काटते हुए तेरे दाँत टूट गए या वह दुष्ट चिड़ीमार आ पहुँचा तो मैं नरक में पड़ूँगा, क्योंकि नौकर दुःख भोगें और मालिक सुख, तो वह मालिक सब कहीं दुःख पाता है।"

यह सुनकर चूहा बड़ा खुश हुआ। बोला, "अजी, मैं राजधर्म जानता हूँ। मैं तो तेरी परीक्षा ले रहा था। मैं पहले दूसरे कबूतरों के ही फंदे काटूँगा। इस तरह तू फिर बहुत से कबूतरों का मालिक बन जाएगा।"

यह कहकर उसने सबके बंधन काट डाले और कहा, "मित्र, अब तू अपने घर जा। यदि फिर कभी मुसीबत पड़े तो मुझे मत भूलना।"

इस तरह कबूतरों को विदा करके वह फिर अपने किले में घुस गया। कबूतरों का राजा भी अपने साथियों के साथ घर वापस चला गया। कौआ यह सब कुछ देख रहा था। उसे बड़ा अचरज हुआ और उसने चूहे को मित्र बनाने की ठान ली। वह पेड़ से उतरा और बिल के दरवाजे पर आकर कबूतर की बनावटी आवाज में बोला, "अरे मित्र, बाहर आ।"

यह आवाज सुनकर चूहे ने सोचा कि क्या किसी कबूतर का फंदा बच गया है, जो यह मुझे बुला रहा है। उसने पूछा, "तू कौन है?"

कौए ने अपना परिचय दिया तो वह और भी भीतर घुसकर बोला, "तू इस जगह से फौरन भाग जा।"

कौए ने कहा, "मैंने तुझे कबूतरों के फंदे काटते हुए देखा है, इसलिए तुझसे प्रेम हो गया है। शायद मैं भी कभी बँध जाऊँ; तब तेरे पास छूटने के लिए आ सकूँ, इसलिए तू मेरा दोस्त बन जा।"

चूहे ने कहा, "अरे, तू मांस खानेवाला है और मैं तेरा भोजन हूँ। तेरे साथ मेरी दोस्ती कैसी? इसलिए तू भाग जा। जो मूर्ख अपने से बड़े, छोटे और जो अपने से अलग हैं, उनसे दोस्ती करते हैं, उनकी हँसी उड़ाई जाती है।"

कौए ने कहा, "अच्छा मैं तेरे किले के दरवाजे पर बैठा हूँ। अगर तू मुझसे दोस्ती नहीं करेगा तो तेरे दरवाजे पर भूखा रहकर मर जाऊँगा।"

चूहा बोला, "दुश्मन के साथ दोस्ती कैसे करूँ?"

कौए ने कहा, "मेरी तुझसे जान-पहचान तक नहीं, फिर दुश्मनी कैसी हुई?"

चूहे ने जवाब दिया, "दुश्मनी दो तरह की होती है—सहज और कारणवश। तू मेरा सहज वैरी है और सहज वैर बिना मरे नहीं मिटता।"

कौए ने कहा, "ये दो तरह के वैर कैसे होते हैं?"

चूहे ने जवाब दिया, "जो वैर किसी कारण से होते हैं वे अस्थायी होते हैं। ठीक इलाज करने पर वे दूर हो जाते हैं। पर सहज वैर कभी दूर नहीं होता। जैसे साँप और नेवले, पानी और आग, कुत्ते और बिल्ली, अमीर और गरीब, शिकारी और हिरण तथा मूर्ख और पंडित का वैर। इनमें से किसी ने किसी का कुछ नहीं बिगाड़ा। फिर भी एक-दूसरे को सताया करते हैं।"

कौए ने कहा, "यह वैर बिना किसी कारण के हैं, लेकिन दोस्ती और दुश्मनी बिना कारण के नहीं होती। बुद्धिमानी इसी बात में है कि संसार में दोस्ती ही करे, दुश्मनी नहीं। सो तू मेरे साथ दोस्ती कर।"

इस तरह बहुत देर तक उन दोनों में बहस होती रही, लेकिन कौए की एक न चली। उसने सोचा, यह चूहा कितना बुद्धिमान है। शायद इसी कारण मेरे मन में इससे दोस्ती करने का इरादा हुआ है। इसलिए कुछ देर बाद वह बोला, ''विद्वान् लोग कहते हैं कि भले लोगों में एक साथ सात कदम चलने या बात करने से आपस में दोस्ती हो जाती है। सो तू मेरा दोस्त हो गया। अगर तुझे मुझ पर भरोसा न हो तो तू अपने किले में बैठकर ही मुझे भला-बुरा समझानेवाले वचन और कहानियाँ सुनाया करना।''

यह सुनकर चूहे ने सोचा कि यह कौआ बातचीत में चतुर है और सच्चा जान पड़ता है। सो इसके साथ दोस्ती करना ठीक है। उसने कहा, ''भाई, यही बात है तो तेरे साथ मेरी दोस्ती ठीक रहेगी। लेकिन मेरे किले में पैर मत रखना।''

उस दिन से वे दोनों साथ-साथ रहते, बातचीत करते और एक-दूसरे की भलाई करते हुए दिन बिताने लगे। कौआ प्रेम से मांस के टुकड़े और दूसरे पकवान चूहे के लिए लाता। चूहा भी रात को चावल और दूसरी खाने की चीजें लाकर कौए को देता। यह ठीक ही था, क्योंकि जब तक लेना-देना चलता है, तभी तक इस संसार में दोस्ती रहती है। नहीं तो बछड़ा भी दूध की कमी देखकर माँ को छोड़ देता है। इस तरह कौए और चूहे में नाखून व मांस की तरह गहरी दोस्ती हो गई। होते-होते कौए के उपकारों के कारण चूहे का विश्वास इतना बढ़ गया कि वह उसके परों के नीचे घुसकर हमेशा उसके साथ रहने लगा।

एक दिन आँखों में आँसू भरे हुए कौआ चूहे के पास आया और भरे हुए गले से बोला, ''मित्र, मैं अब इस देश में ऊब गया हूँ, सो दूसरी जगह जाना चाहता हूँ।''

चूहे ने पूछा, ''भाई, ऐसा क्या गजब हो गया?''

वह बोला, ''इस देश में पानी बिलकुल नहीं बरसा है, इसलिए अकाल पड़ गया है। अकाल के कारण भूखे लोग बलि भी नहीं देते और फिर घर-घर में लोग चिड़ियों को फँसाने के जाल फैलाए बैठे हैं। मैं भी उसमें फँस गया था; लेकिन अभी कुछ जिंदा रहना था, सो निकल आया। यही मेरी उदासी का कारण है। इसीलिए परदेश जाने की तैयारी में रो रहा हूँ।''

चूहे ने कहा, ''तू कहाँ जा रहा है?''

उसने कहा, ''दक्षिण में एक बड़ा घना जंगल है। उसके बीच में एक बड़ा तालाब है। उस तालाब में एक कछुआ रहता है। वह मेरा तेरे से भी अधिक मित्र है। वह मुझे मछलियों के मांस के टुकड़े देगा। उन्हें खाकर और उसके संग बातचीत का सुख पाते हुए मैं अपना वक्त काट दूँगा। यहाँ जाल में फँसकर चिड़ियों का मारा जाना मैं नहीं देखना चाहता।''

चूहे ने कहा, ''अगर यही बात है तो मैं भी तेरे साथ चलूँगा। मुझे भी यहाँ बहुत

तकलीफ है।''

कौए ने पूछा, ''अरे, तुझे क्या दुःख है?''

चूहे ने कहा, ''इस बारे में मुझे बहुत कुछ कहना है। वहीं जाकर कहूँगा।''

कौआ बोला, ''मैं तो आसमान के रास्ते से जाऊँगा। तू मेरे साथ कैसे चलेगा?''

उसने कहा, ''अगर तू मेरी जान बचाना चाहता है तो अपनी पीठ पर बैठाकर मुझे वहाँ ले चल। किसी दूसरी तरह मैं वहाँ नहीं जा सकता।''

यह सुनकर कौआ खुशी से भरकर बोला, ''अगर यह बात है तो मैं खुशकिस्मत हूँ, क्योंकि मैं वहाँ भी तेरे साथ वक्त बिता सकूँगा। मैं उड़ने के आठ तरीके जानता हूँ। तू मेरी पीठ पर चढ़ जा। मैं तुझे बड़े आराम से तालाब के पास ले चलूँगा।''

चूहे ने कहा, ''मैं उड़ने के तरीकों के नाम सुनना चाहता हूँ।''

उसने कहा, ''उड़ने के आठ तरीके ये हैं—धीरे से सीधा उड़ना, एकाएक उड़ना, जोर से उड़ना, उड़ते हुए नीचे आना, टेढ़े-मेढ़े उड़ना, तिरछे उड़ना, ऊँचे उड़ना और चपलता से उड़ना।''

यह सुनकर चूहा उसी वक्त कौए की पीठ पर सवार हो गया। कौआ भी उसे लेकर धीरे से सीधा उड़ता हुआ उस तालाब पर पहुँच गया। कछुए ने दूर से उसे चूहे को पीठ पर सवार कराए देखा तो सोचा कि यह कोई अनोखा कौआ है। यह सोचकर समय को पहचाननेवाला वह कछुआ जल्दी से पानी में घुस गया।

कौए ने चूहे को किनारे के पेड़ के खोखले में बिठाया और खुद एक टहनी पर बैठकर कहने लगा, ''अरे मित्र! बाहर आ। मैं तेरा दोस्त कौआ हूँ। बहुत दिन बाद तुझसे मिलने आया हूँ। तू आकर मुझसे गले मिल। मित्र की भेंट में जितनी ठंडक है, उसका सोलहवाँ भाग भी कपूर मिले चंदन और ठंडी बरफ में नहीं।''

यह वचन सुनकर तो कछुए ने उसे अच्छी तरह पहचान लिया। आँखों में खुशी के आँसू भरे वह पानी से बाहर निकला। बोला, ''आओ दोस्त, आओ! बहुत दिन बीत जाने के कारण मैंने तुम्हें ठीक-ठीक पहचाना नहीं, इसलिए पानी में घुस गया था।'' तब कौआ पेड़ से नीचे उतरकर कछुए से गले मिला। इस तरह दोनों एक-दूसरे के साथ भेंट कर पेड़ के नीचे बैठ गए और अपनी-अपनी बातें बताने लगे। चूहा भी कछुए को नमस्ते करके कौए के पास बैठ गया। उसे देखकर कछुए ने कौए से पूछा, ''अरे, यह चूहा कौन है? तेरा भोजन होते हुए भी तू इसे कैसे अपनी पीठ पर चढ़ाकर लाया? इसका कोई छोटा-मोटा कारण नहीं हो सकता।''

कौए ने जवाब दिया, ''यह चूहा मेरा मित्र है और मेरे दूसरे जीवन के समान है। इसके गुण आकाश के तारों की तरह अनगिनत हैं। बहुत दुःख पाकर यह तेरे पास आया है।''

कछुए ने कहा, "इसके वैराग्य की क्या वजह है?"

कौए ने कहा, "मैंने पूछा था, पर इसने कहा कि बहुत कुछ कहना है, इसलिए वहीं जाकर बताऊँगा। सो मुझसे भी इसने कुछ नहीं कहा। मित्र, अब तो हम दोनों से अपने वैराग्य की वजह बता।"

चूहा बोला, "दक्खिन में एक शहर है। मइलपुर उसका नाम है। वहाँ से कुछ दूर पर शिवजी का एक मठ था। वहाँ एक संन्यासी रहता था। भीख माँगकर अपना पेट पालता था। खाने से बची चीजों को भीख माँगनेवाले बरतन में रखकर और उसे खूँटी पर लटकाकर तब वह सोता था। सवेरे मजदूरों को वह अनाज देकर मंदिर में झाड़ू दिलाने, लीपने और सजाने का काम करवाता था।

एक दिन मेरे साथी ने मुझे ये सब बातें बताईं और कहा, "स्वामी, आप सब कहीं पहुँच सकते हैं। भोजन की खोज में इधर-उधर भटकने से क्या फायदा? आज आपकी कृपा से हम वहाँ जाकर मनमाना भोजन करेंगे।"

यह सुनते ही सब साथियों के साथ मैं उसी समय वहाँ पहुँचा और कूदकर उस बरतन पर चढ़ गया। खाने की बहुत सी चीजों को अपने नौकरों में बाँटकर मैंने आप भी खाया। सबके छक जाने पर हम घर लौट आए।

इस तरह मैं रोज उसका अन्न खाता था। संन्यासी भी जहाँ तक हो सकता था, उसकी रखवाली करता था। लेकिन जैसे ही वह सोता वैसे ही मैं मनमानी कर डालता। बाद में अन्न की रखवाली के लिए उसने एक अच्छी तरकीब की। वह एक फटा हुआ बाँस ले आया। मुझे डराने के लिए रात को भी वह उस बाँस से बरतन को बजाता रहता था। मैं भी बिना अन्न खाए ही मारे डर के भाग जाता था। इस तरह सारी रात उसके साथ लड़ाई होती रहती थी।

एक बार तीर्थयात्रा करता हुआ उसका एक मित्र साधु उस मठ में आया। उसे देखकर संन्यासी ने उसकी आवभगत की और उसका मेहमान की तरह सत्कार किया। रात को वे दोनों एक चटाई पर लेटकर धर्मकथा कहने लगे। लेकिन संन्यासी मेरे डर से घबराया हुआ था। वह बार-बार फटे बाँस से बरतन को बजाता था, इसलिए साधु की ओर उसका ध्यान नहीं रहता था। वह कथा-वार्ता का केवल 'हूँ-हूँ' कहकर जवाब देता था और कुछ बोलता न था।

इस पर मेहमान ने गुस्से में भरकर कहा, "तू मेरा सच्चा मित्र नहीं है, यह मैं जान गया हूँ। इसी कारण तू मुझसे प्रसन्न होकर बातचीत नहीं करता। मैं अभी तेरा मठ छोड़कर किसी दूसरे मठ में चला जाऊँगा; क्योंकि जहाँ आगे आकर आदर नहीं किया जाता, जहाँ मीठी-मीठी बातचीत नहीं होती और गुण-दोष का फर्क नहीं होता, उस महल में भी जाना ठीक नहीं। एक मठ पाकर ही तुझे घमण्ड हो गया है और तूने मित्र से

प्यार करना छोड़ दिया है। पर क्या तू नहीं जानता कि इस मठ में ठहरने के बहाने तू नरक का भी भागी बना है ? मूर्ख, तुझे घमंड हो गया है। मैं तेरे मठ को छोड़कर अभी जाता हूँ।''

यह सुनकर संन्यासी डर गया, बोला, ''भगवान्! ऐसा न कहें। आपके जैसा मेरा और कोई मित्र नहीं है। आप इस बातचीत में ढिलाई की वजह सुनिए। एक दुष्ट चूहा ऊँची जगह पर रखे हुए बरतन पर कूदकर चढ़ जाता है और अनाज खा जाता है। अनाज नहीं रहता, इस कारण मठ में झाड़ू भी नहीं लग पाती। सो उस चूहे को डराने के लिए मैं बार-बार बरतन को ठोकता हूँ। और कोई कारण नहीं है। उस बदमाश चूहे की हिम्मत देखिए। अपनी उछल-कूद से वह बिल्ली और बंदर को भी पछाड़ देता है।''

मेहमान साधु ने पूछा, ''क्या तू जानता है कि उसका बिल कहाँ है ?''

संन्यासी ने जवाब दिया, ''मुझे ठीक पता नहीं है।''

वह बोला, ''जरूर उसका बिल खजाने के ऊपर है। सो धन की गरमी से वह कूदता है। कहा है कि शांडिली की माता छँटे तिल एकाएक नहीं बेचती। इसमें कारण जरूरी होना चाहिए।''

संन्यासी ने पूछा, ''वह कैसे ?''

□

तिल बेचनेवाली ब्राह्मणी

साधु बोला, बरसात में व्रत करने के लिए एक जगह मैंने एक ब्राह्मण से उसके पास रहने की प्रार्थना की। मेरी बात मानकर ब्राह्मण ने मेरी सेवा की। देवता की पूजा करता हुआ मैं वहाँ सुख से रहने लगा। एक दिन सवेरे जागा तो मैंने सुना, ब्राह्मण और ब्राह्मणी दोनों बातचीत कर रहे हैं। ब्राह्मण ने कहा, ''कल सवेरे अनगिनत दान का फल देनेवाली संक्रांति है। मैं भी दान के लिए दूसरे गाँव जाऊँगा। तू भी सूर्य भगवान् के नाम पर किसी ब्राह्मण को कुछ भोजन दे देना।''

यह सुनकर ब्राह्मणी ने उसे धिक्कारते हुए कहा, ''तू दरिद्र है। मुझे भोजन कहाँ मिलेगा? दान देने की बात कहते हुए तुझे शर्म नहीं आती? तेरे घर मैंने कभी सुख नहीं पाया। न कभी मिठाइयाँ चखीं, न गहने पहने।''

यह सुनकर ब्राह्मण डर गया। फिर भी वह धीरे से बोला, ''तुझे ऐसा नहीं करना चाहिए, क्योंकि हमने ऐसा सुना है कि धनवान बहुत धन देकर जो फल पाता है, गरीब आदमी उसे एक कौड़ी देकर पा लेता है और यदि देनेवाला छोटा हो तो भी सेवा करने लायक है, पर कंजूस रईस हो तो भी नहीं। मीठे पानी से भरे हुए कुएँ को सब प्यार करते हैं, पर समुद्र को नहीं करते। यह जानकर गरीब को भी थोड़े-से-थोड़ा जो कुछ बन पड़े, देना चाहिए। बहुत लालच नहीं करना चाहिए। बहुत लालची का तालू धनुष से चिर जाता है।''

ब्राह्मणी ने पूछा, ''वह कैसे?''

□

भील, सूअर और सियार

उसने कहा किसी वन में एक भील रहता था। शिकार करने के लिए वह वन की ओर चला। वहाँ घूमते-घूमते उसने एक सूअर देखा। वह काजल के पहाड़ की चोटी की तरह था। उसे देख भील ने कान तक खींचकर तीर मारा। वह घायल हो गया। तब सूअर ने भी गुस्से में भरकर अपने दाँत से भील का पेट फाड़ डाला। वह मर गया। उसे मारकर वह घायल सूअर भी मर गया। इसी बीच एक भूखा गीदड़ उधर आ निकला। जब उसने सूअर और भील दोनों को मरा हुआ देखा तो बड़ा प्रसन्न हुआ। बोला, ''मेरा भाग्य मेरे साथ है, तभी तो यह भोजन मेरे सामने आ गया। ठीक है, कोशिश न करने पर भी पिछले जन्म में किए हुए कर्मों का अच्छा या बुरा फल मनुष्यों को मिलता है। इसलिए मैं इसे इस तरह खाऊँगा, जिससे बहुत दिन तक मेरा गुजारा हो। पहले तो मैं धनुष पर लगी ताँत की डोर ख़ाऊँगा।''

इस तरह मन में तय करके धनुष के तिरछे किनारे को अपने मुँह में लेकर वह ताँत खाने लगा। पर फंदा टूट गया और धनुष का किनारा उसके तालू को चीरकर मस्तक के बीच में से निकल गया। उसकी चोट से वह भी तुरंत मर गया। इसलिए मैं कहता हूँ कि बहुत लालच नहीं करना चाहिए।

ब्राह्मण के इस तरह समझाने पर ब्राह्मणी बोली, ''अगर ऐसी बात है तो मेरे घर में थोड़े से तिल हैं। उन्हीं को छाँटकर और तिल-चूर्ण बनाकर ब्राह्मण को भोजन कराऊँगी।''

यह सुनकर ब्राह्मण दूसरे गाँव चला गया। ब्राह्मणी ने भी उन तिलों को गरम पानी में मलकर और छाँटकर धूप में रख दिया। इसके बाद वह घर के काम में लग गई और तिलों में किसी कुत्ते ने पेशाब कर दिया। यह देखकर वह सोचने लगी—अब तो तिल खाने लायक़ रहे नहीं। इसलिए मैं इन्हें लेकर किसी दूसरे के घर जाऊँगी और छाँटे हुए

तिल की जगह बिना छाँटे हुए तिल बदल लाऊँगी। इस तरह सब लोग मुझे तिल दे देंगे।

जिस घर में मैं भीख माँगने गया था, उसी घर में वह तिल बेचने गई और कहा, "बगैर छाँटे हुए तिलों के बदले छाँटे तिल ले लो।"

उस घर की मालकिन तैयार हो गई, पर उसके बेटे ने कहा—"माँ, ये तिल लेने लायक नहीं हैं। इसमें जरूर कोई बात है जो यह छाँटे हुए तिल दे रही है।" यह सुनकर माँ ने छाँटे हुए तिलों को नहीं लिया।

यह कहकर मित्र ने पूछा, "क्या तुम इस चूहे के आने का रास्ता जानते हो?"

संन्यासी बोला, "हाँ भगवान, मैं जानता हूँ। वह अकेला नहीं आता। मेरे चौकसी रखने पर भी वह अपने अनगिनत परिजनों के साथ आता है।"

उसके मित्र ने पूछा, "तेरे पास क्या कोई खोदने का औजार है?"

संन्यासी ने जवाब दिया, "हाँ, यह लोहे का खनता है।"

उसका मित्र बोला, "सवेरे तू मेरे साथ उठना। तब तक जमीन पर आदमी नहीं चले होंगे, सो हम चूहों के पंजों के निशान के पीछे-पीछे चलेंगे। क्योंकि आदमी चल चुकेंगे तो चूहों के पैरों के निशान मिट जाएँगे।"

चूहे ने कौए से कहा, "मैंने भी उनकी बात सुनकर सोचा कि अब हमारा नाश होगा। ये बातें बेमतलब नहीं हैं। जिस तरह इन्होंने हमारे खजाने का पता लगा लिया है, उसी तरह किले का भी पता लगा लेंगे। उनकी बातों से यही पता चलता है।"

तब मैं डर गया और किले का रास्ते छोड़कर दूसरे रास्ते से जाने लगा। अपने परिवारवालों के साथ जैसे ही मैं आगे बढ़ा, मैंने एक मोटे-ताजे बिल्ले को आते देखा। चूहों का झुंड देखकर वह उन पर टूट पड़ा। मुझे खतरे के रास्ते पर जाते देखकर चूहे मेरी निंदा करने लगे और जो बचे, वे अपने खून से धरती को भिगोते हुए किले में घुस गए। मैं अकेला दूसरी जगह चला गया।

उसी समय वे दोनों साधु खून की बूँदों से रँगी जमीन को देखते हुए किले के फाटक पर आ पहुँचे और खजाने के लिए किले को खोदने लगे। खोदते-खोदते उन्हें वह धन मिल गया, जिसके ऊपर मैं हमेशा रहता था और जिसकी गरमी से कठिन-से-कठिन जगह पर जा सकता था। खुश होकर वह संन्यासी का मित्र संन्यासी से बोला—"भगवान्! अब आप बेखटके सोइए। इस गड़े धन की गरमी से ही चूहा आपको जगाता रहता था।"

यह कहकर और धन लेकर वे दोनों मठ की तरफ चले गए। मैं जब उस जगह आया तो उस उजड़े स्थान को देख भी न सका। सोचने लगा कि क्या करूँ? कहाँ जाऊँ? कैसे मन को शांति दूँ?

इसी तरह सोचते-सोचते वह दिन बीता। शाम को अपने दल के साथ मैं उस मठ में घुसा। तब मुझमें बिलकुल उत्साह नहीं था। मेरे साथियों की आवाज सुनकर वह

संन्यासी भी भीखवाले बरतन को फटे बाँस से ठोकने लगा। इस पर उसके मित्र ने पूछा, "मित्र! तू अब भी बेफिक्र होकर क्यों नहीं सोता?"

वह बोला, "भगवान्! अपने साथियों के साथ बदमाश चूहा फिर आया है।"

इस पर हँसकर मित्र ने कहा, "मित्र, तू डर मत। इस चूहे के कूदने का उत्साह धन के साथ ही चला गया है।"

यह सुनकर मुझे बड़ा गुस्सा आया और मैं जोर से बरतन की तरफ ऊपर को कूदा, लेकिन वहाँ तक पहुँचने के पहले ही जमीन पर आ गिरा। मेरे गिरने की आवाज सुनकर मेरा वह वैरी हँसा और संन्यासी से बोला, "अरे देखो, यह तमाशा देखो। सभी धन के बल से हिम्मतवाले होते हैं। धन के बिना यह चूहा भी अपनी जाति के दूसरे चूहों की तरह हो गया। अब तुम बेखटके सोओ। इसके कूदने का कारण अपने हाथ में आ गया है। किसी ने ठीक कहा है कि दाँत निकल जाने पर जैसे साँप बेकाम हो जाता है, ऐसे ही धन के बिना आदमी भी सिर्फ नाम का आदमी रह जाता है।"

यह सुनकर मैं सोचने लगा कि मुझ में से तो एक अंगुल भी कूदने की ताकत नहीं रह गई, इसलिए जिनके पास धन नहीं, उन पुरुषों के जीवन को धिक्कार है। कहा है कि गरीब आदमी में सब गुण हों तो भी वे शोभा नहीं पाते। वह उपकार करे तो भी लोग उसे छोड़ देते हैं।

इस प्रकार रोते-कलपते उत्साहहीन मैं सवेरे अपने किले में लौट आया। मेरा धन साधु का तकिया बना हुआ था। इधर-उधर जाते हुए मेरे सेवक कानाफूसी करते थे, "अरे, अब यह हम सब का पेट नहीं भर सकता। इसके पीछे जाने से बिल्ली आदि की आफत पड़ती है। इसलिए किसी ने कहा है कि जिससे लाभ नहीं, केवल आफतें मिलें ऐसे स्वामी को तुरंत छोड़ देना चाहिए।"

उनकी ऐसी बातें सुनता हुआ मैं अपने किले में घुसा। बाद में जब कोई सेवक मेरे पास नहीं आया तो मैं सोचने लगा कि इस गरीबी को धिक्कार है। गरीब आदमी मरे हुए के समान होता है। मैं सोच रहा था कि मेरे सेवक मेरे शत्रु के सेवक हो गए। वे मुझे अकेले देखकर मेरा तिरस्कार करने लगे। बाद में सोते-सोते मैं फिर सोचने लगा कि उस संन्यासी के पास जाकर किसी तरह अपनी धन की पेटी ले आऊँ, जिससे मेरा दबदबा फिर हो जाए। यह गरीबी बड़ी बुरी है। गरीब को उसके रिश्तेदार जीते हुए भी मरा मानते हैं। मित्र उसके शत्रु बन जाते हैं। गरीबी मौत है। छोटापन ही विपत्तियों का घर है। सो अगर धन लाने में मेरी मौत भी हो जाए, तब भी ठीक है।

इस तरह तय करके मैं रात में वहाँ गया और साधु के सो जाने पर पेटी में छेद किया। पर इतने में वह दुष्ट जग गया और उसने फटे बाँस से मेरा सिर तोड़ डाला। कुछ उम्र बच गई थी, सो मैं मरा नहीं, भाग गया। किसी ने ठीक कहा है कि आदमी

मिलनेवाले धन को पाता है। देवता भी उसे ऐसा करने से नहीं रोक सकते। इसलिए मैं शोक नहीं करता। जो मेरा है, वह दूसरे का नहीं हो सकता।

कुछ सोचकर चूहे ने कछुए से कहा, "सो इस प्रकार तमाम दुःखों का अनुभव करता हुआ मैं मित्र के साथ तेरे पास आया हूँ। मेरे अनमने होने का यही कारण है।"

कछुए ने कहा, "बेशक, यह कौआ तेरा मित्र है। तू इसका भोजन है और भूख से तड़पते हुए भी यह तुझे अपनी पीठ पर चढ़ाकर लाया। रास्ते में खा नहीं गया। सच है, जिस कुलीन मित्र की नीयत धन देखकर भी खराब न हो वह हमेशा मित्र रहता है। मुसीबत आने पर भी जो मित्रता बनाए रखता है वही असली मित्र है। इसलिए मुझे इस कौए पर विश्वास है। मांसखोर कौओं की जल में रहनेवालों के साथ दोस्ती नीति के विरुद्ध है, फिर भी यह मेरा मित्र है, इसलिए तेरा स्वागत है। इस तालाब के किनारे तू अपने घर की तरह रह। तेरा धन छिन गया और तुझे परदेश में रहना पड़ा, इस बात का दुःख न मान; क्योंकि बादल की छाया और पके हुए खाने की तरह धन का उपयोग थोड़ी देर के लिए ही होता है। इसलिए बुद्धिमान लोग धन का लालच नहीं करते, क्योंकि उसके कमाने में दुःख, उसकी रक्षा करने में दुःख, उसके छिन जाने और खर्च हो जाने में भी दुःख ही है।"

परदेश में रहने पर भी तुझे उदास नहीं रहना चाहिए। जो धीरज रखनेवाला है, बुद्धिमान है, उसके लिए क्या देश, क्या परदेश। जिस देश में वह जाता है, वहीं अपने प्रताप से विजय पाता है। परदेश में रहनेवाला गरीब भी अगर बुद्धिमान है तो दुःख नहीं पता। विद्वानों के लिए विदेश, मीठा बोलनेवालों के लिए पराया कौन? फिर तू तो बुद्धि का खजाना है, साधारण आदमियों की तरह नहीं है। कहा है, जो उत्साही है, देर नहीं करता, चतुर है, जिसमें कोई ऐब नहीं है, जो बहादुर और जिसके मित्र सच्चे हैं, लक्ष्मी (धन की देवी) सहर्ष उसके पास रहना चाहती है।

इतने दिनों तक वह धन तेरा था; जो चीज अपनी न हो वह एक क्षण भी नहीं भोगी जा सकती। घने जंगल में पहुँचकर जुलाहा जैसे रास्ता भूल गया, वैसे ही धन पैदा करने के बाद भी, अगर भाग्य में न हो, तो वह भोगा नहीं जा सकता।

चूहे ने पूछा, "वह कैसे?"

□

जुलाहा और भाग्य देवता

कछुआ कहने लगा—किसी नगर में एक जुलाहा रहता था। वह राजाओं के लायक तरह-तरह के रेशमी कपड़े तैयार किया करता था। लेकिन फिर भी उसे अधिक धन नहीं मिलता था। बस, किसी तरह परिवार का पेट भर पाता था। लेकिन जो जुलाहे मोटे कपड़े बुनते थे उनके पास काफी धन था। यह देखकर उसने अपनी पत्नी से कहा, "मैं अब इस जगह नहीं रह सकता, इसलिए कहीं परदेश में पैसा कमाने जाता हूँ।"

वह बोली, "दूसरी जगह जाने पर धन मिलता है और अपनी जगह नहीं मिलता, यह बिलकुल झूठ बात है। क्योंकि जो नहीं होनेवाला, वह नहीं होता। जो होनेवाला होता है, वह बिना कोशिश के होता है। इसलिए तुम यहीं पर कोशिश करते रहो।"

जुलाहे ने जवाब दिया, "तुम्हारा कहना ठीक नहीं है। बिना मेहनत किए कुछ नहीं होता। जो मेहनत करते हैं, लक्ष्मी उनको ही मिलती है। भाग्य की दुहाई देनेवाले कायर होते हैं। सोचने से कुछ नहीं होता। मेहनत से सबकुछ होता है। इसलिए मुझे परदेश जाना ही चाहिए।"

यह तय करके वह वर्धमानपुर गया। वहाँ तीन साल रहा और तीन सौ मुहरें पैदा करके घर की ओर लौटा। आधे रास्ते में एक जंगल था। जब वह वहाँ पहुँचा तो सूरज डूब गया। जंगली जानवरों के डर से वह बरगद की लंबी डाल पर चढ़ कर सो गया। आधी रात को उसने सपना देखा। दो आदमी आपस में बातें कर रहे थे। उनमें से एक बोला, "हे कर्ता! क्या तू नहीं जानता कि इस जुलाहे के भाग्य में रोटी-कपड़े भर के लिए जितना धन चाहिए उससे अधिक नहीं लिखा है। फिर तूने इसे तीन सौ मुहरें क्यों दीं?"

वह बोला, "हे कर्म! जो मेहनत करते हैं, उन्हें मुझे देना ही चाहिए। लेकिन इसका परिणाम क्या हो, यह तेरे हाथ में है।"

जुलाहा जब जागा तो उसने अपनी मुहरों की गाँठ टटोली। वह खाली थी। इस

पर दुःखी होकर वह सोचने लगा, 'अरे, यह क्या हुआ? जो धन इतनी तकलीफें उठा कर पैदा किया था, वह कहाँ गया? मेरा परिश्रम व्यर्थ ही चला गया। अब मैं इस गरीबी की हालत में अपनी पत्नी और मित्रों को अपना मुँह कैसे दिखाऊँगा?'

यह तय करके वह फिर उसी शहर को लौट गया। वहाँ एक साल में उसने पाँच सौ मुहरें कमाईं और फिर घर की ओर लौटा। आधे रास्ते में वही जंगल पड़ा। उसी समय दिन भी छिप गया। वह थका हुआ था, लेकिन मुहरें खो जाने का डर था। सो वह घर जाने की उतावली में बिना आराम किए जल्दी-जल्दी आगे बढ़ने लगा। उसी समय पहले जैसे ही दो आदमी उसकी आँखों के सामने आए और बातचीत करने लगे। एक ने कहा, "हे कर्ता! तूने इसे पाँच सौ मुहरें किसलिए दीं? क्या तू नहीं जानता कि रोटी-कपड़े से ज्यादा इसके भाग्य में नहीं है?"

दूसरे ने जवाब दिया, "हे कर्म! मेहनत करने वालों को मुझे जरूर देना चाहिए। पर उसका क्या फल निकले, सो तेरे बस में है।"

यह सुनकर जुलाहे ने अपनी गाँठ देखी तो उसमें मुहरें नहीं थीं। इस पर वह बहुत ही दुःखी हुआ। सोचने लगा कि मुझ जैसे कंगाल के जीने से क्या लाभ। इसलिए मैं बरगद के पेड़ पर फाँसी लगाकर मर जाऊँगा। यह तय करके उसने घास की रस्सी बटी। उसकी फाँस उसने अपने गले में डाल ली। फिर उस पेड़ से बाँधकर लटकने ही वाला था कि आसमान में चलनेवाले एक आदमी ने कहा, "अरे, अरे, ऐसा मत कर। तेरा धन हर लेनेवाला मैं ही हूँ। तेरे पास रोटी-कपड़े से ज्यादा एक कौड़ी भी रहे, यह मैं नहीं सह सकता। इसलिए तू अपने घर जा। फिर भी मैं तेरे साहस से खुश हूँ। सो जैसा तेरा जी करे वैसा वर तू मुझसे माँग ले।"

जुलाहे ने कहा, "अगर ऐसी बात है तो आप मुझे बहुत सा धन दीजिए।"

उसी आदमी ने जवाब दिया, "अरे! जिस धन को लेकर तू काम में न ला सके उसे लेकर करेगा क्या? रोटी-कपड़े से अधिक पाना तेरे भाग्य में नहीं लिखा है।"

जुलाहे ने कहा, "चाहे मैं उसे काम में न ला सकूँ, फिर भी मैं धन ही चाहता हूँ; क्योंकि जिसके पास धन इकट्ठा होता है, वह कंजूस हो या नीच कुल का, उसे सब घेरे रहते हैं।"

वह आदमी बोला, "अच्छा, यही बात है तो तू वर्धमानपुर जा। वहाँ दो बनिये रहते हैं। एक का नाम छिपा-धन है, दूसरे का खुला-धन। जब तू उन दोनों को पहचान ले तो उनमें से एक की तरह बनने का वरदान माँगना।"

यह कहकर वह आदमी आँखों से ओझल हो गया।

चकित जुलाहा फिर वर्धमानपुर गया। जब वह छिपा-धन का पता पूछता हुआ उसके घर पहुँचा तो सूरज डूब चुका था। जुलाहा थक गया था। छिपा-धन ने उसका

आदर-सत्कार नहीं किया। फिर भी जुलाहा हठ करके उसके घर में घुस गया। खाने के समय बड़े अनादर के साथ उसे कुछ खाने को दिया गया। सोने पर उसने फिर सपने में आधी रात को वही दो आदमी देखे। वे सलाह कर रहे थे। एक ने कहा, ''हे कर्ता! तूने छिपा-धन के लिए इस खर्च का इंतजाम क्यों किया, जिससे उसने जुलाहे को रोटी दी? यह तूने ठीक नहीं किया।''

दूसरे ने जवाब दिया, ''हे कर्म! इसमें मेरा कोई दोष नहीं। मुझे तो मनुष्य का फ़ायदा ही चाहिए। हाँ, उसका फल देना तेरे हाथ में है।''

सवेरे जब जुलाहा उठा तो छिपा-धन को दस्त आ रहे थे। बीमारी की वजह से उसने फाका किया। जुलाहा उसके घर से निकलकर खुला-धन के घर गया। उसने जुलाहे का बड़ा स्वागत किया। भोजन, वस्त्र आदि देकर उसका खूब आदर-सत्कार किया। बाद में जुलाहा वहीं सो गया। आधी रात को उसने फिर उन्हीं दो आदमियों को बातचीत करते सुना।

एक ने कहा, ''खुला-धन ने जुलाहे के स्वागत-सम्मान में बहुत खर्च किया है। अब तू बता, यह उसे कैसे चुकाएगा? यह सब वह बनिये के घर से उधार लाया है।''

दूसरे ने जवाब दिया, ''यह तो मेरा काम है, पर इसका फल देना तेरे हाथ में है।''

सवेरे एक राजपुरुष ने राजा का इनाम लाकर खुला-धन को दिया। उसे देख कर जुलाहा सोचने लगा, खुला-धन छिना-धन से कहीं अच्छा है। इसलिए हे विधाता! तू मुझे खुला-धन बना। मैं छिपा-धन नहीं बनना चाहता।

विधाता ने उसे ऐसा ही बना दिया।

यह कथा सुनकर कछुआ चूहे से बोला, ''यह जानकर तू धन के लिए सोच न कर। होते हुए भी जो धन काम में न लाया जा सके, वह न होने जैसा ही है। धन को देना या काम में लाना चाहिए। उसे इकट्ठा नहीं करना चाहिए। देखो न, शहद की मक्खियाँ शहद इकट्ठा करती हैं, लेकिन उसे दूसरे चुरा लेते हैं। और भी कहा है, कि संतोष रूपी अमृत को पीने से जो सुख मिलता है, वह धन के लालच में इधर-उधर दौड़नेवाले लोगों को भला कहाँ मिलता है? सो यह जानकर तुझे संतोष करना चाहिए।''

कछुए की बात सुनकर कौआ बोला, ''मित्र! कछुए ने जो कहा है वह तुझे मन में रखना चाहिए; क्योंकि हमेशा मीठा बोलनेवाले तो बहुत मिल जाते हैं, पर कड़वी, लेकिन भलाई की बात कहने-सुननेवाले बहुत कम मित्र होते हैं। वे असली मित्र हैं, दूसरे तो केवल नाम के ही हैं।''

वे आपस में बातचीत कर ही रहे थे कि इतने में शिकारी से डरा हुआ एक हिरन उसी तालाब पर आ पहुँचा। उसे देखकर कौआ पेड़ पर चढ़ गया, चूहा घास में घुस गया और कछुआ तालाब में। बाद में अच्छी तरह देख कर कौए ने कछुए से कहा—''निकल

आओ, दोस्त। एक प्यासा हिरन तालाब पर आया है। यह आवाज उसी की है, आदमी की नहीं।''

यह सुनकर बुद्धिमान कछुए ने कहा, ''हे मित्र! गहरी साँस लेता हुआ और बार-बार पीछे देखता हुआ यह हिरन प्यासा नहीं है, । शिकारी से डरा हुआ है। पता लगाओ कि कहीं शिकारी तो नहीं आ रहे।''

यह सुनकर हिरन बोला, ''तुमने डर का ठीक कारण जान लिया है। अब मुझे वह जगह बताओ जहाँ शिकारी न पहुंच सकें।''

कछुए ने जवाब दिया, ''दुश्मन जब पास आ जाए तो उससे बचने के दो उपाय हैं। एक हाथ चलाने का, दूसरा पैर की तेजी का। तू भागकर जल्दी से जंगल में घुस जा।''

कुछ देर बाद ही कौए ने जल्दी से आकर कहा, ''वे शिकारी तो चले गए। इसलिए दोस्त, तू निडर होकर वन से निकल आ।''

इसी तरह वे चारों मित्र बनकर दोपहरी में तालाब के किनारे पेड़ के नीचे बैठे बातचीत करते हुए दिन बिताने लगे।

एक दिन जब वे तीनों इकट्ठे हुए तो हिरन नहीं आया। वे सब बेचैन होकर कहने लगे, ''अरे, हमारा मित्र क्यों नहीं आया? क्या उसे शेर या शिकारी ने मार डाला या वह जंगल की आग में जल गया या नई दूब की लालच से किसी गड्ढे में जा पड़ा?''

बाद में कछुए ने कौए से हिरन का पता लगाने को कहा। थोड़ी दूर जाने पर उसने एक तलैया के किनारे हिरन को जाल में फँसे हुए देखा। यह देखकर कौए को बहुत दुःख हुआ। उसने कहा, ''मित्र, यह क्या हुआ?''

कौए को देखकर हिरन भी बहुत दुःखी हुआ। मित्रों को देखकर दुःख अकसर उमड़ ही आता है। हिरन रोने लगा। आँसू रुकने पर उसने कहा, ''हे मित्र! अब तो मेरी मौत आ गई है। इसलिए तेरे से जो मिलना हो गया, इससे मुझे संतोष हुआ। जब प्राण जाने का भय पैदा हो जाता है, तब मित्र का दर्शन होने से दोनों को सुख मिलता है। बाद में वह मरे या जिए। सो मित्र, मेरा कहा-सुना माफ करना। कछुए और चूहे से भी कहना कि जानते हुए या अनजाने में जो कड़वी बातें कही हों, उसके लिए मुझे माफ करें।''

यह सुनकर कौए ने कहा, ''मित्र, हम जैसे मित्रों के रहते हुए तुझे डरना नहीं चाहिए। मैं अभी चूहे को लेकर वापस आता हूँ। अच्छे आदमी मुसीबत में घबराया नहीं करते।''

इस प्रकार हिरन को भरोसा देकर कौआ वहाँ आया जहाँ कछुआ और चूहा थे। उन्हें सब हाल सुनाया। हिरन के फंदे काटने की बात तय करके चूहा कौए की पीठ पर चढ़कर जल्दी से उसके पास पहुँच गया। चूहे को देखकर हिरन को जान बचने की आशा

हुई। वह बोला, "मुसीबत से छुटकारा पाने के लिए असली मित्र रखना चाहिए। जिसका कोई मित्र नहीं, वह मुसीबत से पार नहीं पा सकता।"

चूहे ने पूछा, "अरे दोस्त! तू तो नीति की बात जानता है, बुद्धिमान है। फिर कैसे फँस गया?"

हिरन बोला, "अरे, यह बहस करने का समय नहीं है। उस पापी शिकारी के आने से पहले ही तू जल्दी से मेरे पैरों के बंधन काट डाल।"

यह सुनकर चूहे ने हँसकर कहा, "मेरे आने पर भी तू शिकारी से क्यों डरता है?"

वे दोनों इस तरह बातें कर ही रहे थे कि मित्र के दुःख से दुःखी दिलवाला कछुआ भी धीरे-धीरे वहाँ आता दिखाई दिया। उसे देखकर कौए ने चूहे से कहा, "यह बात ठीक नहीं हुई। कछुआ आ रहा है। अब यदि शिकारी आ पहुँचा तो इसकी वजह से हम सबका नाश होगा। मैं तो आकाश में उड़ जाऊँगा, तू बिल में घुस जाएगा और हिरन तेजी से भाग लेगा; लेकिन इस पानी में रहनेवाले कछुए का क्या होगा?"

इतने में कछुआ वहाँ पहुँच गया। चूहे ने कहा, "तूने यहाँ आकर ठीक नहीं किया। इसलिए शिकारी के आने से पहले ही तू लौट जा।"

कछुआ बोला, "भाई, मैं क्या करूँ? मित्र के दुःख से मैं जल रहा था। मर जाना अच्छा है, पर आप जैसों से जुदाई अच्छी नहीं। प्राण तो फिर मिल जाएँगे, पर आप जैसे मित्र नहीं।"

वह यह कह ही रहा था कि कान तक धनुष की डोर खींचे शिकारी आ पहुँचा। उसे देखते ही चूहे ने जाल काट डाला। हिरन तुरंत भाग गया। कौआ पेड़ पर चढ़ गया और चूहा पास के बिल में घुस गया। लेकिन कछुआ कहीं न भाग सका। हिरन के भाग जाने से दुःखी शिकारी ने जब उसको देखा तो सोचा, विधाता ने हिरन छीनकर मेरे लिए कछुए का इंतजाम कर दिया है। यह सोचकर उसने कछुए को उठाकर घास में लपेटा और धनुष पर लटका लिया। फिर घर की ओर चल पड़ा।

यह देखकर दुःख से बेचैन चूहे ने कहा, "अरे, भयंकर दुःख आ पड़ा। जिस भाग्य ने मेरे धन का नाश किया, उसी ने मेरे मित्र को छीन लिया। इस कछुए जैसा मित्र दूसरा नहीं हो सकता। पहले मेरा धन गया, फिर परिवार छूटा, देश छूटा, अब मित्र भी छूट रहा है। किसी ने ठीक कहा है कि एक चोट पर दूसरी चोट लगती है। धन की कमी होने पर भूख लगती है। मुसीबत में वैर पैदा होता है और जहाँ कमजोरी होती है, वहाँ बहुत से अनर्थ होने लगते हैं।"

इसी समय हिरन और कौआ दोनों रोते हुए वहाँ आ पहुँचे। चूहे ने कहा, "अरे, रोने से क्या लाभ। कछुए को छुड़ाने की कोशिश करनी चाहिए। आपत्ति की एक दवा है,

वह है आपत्ति दूर करने के लिए कोशिश करना और दुःख न मानना। इसके अलावा मुसीबत में पड़े हुए को छुड़ाने के लिए जो सलाह दी जाए, वही उत्तम सलाह है।"

यह सुनकर कौए ने चूहे से कहा, "अगर ऐसा है तो मेरी बात मानो। शिकारी के रास्ते में किसी तलैया के किनारे हिरन बेहोश होकर पड़ जाए। मैं उसके माथे पर बैठकर चोंच से सिर खोदूँगा, जिससे वह शिकारी हिरन को मरा समझेगा। फिर तो वह कछुए को जमीन पर रखकर हिरन के लिए दौड़ेगा। उस समय तुम जल्दी से घास के फंदे काट डालना जिससे कछुआ तुरंत तालाब में घुस जाए।"

हिरन बोला, "तूने बहुत सुंदर बात कही। बस, अब कछुए को छूटा ही समझो। क्योंकि मन का उत्साह बता देता है कि काम पूरा होगा या नहीं। इसलिए ऐसा ही करो।"

उन्होंने ऐसा ही किया। शिकारी ने तलैया के किनारे हिरन को पड़े हुए और कौए को उसका सिर खोदते हुए देख उसे मरा समझकर बड़ा खुश हुआ। उसने कछुए को जमीन पर रख दिया और हिरन की ओर दौड़ा। उसी समय चूहे ने अपने मजबूत दाँतों से घास के फंदे को काट डाला। कछुआ उसी क्षण तलैया में घुस गया। हिरन भी शिकारी के आने से पहले ही उठकर कौए के साथ दूर भाग गया। तब शर्मिंदा होकर शिकारी ने पीछे मुड़कर देखा तो कछुआ भी गायब था। अब तो वह घबरा गया और रोता-कलपता घर चला गया। उसके जाने के बाद कौआ, कछुआ, हिरन और चूहा इकट्ठे होकर खुशी-खुशी एक-दूसरे से ऐसे मिले मानो उनका दूसरा जन्म हुआ हो, फिर तालाब के किनारे जाकर बातचीत और हँसी-मजाक में अपना समय बिताने लगे।

यह जानकर बुद्धिमान को मित्र बनाना चाहिए और मित्र के साथ कपट का बरताव नहीं करना चाहिए। कहा है कि जो आदमी मित्र बनाता है और उसके साथ कपट का व्यवहार नहीं करता, उसका इस दुनिया में किसी तरह भी तिरस्कार नहीं होता।

□

कौआ और उल्लू

दक्षिण देश में एक शहर था। उसका नाम महिलारोप्य था। वहाँ बरगद का एक पेड़ था। उस पर कौओं का एक राजा अपने परिवार के साथ रहता था। वहाँ उसने किलेबंदी कर रखी थी। उसके पास ही एक पहाड़ था। उसकी गुफा में उल्लुओं का एक राजा भी अपने सब कुटुंब वालों के साथ रहता था। वह गुफा एक किले जैसी थी। उल्लुओं का राजा रात के समय बरगद के चारों ओर चक्कर काटता और पुरानी दुश्मनी के कारण जिस कौए को भी देखता, उसी को मार डालता। रोज इसी तरह करते-करते उसने बहुत से कौओं को मार डाला। किसी ने ठीक कहा है कि जो आलसी लोग बढ़ते हुए रोग और वैरी की ओर ध्यान नहीं देते, वे इसी तरह मारे जाते हैं।

एक दिन कौओं के राजा ने अपने सब मंत्रियों को बुलवाया और कहा, "हमारा वैरी बड़ा खतरनाक है। वह समय को भी पहचानने वाला है। वह हर रात को आकर हमें मारता है। हम रात में देख नहीं सकते। यह भी नहीं जानते कि उसका किला कहाँ है। हमला करें तो कैसे करें? शत्रु से निपटने के छह रास्ते बताए गए हैं—संधि, युद्ध, पीछे हटना, किलेबंदी, किसी की शरण में जाना और कूटचाल। आप हमें यह बताएँ कि इनमें से कौन सा उपाय यहाँ करना चाहिए?"

राजा के पाँच मंत्री थे। पहले ने उत्तर दिया "राजन्! बलवान के साथ लड़ाई नहीं करनी चाहिए। हमारा शत्रु बलवान औरर समय पर वार करनेवाला है। जब अपनी जान खतरे में हो तो बुरे लोगों के साथ भी सुलह कर लेनी चाहिए। जो बराबरवाला हो, उसके साथ भी सुलह करनी ही ठीक है। कमजोर जब बलवान से लड़ता है तो लड़ाई उसकी मौत का कारण बन सकती है। लड़ने के तीन कारण होते हैं—जमीन, मित्र या सोना। जहाँ कोई ऐसा कारण न हो, वहाँ नहीं लड़ना चाहिए। जहाँ जीत की बात पक्की न हो, वहाँ भी नहीं लड़ना चाहिए"

इस तरह पहले मंत्री ने मेल करने की सलाह दी। तब राजा ने दूसरे से पूछा, ''क्यों भाई, तुम्हारा क्या मत है?''

उसने कहा,''देव, वैरी के साथ सुलह करना मुझे अच्छा नहीं लगता। उल्लुओं का राजा जालिम, लालची व अधर्मी है और जो व्यक्ति सचाई एवं धर्म से दूर है, उसके साथ किसी तरह भी मेल नहीं करना चाहिए। अगर उससे सुलह कर भी ली तो वह चालाकी से थोड़े दिनों में उसे तोड़ देगा। सो, मेरा तो यह मत है कि उससे लड़ना चाहिए। उसने हमें हराया है, वह हमसे बलवान है—ये बातें भी मेल का कारण नहीं हो सकतीं। हिम्मत हो तो छोटा शत्रु भी बड़े को मार डालता है, जैसे कि शेर हाथी को मार डालता है। यदि शत्रु बल से न मरे तो उसे छल से मार डालना चाहिए।''

इस प्रकार दूसरे मंत्री ने लड़ाई की सलाह दी। फिर राजा ने तीसरे से पूछा, ''तुम भी अपने मन की बात कहो।''

उसने कहा, ''राजन्! यह दुष्ट शत्रु हमसे अधिक बलवान है और किसी नियम का ध्यान नहीं रखता। इसलिए इसके साथ सुलह या लड़ाई करना ठीक नहीं है। यहाँ तो पीछे हटना ही उचित है। पीछे हटना दो कारणों से होता है एक—तो डर कर प्राण और धर्म बचाने के लिए पीछे हटा जाता है, दूसरे जय पाने के लिए। बलवान शत्रु के साथ न तो लड़ना चाहिए और न सुलह ही करनी ठीक है। काम में फायदा न देखकर अक्लमंद लोग भागना ही ठीक समझते हैं। मेढ़ा लड़ते वक्त टक्कर मारने के लिए ही पीछे हटता है। जो कमजोर आदमी शान में आकर बलवान के साथ लड़ाई ठानता है, वह शत्रु की मनचाही करके अपने कुल का नाश करता है। इसलिए बलवान के हमला करने पर पीछे हटना ही ठीक है, सुलह करना या लड़ना नहीं।''

तीसरे मंत्री की राय जानकर राजा चौथे मंत्री से बोला, ''तुम क्या कहते हो जी?''

उसने कहा, ''महाराज, मुझे तो ये तीनों बातें ठीक नहीं लगीं। मैं तो अपनी जगह डटकर किलबंदी करना ठीक समझता हूँ। अपने स्थान पर डटा रहकर मगरमच्छ हाथी को भी खींच लेता है और जब वह अपने स्थान से हट जाता है तो कुत्ता भी उसे हरा देता है। बलवान जब हमला करे तो अपने दुर्ग में रहना चाहिए और मदद के लिए मित्रों को बुलानां चाहिए। शत्रु का आना सुनकर जो डरकर अपनी जगह छोड़ देता है, वह फिर वहाँ नहीं आ सकता। इसलिए किलेबंदी करके, लड़ाई का पक्का इरादा करके वहाँ रहना चाहिए। ऐसा करने से राजा यदि जीता रहे तो राज्य पाता है और मरे तो स्वर्ग पाता है।''

इसके बाद राजा ने पाँचवें मंत्री से पूछा, ''भाई, तुम भी अपना विचार कहो।''

वह बोला, ''मुझे तो किसी का सहारा लेने की बात ठीक जँचती है। जो ताकतवर हैं, वे भी बिना सहारे के कुछ नहीं कर सकते। सो आप किसी बलवान का सहारा

लीजिए। कमजोर का कोई सगा नहीं होता। वैसे छोटों का सहारा भी लिया जा सकता है, पर बड़ों का सहारा हो तो क्या कहना; कमल के पत्तों पर पानी भी मोती-सा लगता है। इसलिए सहारा लेकर ही लड़ना उचित है।"

इसके बाद राजा ने अपने पिता के समय के बूढ़े पुराने मंत्री को प्रणाम करके कहा, "बाबा, आपने सब कुछ सुना। अब मेरे लिए जो ठीक हो, वह कहिए।"

उसने उत्तर दिया, "इन लोगों ने जो कुछ कहा, वह सब नीति की पुस्तकों के अनुसार हैं। ये बातें अपने-अपने समय पर काम की हैं। लेकिन यह मौका दुतरफी चाल का है। हमें पहले वैरी का विश्वास प्राप्त करके उसकी कमजोरियों का पता लगा लेना चाहिए, फिर बड़ी आसानी से उसका नाश किया जा सकता है।"

राजा ने कहा, "मैं शत्रु के रहने की जगह तक तो जानता नहीं। फिर उसकी कमजोरी कैसे जानूँगा?"

बूढ़ा मंत्री बोला, "जासूसों के द्वारा मैं उसकी जगह का ही नहीं, उसकी कमजोरियों का भी पता लगा लूँगा।"

उसने कहा "जिस तरह पैर के अंदाज से पानी की गहराई जान ली जाती है, उसी तरह अपने काम में चतुर जासूस शत्रु-पक्ष के अधिकारियों के भीतरी भेद लेकर शत्रु की ताकत जान लेते हैं।"

मंत्री की बात सुनकर राजा ने पूछा, "तात, कौओं और उल्लुओं में यह जो शत्रुता चली आ रही है, उसका कोई कारण तो होगा ही?"

मंत्री बोला, "बात बहुत पुरानी है। एक बार तोता, कोयल, मोर, कबूतर, उल्लू आदि सब पक्षी इकट्ठे होकर सोचने लगे कि हमारे राजा गरुड़ हैं; पर वह विष्णु भगवान् की चाकरी में हैं। वह हमारी फिक्र ही नहीं करते। ऐसे मालिक से क्या लाभ, जो रक्षा न कर सके जो दूसरों से कष्ट पाते हुए और डरे हुए जीवों की रक्षा नहीं करता, वह राजा नहीं है, बल्कि काल है। सो हमें सोच-विचारकर किसी दूसरे पक्षी को अपना राजा बनाना चाहिए।"

उसके बाद तेज और होशियार उल्लू को देखकर सबने एकमत होकर कहा, "हम इस उल्लू को अपना राजा चुनते हैं। इसलिए इसके राजतिलक की सामग्री इकट्ठी करो।"

फिर तो राजतिलक की तैयारियाँ होने लगीं। तीर्थों का जल लाया गया। सिंहासन सजाया गया। धरती पर सात द्वीप, समुद्र, पहाड़ आदि के चित्र बनाए गए। शेर की खाल बिछाई गई। सोने के घड़ों में फूल, अनाज आदि भरे गए। बन्दीजन स्तुति-पाठ करने लगे। ब्राह्मण एक स्वर में मंत्र पढ़ने लगे। युवतियाँ गाने लगीं। लेकिन जैसे ही पटरानी को लाया गया और राजतिलक के लिए उल्लू राजसिंहासन पर बैठने लगा, वैसे ही एक

कौआ उधर आ पहुँचा और यह सब देखकर उसने हैरानी से पूछा, ''पक्षियों का यह मेला यहाँ किसलिए हो रहा है?''

उसे देखकर पक्षियों ने सोचा, 'ऐसा सुना गया है कि पक्षियों में कौआ चतुर है। इसलिए इसकी बात सुननी चाहिए। उन्होंने उत्तर दिया, ''अरे, पक्षियों का कोई राजा नहीं है, इसलिए हम सबने उल्लू को राजा बनाना तय किया है। तेरी क्या राय है?''

कौए ने हँसकर कहा, ''यह ठीक नहीं है। उल्लू दिन में अंधा होता है और वह बदसूरत भी है। फिर मोर, हंस, कोयल, चकवा, तोता, हारिल और सारस आदि के रहते हुए भी इस बदसूरत उल्लू को भला क्यों राजा बनाया जाए! बिना गुस्से के इसकी नाक टेढ़ी रहती है। गुस्सा आने पर राम जाने कैसा लगेगा? फिर गरुड़ हमारे राजा हैं। उल्लू गरुड़ महाराज से शायद अधिक चतुर हो, पर एक राजा के होतेहुए दूसरे को राजा चुनना ठीक नहीं। एक ही प्रतापी राजा हितकारी होता है। गरुड़ का नाम लेकर ही तुम वैरियों को जीत सकते हो। चंद्रमा का नाम लेने से खरगोश सुख से रहते हैं।''

पक्षियों ने पूछा, ''वह कैसे?''

कौआ कहने लगा—

□

खरगोश और हाथी

किसी वन में हाथियों का नायक एक गजराज रहता था। एक बार वहाँ बहुत दिनों तक पानी नहीं बरसा। सब तालाब सूख गए। इस पर हाथियों ने गजराज से कहा, ''महाराज, प्यास के कारण हाथियों के बहुत से बच्चे मारने वाले हैं। कुछ मर भी गए हैं। इसलिए आप किसी नए तालाब की खोज करें।''

बहुत देर तक सोचने के बाद उसने कहा, ''एक निर्जन प्रदेश में एक सरोवर है। वह पाताल गंगा के पानी से हर समय भरा रहता है। तुम सब वहाँ चलो।''

पाँच रात चलने के बाद वे सब वहाँ पहुँचे। उस पानी में वे सब खूब नहाए और जब सूरज डूबने लगा, तब बाहर आए। आस-पास खरगोशों के बहुत से बिल थे। इधर-उधर भागकर हाथियों ने उस जगह को रौंद डाला। इससे बहुत से खरगोशों के हाथ-पाँव और सिर कुचल गए। बहुत-से खरगोश मारे गए और बहुत से मरने को हो गए। बाद में जब हाथियों का झुंड चला गया, तब घायल, लहूलुहान और बच्चों के मरने से रोते हुए खरगोश इकट्ठे होकर सोचने लगे कि हम सब बेमौत मारे गए। अब ये हाथी रोज यहाँ आया करेंगे, क्योंकि आस-पास और कहीं पानी नहीं है। इसलिए हम सबका नाश हो जाएगा।

उनमें से एक खरगोश बोला, ''और तो कुछ उपाय हो नहीं सकता। चलो, देश छोड़कर ही चलें, क्योंकि कहा है कि अपनी रक्षा के लिए बढ़िया से बढ़िया जमीन को भी, जो खूब धान पैदा करती है, खूब पशुओं को बढ़ाती है, छोड़ देना चाहिए।''

यह सुनकर दूसरे खरगोश बोले, ''यह खूब कही! बाप-दादों की जमीन एकाएक इस तरह नहीं छोड़ी जा सकती। इसलिए हाथियों को ही कोई ऐसा डर दिखलाना चाहिए, जिससे वे फिर यहाँ न आएँ।''

इस पर एक खरगोश ने कहा, ''अगर ऐसी बात है तो उन्हें डराने का एक बढ़िया

उपाय है। लेकिन कोई चतुर ही यह काम कर सकता है। हमारा राजा विजयदत्त चंद्रमंडल में रहता है। इसलिए किसी नकली दूत को गजराज के पास भेज दो। वह जाकर उससे कहेगा कि चंद्रमा ने हाथियों को इस सरोवर में आने से मना किया है, क्योंकि उसके प्रिय खरगोशों का परिवार इसके आस-पास रहता है। चंद्र भगवान् का यह हुक्म सुनकर शायद वे लौट जाएँ।''

इतने में एक खरगोश बोला, ''अगर ऐसी बात है तो इस लंबकर्ण को भेजो। यह बात बनाने और दूत का काम करने में चतुर है। जो सुंदर है, लालची नहीं है, बात बनानेवाला है और दूसरों की इच्छा जाननेवाला है, वही व्यक्ति राजदूत बनने योग्य है।''

यह सुनकर दूसरे ने कहा, ''यही ठीक है। जीते रहने के लिए और कोई उपाय नहीं दिखता। अतएव ऐसा ही करो।''

ऐसा ही किया गया। लंबकर्ण दूत बनकर गया। हाथियों के आनेवाले रास्ते पर वह ऐसी जगह चढ़कर बैठ गया जहाँ हाथी नहीं पहुँच सकते थे। जब गजराज अपने झुंड के साथ वहाँ आया तो उसने कहा, ''अरे दुष्ट हाथी! इस तरह बेखटके तू इधर आ-जा रहा है! समझ ले कि तुझे यहाँ नहीं आना चाहिए। पीछे लौट जा।''

उसकी बात सुनकर गजराज को बड़ा अचरज हुआ वह बोला, ''अरे, तू कौन है?''

उसने उत्तर दिया, ''मैं विजयदत्त नामक खरगोश हूँ और चंद्रमंडल में रहता हूँ। भगवान् चंद्रमा ने मुझे तेरे पास दूत बनाकर भेजा है। तू जानता ही है कि सच कहनेवाले दूत का कोई दोष नहीं होता।''

यह सुनकर हाथी ने कहा, ''मित्र खरगोश! भगवान् चंद्रमा का क्या संदेश है, मुझे जल्दी बता? मैं उसका पालन शीघ्र करूँगा।''

खरगोश बोला, ''उन्होंने कहा है कि कल तूने अपने झुंड के साथ यहाँ आकर बहुत से खरगोशों को मारा है। क्या तू नहीं जानता कि यहाँ उनका परिवार रहता है? अगर तू जीना चाहता है तो फिर इस सरोवर की ओर न आना।''

हाथी ने पूछा, ''तेरे स्वामी भगवान् चंद्र कहाँ हैं?''

उसने तुरंत जवाब दिया, ''तेरे झुंड ने जिन खरगोशों को अधमरा कर दिया है, उन्हें ढाढ़स बँधाने के लिए वे सरोवर में विराजमान हैं। उन्होंने मुझे तेरे पास भेजा है।''

हाथी ने कहा, ''अगर यह बात ठीक है तो मुझे अपने स्वामी के दर्शन करा। उन्हें प्रणाम करके हम दूसरी जगह चले जाएँगे।''

खरगोश बोला, ''अच्छा, तू मेरे साथ अकेला चल। मैं तुझे उनके दर्शन करा दूँगा।''

इसके बाद वह खरगोश हाथी को रात के समय सरोवर के किनारे ले गया और

जल में पड़ते हुए चंद्रमा के प्रतिबिंब को दिखाकर बोला, "देख, मेरे स्वामी ने जल में समाधि लगा रखी है। इसलिए तू उन्हें चुपचाप प्रणाम करके लौट जा। अगर महाराज की समाधि भंग हो गईं तो उनका गुस्सा भड़क उठेगा।"

हाथी डर गया और प्रणाम करके लौट गया। उस दिन से खरगोश अपने कुटुम्ब के साथ सुख से वहाँ रहने लगे। इसलिए मैं कहता हूँ कि बड़ों के नाम लेने से सुख मिलता है। चंद्रमा का नाम लेने से खरगोश सुख से रहते हैं। क्या तुमने नहीं सुना कि खरगोश और गौरैया छोटे न्यायाधीश के पास न्याय कराने गए और मारे गए?

उन पक्षियों ने पूछा, "वह कैसे?"

कौआ कहने लगा—

□

गौरैया और खरगोश

पुराने जमाने में मैं एक पेड़ पर रहता था। उसी पेड़ के खोखले में एक गौरैया भी रहता था। साँझ होने पर जब हम दोनों लौटते तो महापुरुषों की कहानियाँ कहते थे। दिन भर घूमते-घूमते जो अजीब-अजीब बातें देखते थे, उनकी चर्चा करते थे और इस तरह सुख से अपने दिन बिताते थे।

एक दिन भोजन की तलाश में वह गौरैया दूसरे गौरैया के साथ पके धान वाले एक दूसरे देश में चला गया। रात होने पर भी जब वह नहीं लौटा तो मैं घबरा गया और सोचने लगा कि आज वह क्यों नहीं आया? क्या उसको किसी ने जाल में फँसा लिया या मार डाला? अगर वह राजी-खुशी होता तो मेरे बिना कभी न रहता।

इसी तरह सोचते हुए मुझे बहुत दिन बीत गए, पर गौरैया नहीं लौटा। हाँ, एक दिन एक खरगोश उस खोखले में आ घुसा। चूँकि मैं गौरैया के आने की आशा छोड़ चुका था, इसलिए मैंने भी उसे नहीं रोका। लेकिन कुछ दिन जब धान खा खाकर वह गौरैया मोटा-ताजा हो गया, तो उसे अपने घर की याद आई और वह लौट आया। किसी ने सच ही कहा है कि जो सुख अपने देश, शहर और घर में मिलता है, वह स्वर्ग में भी नहीं मिल सकता।

गौरैया ने जब अपने खोखले में एक खरगोश को देखा, तो उसने कहा, "अरे, यह तो मेरा घर है। तू यहाँ से निकल।"

खरगोश ने उत्तर दिया, "यह घर तेरा नहीं, मेरा है। क्या तू नहीं जानता कि पशु-पक्षियों का दावा किसी जगह पर तभी तक रहता है, जब तक वे वहाँ रहते हैं। कहा है कि कुआँ, तालाब, मंदिर और पेड़ों को एक बार छोड़ देने पर फिर उन पर हक नहीं जताया जा सकता। सो यह घर मेरा है, तेरा नहीं।"

गौरैया ने कहा, "अगर कायदे-कानून की बात कहता है, तो चल, न्याय जाननेवाले

किसी पंडित से अपना फैसला करवा लें।''

उन दोनों में जब इस प्रकार समझौता हो गया तो मैं भी यह जानने के लिए कि आगे क्या होगा, उनके पीछे-पीछे चल पड़ा। इसी बीच में एक जंगली बिल्ले ने उनकी लड़ाई के बारे में सुना। बस, वह एक नदी के किनारे पहुँचा। एक हाथ में उसने कुंशा ली, एक आँख बंद कर ली, दूसरे हाथ को ऊँचा कर लिया और पंजे के बल खड़ा हो गया। फिर सूरज की तरफ देखते हुए धर्म का उपदेश करने लगा, ''धर्म के बिना कुछ नहीं और सबकुछ झूठ है। जो धर्म को नहीं जानते, वे मगरमच्छ की तरह हैं। परोपकार से पुण्य होता है। दूसरों को दुःख देने से पाप होता है। हे भाईयो! तुम धर्म की बातें सुनो और जानो। जो बात अपने लिए ठीक नहीं है, उसे दूसरों के लिए भी मत करो।''

उसका यह उपदेश सुनकर खरगोश बोला, ''नदी के किनारे यह कोई तपस्वी बैठा हुआ है। आओ, इसी से पूछें।''

गौरैया ने कहा, ''ठीक है, लेकिन स्वभाव से यह हमारा दुश्मन है। इसलिए दूर से ही पूछना ठीक होगा।''

सो दूर खड़े होकर वे दोनों बोले, ''हे तपस्वी! हम दोनों में झगड़ा हो गया है। धर्म-शास्त्र के अनुसार तुम इसका फैसला कर दो। जो झूठ बोलता है, तुम उसे खा जाओ।''

बिल्ले ने कहा, ''अरे भले मानसो! ऐसा मत कहो। हिंसा का रास्ता नरक के समान है। मैंने उसे छोड़ दिया है। अहिंसा ही धर्म का रास्ता है। हिंसक प्राणियों को मारने वाला भी नरक में जाता है, फिर भले को मारनेवाले का तो कहना ही क्या! जो यज्ञ में पशु मारते हैं, वे मूर्ख हैं। पेड़ों को काटनेवाला और जानवरों को मारने वाला आदमी अगर स्वर्ग जाता है तो फिर नरक कौन जाता है? इसलिए मैं तुम्हें खाऊँगा नहीं, पर तुम्हारा फैसला जरूर करूँगा। लेकिन मैं बूढ़ा हूँ। दूर से सुन नहीं सकता। इसलिए तुम मेरे पास आकर अपनी बात कहो, जिससे मैं झगड़े का कारण जानकर फैसला कर सकूँ। फैसला भी ऐसा कि जिसके कारण परलोक में मेरा बुरा हाल न हो, क्योंकि जो झूठा इनसाफ करता है, वह नरक में जाता है। इसलिए तुम मेरा विश्वास करो और अपने झगड़े की बात मेरे कानों के पास आकर कहो।''

और क्या कहूँ। उस नीच बिल्ले ने उन बेवकूफों पर ऐसा जादू किया कि वे दोनों उसकी गोद में जाकर बैठ गए फिर तो उसने एक को पंजे से तथा दूसरे को दाँतों से पकड़ लिया और जब वे मर गए तो उन्हें खा गया।

इसलिए मैं कहता हूँ कि छोटे न्यायाधीश के पास जाकर वे दोनों वक्त से पहले ही मर गए। रात के अंधे तुम सब यदि इस दिन के अंधे को राजा बनाओगे तो तुम्हारे साथ भी वही होगा जो खरगोश और गौरैया के साथ हुआ था। यह समझकर तुम्हे जो ठीक

लगे, वही करो।

कौए की बात सुनकर बाद में पक्षियों ने कहा, ''इसने ठीक कहा है। राजा चुनने के लिए हम फिर मिलेंगे।'' और वे सब चले गए। केवल उल्लू और उसकी रानी सिंहासन पर बैठे हुए रह गए।''

कुछ देर बाद उल्लू ने पूछा, ''यहाँ कौन है? अभी तक हमारा राजतिलक क्यों नहीं हुआ?''

रानी ने जवाब दिया, ''तुम्हारे राजतिलक में कौए ने गड़बड़ की है। सब पक्षी तुम्हें छोड़कर जिधर मन आया चले गए हैं। बस, कौआ किसी कारण से बैठा है। अच्छा, तुम उठो। मैं तुम्हें तुम्हारे स्थान पर पहुँचा दूँ।''

यह सुनकर वह उल्लू बड़ा दु:खी हुआ और गुस्से में भरकर कौए से बोला, ''अरे नीच! मैंने तेरा क्या बिगाड़ा था जो तूने मेरे राजतिलक में गड़बड़ की? आज से तेरा और मेरा पीढ़ी-दर-पीढ़ी का वैर हो गया, क्योंकि तीर और तलवार का घाव भर सकता है, पर ओछी और चुभती बात का घाव नहीं भर सकता।''

यह कहकर वह रानी के साथ अपने घर चला गया। तो अब कौए को भी डर लगा। सोचने लगा, 'क्यों मैंने बिना कारण वैर साधा? कहा है कि सभा में पंडित को कभी दूसरे की निंदा नहीं करनी चाहिए। सच होते हुए भी ऐसी बात नहीं कहनी चाहिए, जो किसी को तकलीफ पहुँचाए।'

इस तरह सोचता हुआ वह कौआ भी अपने घर चला गया और इस प्रकार हम लोगों के साथ उल्लूओं की खानदानी दुश्मनी हो गई।

राजा ने पूछा, ''ऐसी हालत में हमें क्या करना चाहिए?''

मंत्री ने जवाब दिया, ''ऐसी हालत में छह उपायों से अलग एक और उपाय भी है। उसी के सहारे मैं उल्लूओं के राजा को जीतने जाऊँगा और दुश्मन को ठगकर मारूँगा। ठगों ने जिस प्रकार बकरे के बारे में ब्राह्मण को ठगा था, ऐसे ही चतुर मनुष्य अपने से ताकतवर दुश्मन को भी ठग लेते हैं।''

राजा ने पूछा, ''वह कैसे?''

मंत्री बोला—

□

तीन ठग और ब्राह्मण

किसी नगर में एक ब्राह्मण रहता था। उसका नाम मित्रशर्मा था। एक बार माघ के महीने में, जब धीमी-धीमी हवा चल रही थी और पानी बरस रहा था, वह भीख माँगने दूसरे गाँव में गया। उसने अपने यजमान से कहा, ''मैं अगली अमावस को यज्ञ करूँगा। उसके लिए मुझे एक पशु दे दो।''

यजमान ने उसे एक मोटा-ताजा बकरा दिया। बकरा इधर-उधर भागता था, सो उसे पीठ पर लादकर वह अपने गाँव को लौट चला। रास्ते में उसे तीन धूर्त मिले। उस बकरे को देखकर उन्होंने उसे हथियाने की सोची।

बस, उनमें से एक ने अपना वेश बदला और दूसरे रास्ते से सामने आकर उस ब्राह्मण से बोला, ''अरे बेवकूफ़! तू किस लिए अपनी हँसी करा रहा है? इस गंदे कुत्ते को कंधे पर बैठाकर क्यों ले जा रहा है?''

इस पर ब्राह्मण ने गुस्से में भरकर कहा, ''क्या तू अंधा है, जो बकरे को कुत्ता बताता है?''

धूर्त ने जवाब दिया, ''श्रीमानजी, आप गुस्सा क्यों करते हैं? अपने रास्ते जाएँ। जो भी जी में आए, करें।''

ब्राह्मण कुछ ही दूर गया था कि दूसरा धूर्त सामने आ गया और बोला, ''अरे ब्राह्मण! यह मरा हुआ बछड़ा तुम्हें प्यारा था तो भी तुम्हें इसे कंधे पर नहीं चढ़ाना चाहिए था।''

इस पर ब्राह्मण ने फिर गुस्सा होकर कहा, ''क्या तू अंधा है, जो इस बकरे को मरा बछड़ा कहता है?''

उसने जवाब दिया, ''भगवन् गुस्सा न हों। मैं जानता नहीं था कि आप सच बात का बुरा मान जाएँगे। जैसी आपकी इच्छा हो, वैसा करें।''

ब्राह्मण कुछ और आगे बढ़ा ही था कि तीसरा ठग उसके सामने आकर बोला, "अरे! यह ठीक नहीं जो तू गधे को कंधे पर चढ़ाकर ले जा रहा है। इससे पहले कि कोई और तुझे ऐसा कहते हुए देखे, तू इसे तुरंत छोड़ दे।"

बस, अब तो उस ब्राह्मण ने सचमुच बकरे को गधा समझा और उसे पटक कर वह अपने घर भाग गया। किसी ने ठीक कहा है कि नए नौकरों की नम्रता से, मेहमानों के मीठे बोल से, औरतों के रोने से और धूर्तों की चालबाजी से कौन नहीं ठगा गया! फिर भी अनेक कमजोरों के साथ वैर ठानना ठीक नहीं है, क्योंकि कहा भी है कि फुफकारते हुए साँप को भी चींटियाँ खा जाती हैं।

राजा ने पूछा, "वह कैसे?"

मंत्री कहना लगा—

□

काला साँप और चींटियाँ

किसी बाँबी में एक काला साँप रहता था। एक बार वह बड़े रास्ते को छोड़कर छोटे रास्ते से निकलने लगा। उसका शरीर मोटा था और छेद पतला, सो उसके शरीर में घाव हो गया। बस, लहू की गंध पाकर चींटियाँ उसका पीछा करने लगीं और उसके तमाम शरीर में लग गईं। वह बेचैन हो उठा। कुछ को उसने मारा-फुकारा भी, पर चींटियाँ तो बहुत थीं। उसका घाव बढ़ गया और तमाम शरीर चुटीला हो गया और वह तड़पकर मर गया। इसलिए मैं कहता हूँ कि बहुतों का विरोध नहीं करना चाहिए। सो इस बारे में जो कुछ कह हूँ, उसे सुनो और वैसा ही करो।

राजा ने कहा, ''आज्ञा कीजिए।''

वह बोला, ''मैंने पाँचवाँ उपाय ठीक समझा है। उसे सुनकर तुम मुझे दुश्मन का आदमी समझो और मेरी निंदा करो, ताकि शत्रु दल के लोगों को यकीन आ जाए। इसलिए कहीं से लहू लाकर बंदर पर पोत दो। फिर मुझे पेड़ के नीचे फेंककर तुम दल-बल सहित यहाँ से चले जाओ। जब तक मैं अपनी तरकीब से शत्रु के किले का भेद नहीं जान लेता और उल्लुओं को नष्ट नहीं कर देता, तब तक यहाँ न आना। इसके सिवाय और कोई रास्ता नहीं है। मेरे ऊपर दया करने की भी जरूरत नहीं, क्योंकि लड़ाई के समय सेवकों को सूखा ईंधन समझना चाहिए।''

यह सुनकर उसने राजा से बनावटी झगड़ा करना शुरू किया। उसकी बुरी-बुरी बातें सुनकर दूसरे नौकर उसे मारने को तैयार हो गए। इस पर राजा ने कहा, ''अरे, तुम सब हट जाओ। मैं अपने आप ही दुश्मन का साथ देनेवाले इस दुष्ट मंत्री को सजा दूँगा।'' यह कहकर वह केवल दिखाने के लिए मंत्री पर चोट करने लगा। फिर उसे लहूलुहान करके जहाँ जाना था, वहाँ चला गया।

उसी वक्त शत्रु के भेदियों ने ये सब बातें जाकर उल्लुओं के राजा से कहीं। यह

सुनकर सूरज छिपने के बाद उल्लुओं का राजा भी अपने साथियों के साथ कौओं को मारने निकल पड़ा।

वह बोला, "जल्दी करो। डरकर भागता हुआ दुश्मन बड़े पुण्य से मिलता है और भागने की घबराहट के कारण शत्रु सेवकों के वश में होता है।"

इस तरह बातचीत करते हुए वे सब बरगद को घेरकर खड़े हो गए। पर जब कोई कौआ नहीं दिखाई दिया, तब पेड़ की फुनगी पर शान से बैठकर उलूकराज ने कहा, "अरे, ये कौए किस रास्ते से भाग गए? उनकी तलाश करो। वे जब तक किसी किले में नहीं पहुँच जाते, तब तक अगर मैं उनका पीछा करूँ तो उन्हें मार सकूँगा।"

यह सुनकर कौओं के मंत्री ने सोचा, 'जब तक शत्रु मुझे देख नहीं लेते, मुझे भी कुछ नहीं करना चाहिए। काम करके छोड़ देने से न करना कहीं अच्छा है।' यह सोचकर उसने धीमी-धीमी आवाज की। उसे सुनकर उल्लू उसे मारने दौड़े।

उसने कहा, "अरे, मैं कौओं का मंत्री हूँ। राजा ने मेरी यह हालत कर दी है। तुम अपने राजा से जाकर यह बात कह दो। उनसे मुझे बहुत कुछ कहना है।"

उलूकराज ने जब यह सब कुछ सुना तो बड़ा हैरान हुआ और कौए के पास जाकर पूछा, "अरे, तेरी ऐसी हालत कैसे हुई?"

कौओं के मंत्री ने जवाब दिया, "देव, कल जब हमारे दुष्ट राजा ने आपके द्वारा मारे गए बहुत से कौओं को देखा तो उसे बड़ा शोक हुआ और गुस्से में भरकर वह आप पर हमला करने चल पड़ा। इस पर मैंने कहा—स्वामी, यह धावा मत बोलो। वह मजबूत हैं और हम कमजोर। इसलिए भेंट देकर उनसे सुलह कर लो। यह सुनकर उसने मुझे आपका तरफदार समझा और मेरी यह हालत कर दी। अब मैं आपकी शरण आया हूँ। जब मैं चलने लायक हो जाऊँगा तो आपको उसकी जगह ले जाकर सब कौओं को मरवा डालूँगा।"

उल्लुओं के राजा ने यह बात सुनकर अपने पुश्तैनी मंत्रियों से सलाह की। उसके पाँच मंत्री थे। पहले से उसने पूछा, "शत्रु का यह मंत्री हमारे हाथ आ गया है। अब क्या करना चाहिए?"

मंत्री ने जवाब दिया, "बिना कुछ सोचे इसे मार देना चाहिए, क्योंकि छोटे दुश्मन को भी उसके बलवान होने से पहले मार डालना उचित है और फिर ऐसा सुना गया है कि पहले टूटी और बाद में जोड़ी हुई दोस्ती में प्यार नहीं बना रहता।"

राजा ने पूछा, "वह कैसे?"

मंत्री ने कहा—

□

ब्राह्मण और साँप

किसी शहर में हरिदत्त नाम का एक ब्राह्मण रहता था। वह खेती करता था, पर उपज कुछ नहीं होती थी। एक दिन तेज धूप के कारण वह खेत के बीच में एक पेड़ के नीचे लेटा हुआ था।

वहाँ उसने बाँबी पर फन फैलाए एक डरावने साँप को देखा। उसने सोचा, 'जरूर यह यहाँ का देवता है। इसकी मैंने कभी पूजा नहीं की। इसी से मेरी खेती खराब हो जाती है। मैं अब फौरन इसकी पूजा करूँगा।' बस, वह भीख में दूध माँग लाया और उसे एक कटोरे में भरकर बाँबी के पास जाकर बोला, "सर्पराज, मुझे अब तक नहीं मालूम था कि आप यहीं रहते हैं। इससे मैंने आपकी पूजा नहीं की, क्षमा कर दें।"

इस प्रकार दूध का भोग लगाकर वह घर चला गया। जब सवेरे लौटा तो देखा कि कटोरे में एक मुहर पड़ी है। बस, अब तो वह रोज अकेले आकर साँप को दूध देता और एक मुहर ले जाता था।

एक दिन उसे गाँव जाना था। सो उसने दूध पिलाने का काम अपने बेटे को सौंप दिया। लालची बेटे ने अगले दिन जाकर जब मुहर देखी तो सोचा, 'यह बाँबी जरूर सोने की मुहरों से भरी पड़ी है। इसलिए मैं साँप को मारकर एक बार में ही सब मुहरें निकाल लूँगा।' यह तय करके दूसरे दिन साँप को दूध देते हुए उसने उसके सिर पर लाठी मारी।

भाग्य की बात, साँप तो किसी तरह बच गया, पर गुस्से में भरकर उसने लड़के को काट लिया। लड़का तुरंत मर गया। रिश्तेदारों ने लकड़ियाँ इकट्ठा करके उसे वहीं खेत के पास जला दिया।

दूसरे दिन उसका पिता वपिस आया तो उसने लड़के के मरने का समाचार सुना। उसने साँप के काम को ही उचित बताया और कहा, "जो शरण में आए हुए पर

कृपा नहीं करता, वह जो कुछ पाता है, सब ऐसे नष्ट हो जाता है जैसे पद्मवन के हंस।''

आदमियों ने पूछा, ''वह कैसे?''

ब्राह्मण कहने लगा—

□

सोने के हंस और सोने की चिड़िया

किसी नगर में एक राजा रहता था। उसका नाम था चित्ररथ। उसके राज्य में एक तालाब था। बहुत से सिपाही उसकी चौकसी करते थे, क्योंकि उसमें बहुत से सोने के हंस रहते थे। वे छह महीने में एक बार अपने पंख गिराते थे। एक बार उस तालाब में एक बड़ा पक्षी आया। वह भी सोने का था।

हंसों ने उससे कहा, "तुम यहाँ नहीं रह सकते, क्योंकि प्रत्येक महीने के अंत में अपने पंख देकर हमने इस तालाब में रहने का हक प्राप्त किया है।"

इस बात पर उनमें आपस में लड़ाई हो गई।

तब वह पक्षी राजा की शरण में पहुँचा और बोला, "वे हंस कहते हैं कि राजा हमारा क्या कर लेगा? चाहे जो हो जाए, हम किसी दूसरे पक्षी को यहाँ नहीं बसने देंगे। तब मैंने उनसे कहा कि वे उचित नहीं कहते। मैं राजा से जाकर कहूँगा। आख़िर तालाब पर अधिकार तो राजा का ही है।"

इस पर राजा चिढ़ गया और उसने अपने नौकरों को हुक्म दिया, "तुम सब हंसों को मारकर यहाँ लाओ।"

राजा की आज्ञा पाकर नौकर चल पड़े। हाथ में डंडे लिये राजा के आदमी जब तालाब पर पहुँचे तो एक बुड्ढे हंस ने अपने साथियों से कहा, "अरे भाइयों, यह अच्छा नहीं हुआ। कुशल इसी में है कि अब एक साथ उड़ चलो।"

सबने ऐसा ही किया।

यह कहानी सुनाकर ब्राह्मण दूसरे दिन दूध ले साँप के बाँबी के पास पहुँचा और ऊँची आवाज में साँप की विनती करने लगा। इस पर साँप ने भीतर से ही जवाब दिया, "हे ब्राह्मण! लालच के वश होकर तुम अपने लड़के का भी शोक भूलकर यहाँ आए हो। लेकिन अब हमारी-तुम्हारी दोस्ती निभेगी नहीं। तुम्हारे बेटे ने मुझे मारा, मैं यह बात कैसे

भूल सकता हूँ और तुम भी बेटे की मौत कैसे भूल सकते हो ?''

यह कहकर उसने ब्राह्मण को एक बेशकीमती हीरा दिया और कहा, ''अब यहाँ फिर कभी मत आना।''

ब्राह्मण हीरा लेकर और अपने बेटे की बुद्धि की निंदा करता हुआ अपने घर लौट गाया।

यह कथा कहकर पहले मंत्री ने कहा, ''कौओं के इस मंत्री के मारे जाने पर बिना कोशिश के हमारा राज निष्कंटक हो जाएगा। फिर हमारा कोई शत्रु नहीं रहेगा।''

उसकी यह बात सुनकर उल्लुओं के राजा ने दूसरे मंत्री से पूछा, ''तुम क्या राय देते हो ?''

उसने जवाब दिया, ''स्वामी, जो कुछ इसने कहा, वह बेरहमी है; क्योंकि जो शरण में आ जाता है, उसे मारना नहीं चाहिए। सुना जाता है कि कबूतर ने शत्रु के शरण में आने पर उसकी पूजा की और उसे मांस खाने का न्यौता दिया।''

राजा ने पूछा, ''वह कैसे ?''

दूसरा मंत्री कहने लगा—

□

कबूतर और बहेलिया

एक बड़ा डरावना वन था। उसमें काल के समान पापी एक बहेलिया घूमता था। उसका न कोई मित्र था, न कोई रिश्तेदार। सबने उसे छोड़ दिया था। एक दिन एक कबूतरी उसके हाथ लगी। उसे उसने पिंजरे में बंद कर दिया। बाद में ऐसा हुआ कि वहाँ काली-काली घटा छा गई। अँधेरा हो गया। बरसाती हवा चलने लगी। ऐसा लगा जैसे प्रलय आ जाएगी। शिकारी डरता, काँपता, बचने की जगह ढूँढ़ता हुआ एक पेड़ के पास पहुँचा और बोला, "जो कोई भी यहाँ रहता हो, उसे मेरी रक्षा करनी चाहिए। मैं जाड़े और भूख से बेहोश हो रहा हूँ। मैं उसकी शरण में हूँ।"

उस पेड़ की डाल पर एक कबूतर का एक घोंसला था। उसकी कबूतरी तब तक नहीं लौटी थी। वह उसकी याद कर-करके रो रहा था। उस शिकारी के पिंजड़े में बंद उसकी कबूतरी ने जब अपने कबूतर का दुःख-भरा विलाप सुना, तो उसे बड़ा संताप हुआ। वह बोली, "हे स्वामी! मैं तुम्हारे भले की बात कहती हूँ। उसे सुनो। तुम अपने प्राण देकर भी शरण में आए हुए की रक्षा करो। यह बहेलिया जाड़े और भूख से दुःखी होकर तुम्हारे घर आया है। तुम इसकी खातिर करो। तुम इसके साथ इसलिए बुरा बरताव न करो कि इसने मुझे फँसा लिया है। यह तो मेरे कर्मों का फल है।"

ऐसे धर्म के वचन सुनकर वह कबूतर बिना किसी डर के बहेलिए के पास गया और बोला, "भाई, इसे अपना ही घर समझो। तुम दुःखी मत होओ। बोलो, मैं तुम्हारे लिए क्या करूँ?"

बहेलिया बोला, "इस दुःखदायी जाड़े से तू मेरी रक्षा करे।"

कबूतर तब कहीं से एक अंगारा लाया और सूखे पत्तों पर उसे डालकर आग जलाई और बोला, "तुम निडर होकर हाथ-पैर सेंको। पर भूख दूर करने को तो मेरे पास कुछ नहीं है। मैं अपना पेट भी नहीं भर सकता। ओह, जो अतिथि को अन्न न दे सके,

उसके जीने से क्या लाभ!''

इस तरह अपनी निंदा करता हुआ वह बोला, ''जरा ठहरो, मैं अपने मांस से ही तुम्हारा पेट भरूँगा।'' और यह कहकर वह आग में ऐसे घुस गया जैसे कोई अपने घर में घुसता है।

बहेलिए ने जब यह देखा तो उसे बड़ा पछतावा हुआ। उसने फैसला किया कि आज से मैं सब सुख छोड़कर अपने शरीर को ऐसे सुख दूँगा जैसे गरमी में पानी और यह कहकर उसने डंडा, जाल, पिंजरा सबको तोड़ डाला और कबूतरी को छोड़ दिया। कबूतरी ने जब अपने स्वामी को आग में गिरते देखा तो बहुत दुःखी हुई और रोते-कलपते वह भी आग में घुस गई। उनका दिव्य रूप देखकर बहेलिया बड़ा खुश हुआ और उस दिन से उसने जीवों को मारना छोड़ दिया। वह वैरागी हो गया। इसलिए मैं कहता हूँ कि जो शरण में आ जाता है, उसे नहीं मारना चाहिए।

उसकी बात सुनकर राजा ने तीसरे मंत्री से पूछा। उसने भी एक कहानी सुनाकर कहा, ''उपकारी लोग चोर का भी भला चाहते हैं। फिर शरण में आए हुए की तो बात ही क्या है। यह कौआ अपने राजा से सताया हुआ है, इसलिए हमारे पक्ष को मजबूत बनाएगा। उनके दोष बताएगा। यह मारने लायक नहीं है।''

यह सुनकर राजा ने चौथे मंत्री से पूछा, ''तुम बताओ, ऐसी हालत में क्या करना ठीक है?''

वह बोला, ''देव यह मारने योग्य नहीं है; क्योंकि जो दुश्मन आपस में झगड़ते हैं, वे भला करनेवाले हो जाते हैं, जैसे चोर और राक्षस की लड़ाई में ब्राह्मण की जान बच गई।''

राजा ने पूछा, ''वह कैसे?''

मंत्री कहने लगा—

□

ब्राह्मण, चोर और पिशाच

किसी नगर में एक गरीब ब्राह्मण रहता था। उसने अच्छे वस्त्र, इत्र, गहने सब छोड़ दिए थे। उसने बाल और नाखून बढ़ा लिये और गरमी, वर्षा तथा ठंड से अपना शरीर सुखा डाला था। किसी यजमान ने दया करके उसे बछड़ों का जोड़ा दिया। ब्राह्मण ने उन्हें पालकर खूब मोटा कर लिया। यह देखकर एक चोर ने उन्हें चुराने का विचार किया, लेकिन जब वह रस्सी लेकर चला तो रास्ते में उसे एक ब्रह्मराक्षस मिल गया। उसके तीर-से दाँत, ऊँची नाक, लाल-लाल आँखे देखकर चोर डर गया। बाद में परिचय हो जाने पर ब्रह्मराक्षस ने कहा, ''मैं बहुत भूखा हूँ, इसलिए उस ब्राह्मण को खाऊँगा। यह अच्छी बात है कि संयोग से हम दोनों का एक ही जगह काम है।''

वे वहाँ पहुँचे और राह देखने लगे। बाद में जब ब्रह्मराक्षस सोते हुए ब्राह्मण को खाने को तैयार हुआ तो चोर ने कहा, ''यह इनसाफ नहीं है। ठहर, पहले मैं बछड़ों को चुरा लूँ।''

ब्रह्मराक्षस बोला, ''बछड़ों के रंभाने से ब्राह्मण जाग गया तो बहुत बुरा होगा।''

चोर ने कहा, ''तेरे खाने की तैयारी में जरा भी देर हो गई तो मैं बछड़े न चुरा सकूँगा। इसलिए तू ब्राह्मण को बाद में खाना।''

उन दोनों की बहस और झगड़े की आवाज सुनकर ब्राह्मण जाग गया। यह देखकर चोर ने शिकायत की, ''अरे ब्राह्मण, यह राक्षस तुझे खाना चाहता है।''

राक्षस भी बोला, ''अरे, यह चोर तेरे बछड़े चुराना चाहता है।''

यह जानकर ब्राह्मण ने मंत्र-बल से राक्षस को और डंडे से चोर को भगा दिया। इसलिए मैं कहता हूँ कि आपस में झगड़नेवाले दुश्मन भी भला करनेवाले बन जाते हैं।

उसकी बात सुनकर राजा ने पाँचवें मंत्री की सलाह पूछी। उसने कहा, ''देव, यह मारने योग्य नहीं है। इसको बचा लेने से शायद यह हमारा मित्र बनकर हमारा भला

चाहेगा। कहा है कि जो आपस में भेद नहीं छिपाते, वे पेट में बाँबी बनाकर रहनेवाले साँप की तरह मारे जाते हैं।"

राजा ने पूछा, "वह कैसे?"

मंत्री ने कहा—

□

पेट में बाँबी बनाकर रहनेवाला साँप

किसी नगर में एक राजा रहता था। उसका एक बेटा था। उसके पेट में एक साँप रहता था। इससे राजकुमार दुबला होता जाता था। तमाम इलाज कराने पर भी जब उसे आराम नहीं हुआ तो घबराकर वह घर छोड़कर चला गया और किसी मंदिर में जाकर रहने लगा और भीख माँगने लगा। उस नगर के राजा की दो लड़कियाँ थीं। वे रोज सवेरे पिता को प्रणाम करती थीं। एक दिन एक ने कहा, "महाराज की जय हो! आपकी कृपा से हमें सब सुख मिलते हैं।"

दूसरी बोली, "महाराज, हम अपने भाग्य का सुख भोग रहीं हैं।"

दूसरी बेटी की बात सुनकर राजा को बड़ा गुस्सा आया। उसने मंत्री से कहा, "इस कड़वा बोलनेवाली राजकुमारी को किसी परदेसी को सौंप दो, जिससे यह अपने किए का फल भोगे।"

मंत्रियों ने उसका विवाह मंदिरवाले रोगी राजकुमार से कर दिया। वह खुशी-खुशी पति के साथ दूसरे देश को चल पड़ी। वहाँ पहुँचकर वह तालाब के किंनारे राजकुमार को सामान की रखवाली के लिए छोड़कर स्वयं नौकरों के साथ कुछ खाने-पीने का सामान खरीदने चली गई। बाद में राजकुमार एक साँप की बाँबी पर सिर रखकर सो गया। उसी समय उसके मुँह से फन निकाल, पेटवाला साँप हवा खाने लगा। बाँबीवाला साँप भी यही कर रहा था एक-दूसरे को देखकर वे दोनों क्रोध से भर उठे। बाँबीवाला साँप बोला, "तेरी दवा कौन नहीं जानता! जीरा और सरसों मिलाकर काँजी पीने से तेरा नाश होता है।"

पेटवाले साँप ने इसका जवाब दिया, "तेरा दवा भी किसे पता नहीं है? गरम तेल या बहुत गरम पानी डालते ही तू [illegible]।"

राजकन्या ने पेड़ की आड़ से दोनों की बातें सुन लीं। उसने वैसा ही किया। फिर

पति के साथ बाँबी का धन लेकर वह अपने देश लौट गई। सबने उसकी पूजा की और वह सुख से रहने लगी।

यह कथा सुनकर राजा ने उसकी बात मान ली। तब अपने साथियों की सलाह पर मन-ही-मन हँसकर उल्लुओं के पहले मंत्री ने फिर कहा, ''दुःख है कि मंत्रियों की गलत सलाह से स्वामी मारे जा रहे हैं। ठीक है, जहाँ जो पूजा के योग्य नहीं हैं, उनकी पूजा होती है और जो पूजा के योग्य हैं, उनका अपमान होता वहाँ अकाल, मौत और डर—ये तीनों बढ़ते हैं। इसमें कोई संदेह नहीं कि अब जल्द ही हम सब समूल मिट जाने वाले हैं।''

लेकिन उसकी बातों का अनादर करके वे सब उल्लू कौओं के मंत्री को उठाकर अपनी गुफा में ले गए। कौए ने कहा, ''मैं कुछ काम नहीं कर सकता। मुझे रखने से क्या फायदा? मैं आग में घुसकर जान देना चाहता हूँ। आप मुझे क्यों रोकते हैं?''

उसके मन की बात जानकर पहला मंत्री बोला, ''तू आग में क्यों गिरना चाहता है?''

उसने कहा, ''तुम सबके कारण मेरे राजा ने मेरी यह हालत कर दी है। मैं उससे बदला लेने के लिए दूसरे जन्म में उल्लू होना चाहता हूँ।''

पहला मंत्री, जो राजनीति खूब जानता था, बोला, ''तेरा स्वभाव टेढ़ा है। तू बात करने में चतुर है। उल्लू पैदा होने पर भी तू स्वभाव से कौआ ही रहेगा।'' एक कहानी सुनी जाती है कि सूरज, बादल, हवा और पर्वत जैसे पतियों को छोड़कर चुहिया अपनी जाति में मिल गई।

मंत्रियों ने पूछा, ''वह कैसे?''

पहला मंत्री कहने लगा—

□

चुहिया का विवाह

गंगा के तट पर कंद-मूल खाकर तप करनेवाले बहुत से तपस्वी रहते थे। याज्ञवल्क्य उनके कुलपति थे। एक दिन गंगा नहाकर जब वे आचमन कर रहे थे, तो किसी बाज के मुख से छूटकर एक चुहिया उनके हाथ में आ गिरी। यह देखकर मुनि ने उसे पत्ते पर रख दिया। फिर दुबारा स्नान किया और बाद में अपने मंत्र-बल से उसे कन्या बना दिया। उनकी स्त्री के कोई संतान न थी। वह उसे पालने लगी। जब वह कन्या विवाह योग्य हुई तो मुनि से कहा, "क्या आप नहीं जानते कि हमारी बेटी के विवाह का समय बीता जा रहा है?"

मुनि ने जवाब दिया, "तुमने ठीक कहा है। मैं इसे किसी योग्य वर को सौंपना चाहता हूँ; क्योंकि समान कुल और समान धनवालों के साथ ही विवाह एवं मित्रता करनी चाहिए। अगर उसे अच्छा लगे तो मैं सूर्य भगवान् को बुलाऊँ।"

सूर्य भगवान् के आने पर मुनि ने अपनी बेटी से पूछा, "बेटी, क्या तीनों लोकों को रोशनी देनेवाले सूर्य देवता तुझे अच्छे लगते हैं?"

लड़की ने कहा, "यह तो जलाने वाले हैं। इनसे भी अच्छे किसी और को बुलाइए।"

मुनि ने सूर्य से पूछा, "क्या आपसे कोई बड़ा है?"

सूर्य ने कहा, "मुझसे बढ़कर बादल है, जो मुझे ढक लेता है।"

मुनि ने बादल को बुलाकर बेटी से कहा, "बेटी, तू इनसे विवाह कर ले।"

बेटी बोली, "यह काला और जड़ है। इससे भी बड़े किसी व्यक्ति को बुलाइए।"

मुनि ने बादल से पूछा, "हे बादल! तुमसे भी बढ़कर कोई है?"

बादल ने कहा, "मुझसे बढ़कर वायु है। उसके थपेड़े खाकर मैं हजारों टुकड़े हो जाता हूँ।"

मुनि ने वायु को बुलाया और बेटी से पूछा, "क्या वायु से विवाह करना तुझे पसंद है?"

उसने कहा, "पिताजी यह बहुत चपल है। इससे भी बड़े किसी को बुलाइए।"

मुनि ने कहा, "हे वायु! तुमसे भी कोई बड़ा है?"

वायु ने कहा, "पहाड़ मुझसे बड़ा है। बलवान् होने पर भी मैं उससे रुक जाता हूँ।"

मुनि ने पहाड़ को बुलाया और बेटी से पूछा, "बेटी, यह तो ठीक है?"

उसने कहा, "पिताजी, यह कठोर और अचल है। किसी दूसरे को बुलाइए।"

मुनि ने पहाड़ से पूछा, "क्या तुमसे भी बढ़कर कोई है?"

पहाड़ ने कहा, "मुझसे बढ़कर चूहा है, जो अपनी ताकत से मुझे छेद डालता है।"

इस पर मुनि ने चूहे को बुलाकर लड़की से पूछा, "बेटी, क्या चूहों का राजा तुझे पसंद है?"

उसे देखकर कन्या बड़ी खुश हुई, क्योंकि वह उसी की जाति का था। फिर मुनि से बोली, "पिताजी, आप मुझे चुहिया बनाकर इसे दे दीजिए, जिससे मैं अपनी ही जाति-धर्म के अनुसार जीवन बिता सकूँ।"

मुनि ने वैसा ही किया। इसलिए मैं कहता हूँ, अपनी जाति को छोड़ना बड़ा मुश्किल है।

इतना समझाने पर भी किसी ने उस समझदार उल्लू की बात नहीं मानी और अपने वंश के नाश के लिए कौओं के मंत्री को अपने में ले गए। तब उसने मन-ही-मन हँसकर सोचा, 'स्वामी का भला सोचकर जिसने मुझे मारने की सलाह दी, अकेला वही नीति जानता है। अगर ये सब उसकी बात मानते तो उनकी कुछ भी हानि नहीं होती।'

इसके बाद उल्लू कौओं के मंत्री को लेकर अपने किले के दरवाजे पर पहुँचे। राजा ने कहा, "यह हमारा मित्र है। इसे किले में रहने की पूरी सुविधा दो!"

यह सुनकर कौओं के मंत्री ने सोचा, 'मुझे इनको मारने का उपाय सोचना होगा। लेकिन यह इनके बीच में रहने से कैसे हो सकता है? ये भाँप जाएँगे। इसलिए मुझे किले के दरवाजे पर ही रहना चाहिए।' यह तय करके उसने उल्लुओं के राजा से कहा, "महाराज, आपने जो कहा वह ठीक है; लेकिन मैं नीति को जाननेवाला और आपका भला चाहने वाला हूँ। यह भी ठीक है कि मेरा दिल साफ है। फिर भी मेरा किले में रहना ठीक नहीं है। इसलिए मैं फाटक पर रहकर ही आपकी सेवा करूँगा।"

उल्लुओं ने उसकी बात मान ली। वे रोज उसे खूब बढ़िया खाना देने लगे। कुछ ही दिनों में वह मोर की तरह ताकतवर हो गया। उल्लुओं के पहले मंत्री ने उसे इस तरह

पलते हुए देखा तो बड़ा हैरान हुआ और राजा तथा दूसरे मंत्रियों से बोला, ''मेरा विचार है कि मंत्री और आप मूर्ख हैं। कहा है—पहले तो मैं मूर्ख, दूसरा मूर्ख शिकारी, फिर राजा और मंत्री। हम सब मूर्ख हैं।''

उन्होंने पूछा, ''वह कैसे?''

मंत्री बोला—

□

सोने की बीट करनेवाला पक्षी और शिकारी

किसी पहाड़ी देश में एक पेड़ था। उस पर एक पक्षी रहता था। उसकी बीट से सोना निकलता था। एक बार बहेलिया उसे पकड़ने आया। उसने तुरंत पेड़ पर फंदा लगाया। पक्षी उसमें फँस गया। उसे लेकर बहेलिया घर आया। वह सोचने लगा, 'मैं इस अजीब परिंदे का क्या करूँ? किसी ने राजा से कह दिया तो मुसीबत हो जाएगी। इसलिए मैं खुद राजा से कहूँगा।' उसने ऐसा ही किया।

राजा उस पक्षी को देखकर बड़ा खुश हुआ और उसने अपने मंत्री से कहा, "इस पक्षी की अच्छी तरह देखभाल करो और जितना यह चाहे, खाना-पीना दो।"

मंत्री बोला, "महाराज! आपने कैसे इस झूठे बहेलिए की बात मान ली? क्या कभी पक्षी की बीट में सोना हो सकता है? आप इसे छोड़ दीजिए।"

मंत्री की बात मानकर राजा ने उसे छोड़ दिया। छूटते ही उसने ऊँचे फाटक पर बैठकर सोने की बीट की और कहा, "पहले तो मैं मूर्ख, दूसरा शिकारी, फिर राजा और मंत्री। हम सब मूर्ख हैं।"

यह कथा सुनने के बाद भी किसी ने पहले मंत्री की बात नहीं मानी। उस कौए को खूब खाना देते रहे। इस पर उस सयाने मंत्री ने अपने दलवालों को बुलाया और किसी दूसरे किले में चलने को कहा। उसने शेर, गीदड़ और गुफा की कहानी भी सुनाई।

□

शेर, गीदड़ और गुफा

किसी जंगल में एक शेर रहता था। एक दिन उसे कोई जानवर नहीं मिला। भूख से बेचैन होकर वह भटकता-भटकता एक गुफा में घुस गया। उसने सोचा—जरूर इस गुफा में कोई जानवर आएगा। थोड़ी देर बाद गुफा का मालिक गीदड़ वहाँ आया। उसने शेर के पैरों के निशान देखे तो सब समझ गया; लेकिन ठीक-ठीक पता लगाने के लिए उसने बाहर से पुकारना शुरू किया, "अरे बिल, अरे बिल!" यह कहकर वह चुप हो गया। कुछ देर बाद वह बोला, "अरे, क्या तुझे याद नहीं कि हमारा-तुम्हारा यह तय हुआ था कि जब मैं बाहर से आऊँ तो मैं तुम्हें बुलाऊँगा और तुम तुझे? अगर तुम मुझे नहीं बुलाओगे तो मैं दूसरी गुफा में चला जाऊँगा।"

यह सुनकर शेर ने सोचा, 'जरूर यह गुफा इसे बुलाती होगी, पर आज मेरे डर से कुछ नहीं बोलती है। इसलिए मैं ही उसे बुलाऊँ। वह भीतर आएगा तो मेरा आहार बनेगा।' यह सोचकर शेर ने आवाज की। शेर की आवाज से गुफा गूँज उठी और उसे सुनकर दूर-दूर के जानवर डर गए। तब भागते हुए सियार ने कहा, "जो पहले ही सोच लेता है, वह सुख पाता है; जो ऐसा नहीं करता उसे पछताना पड़ता है।"

यह कहानी सुनकर उल्लुओं का वह मंत्री अपने सब साथियों को लेकर दूसरे देश चला गया। उसके जाने के बाद कौओं के मंत्री ने सोचा इसका जाना मेरे लिए अच्छा ही हुआ। यह दूर तक देखनेवाला था, पर ये सब बेवकूफ हैं। इन्हें मैं आसानी से मार सकूँगा। यह सोचकर वह गुफा जलाने के लिए अपने घर में घोंसला बनाने के बहाने सूखी लकड़ी इकट्ठी करने लगा। वे मूर्ख उल्लू इस बात को नहीं जानते थे कि यह ढेर उन्हें जलाने के लिए है। किसी ने ठीक ही कहा है कि भाग्य का मारा आदमी दुश्मन को दोस्त बनाता है और दोस्त से जलता है। जब लकड़ियों का बड़ा सा ढेर इकट्ठा हो गया तो एक दिन सवेरे जब उल्लू सूरज की तेज रोशनी में अंधे हो गए तो कौओं का मंत्री

अपने राजा के पास गया और बोला, ''स्वामी, मैंने दुश्मन की गुफा जलने लायक बना दी है। आप साथियों को लेकर एक जलती लकड़ी वहाँ डाल दें। हमारे वे सारे दुश्मन नरक के समान दुःख पाकर अंदर घुटकर मर जाएँगे।''

यह सुनकर राजा को बड़ी खुशी हुई और उसने वैसा ही किया जैसा मंत्री ने कहा था। इसके बाद वे सब उल्लू, जो दिन में अंधे हो जाते हैं, गुफा के अंदर-ही-अंदर धुएँ से घुटकर जल मरे। फाटक रुक जाने से वे बाहर न निकल सके। अपने शत्रुओं को मिटाकर कौओं के राजा ने फिर बरगद पर कब्जा कर लिया। फिर खुशी-खुशी सिंहासन पर बैठकर उसने उस चतुर मंत्री से पूछा, ''दुश्मनों के बीच तुम कैसे रहे ? यह बताओ, क्योंकि दुश्मनों के साथ तो एक पल रहने में भी खैर नहीं।''

मंत्री ने उत्तर दिया, ''ईमानदार सेवक मुसीबतों की परवाह नहीं करते। फिर यहाँ तो एक मंत्री के सिवा सब मूर्ख थे। उस एक ने मेरे मन की बात जान ली थी; पर बाकी मंत्रियों को इतनी भी परख न थी कि दुश्मन का साथ चाहनेवाला सेवक दुष्ट होता है। आप जो कहते हैं कि दुश्मन के साथ रहना तलवार पर चलने जैसा है, सो ठीक है। मैंने भी उसे ऐसा ही पाया। कहा है कि अपमान सहकर और मान को भूलकर ही बुद्धिमान अपना स्वार्थ पूरा करता है। समय पर वह दुश्मन को कंधे पर चढ़ाता है। ऐसा करके काले साँप ने बहुत से मेढकों को मार डाला।''

राजा ने पूछा, ''वह कैसे ?''

मंत्री कहने लगा—

□

मेढक और काला साँप

एक गाँव में एक पहाड़ के पास कम जटाओंवाला एक बूढ़ा साँप रहता था। उसने सोचा कि अपनी रोजी सुख से कैसे चलाऊँ। इसी सोच में वह मेढकों से भरे एक तालाब पर गया और वहाँ साधु बनकर बैठ गया।

यह देखकर एक मेढक ने पूछा, "मामा, आज तुम पहले की तरह भोजन की तलाश क्यों नहीं कर रहे हो?"

उसने उत्तर दिया, "मेरे भाग्य फूट गए हैं। मुझे भोजन से क्या! एक दिन मैं भोजन की तलाश में घूम रहा था तो मैंने एक मेढक देखा। जब मैं उसे पकड़ने चला तो वह वेदपाठी ब्राह्मणों के बीच में घुस गया। उसका कुछ पता नहीं चला। तब व्याकुल होकर मैंने जल में खड़े हुए एक ब्राह्मण के बेटे को काट लिया। वह मर गया। इस पर उसके पिता ने मुझे शाप दिया—अरे दुष्ट! तूने मेरे बेटे को बेकसूर डसा है। इसलिए मेढकों की सवारी बनेगा और उनकी मेहरबानी से ही तेरा पेट भरेगा। इसलिए मैं तुम्हारी सवारी बनने आया हूँ।"

यह बात उस मेढक ने दूसरों से कही। दूसरों ने राजा से कही, तब मंत्रियों को लेकर राजा वहाँ आया और साँप के फन पर चढ़ गया। और भी दूसरे मेढक चढ़ गए। जो नहीं चढ़ सके, वे उसके पीछे-पीछे दौड़ने लगे। साँप ने भी उन्हें खुश करने के लिए तरह-तरह की चाल दिखाई। मेढकों का राजा प्रसन्न होकर बोला, "जैसा आनंद मुझे साँप की सवारी करने पर मिला, वैसा हाथी, घोड़े, रथ, आदमी और नाव पर चढ़ने पर भी नहीं मिला।"

एक दिन बहाना करके साँप धीरे-धीरे चलने लगा। यह देखकर मेढकों के राजा ने पूछा, "आज तुम पहले की तरह तेज क्यों नहीं चलते?"

साँप ने कहा, "महाराज, आज मैं भूखा हूँ, इसलिए मुझसे बोझ नहीं उठाया जाता।"

इस पर राजा ने कहा, "भाई, छोटे मेढकों को खा लो।"

साँप यह सुनकर बड़ा खुश हुआ और मेढकों को खाने लगा। कुछ ही दिनों में वह मोटा हो गया।

इसी बीच एक दूसरा काला साँप आया और उसे मेढकों की सवारी बने देखकर हैरान रह गया। बोला, "मित्र, जिन्हें हम खाते हैं उन्हें तुम सिर पर क्यों उठाए फिरते हो?"

पहले साँप ने जवाब दिया, "मैं जानता हूँ कि मेढकों का और मेरा मेल नहीं। फिर भी मैं कुछ दिन की बाट देख रहा हूँ।"

और सचमुच कुछ दिन बाद उस साँप ने सब मेढकों को खा लिया।

यह कथा सुना कर मंत्री ने कहा, "हे राजा! जैसे बूढ़े साँप ने बुद्धिबल से मेढकों को मार डाला, उसी तरह मैंने वैरियों को मार डाला।"

राजा बोला, "यह ठीक है। जो बड़े होते हैं, वे बड़ी मुसीबत आने पर भी शुरू किए हुए काम को अधूरा नहीं छोड़ते। छोटे आदमी मुसीबत के डर से काम शुरू नहीं करते, बीच-के-बीच में छोड़ देते हैं। पर जो उत्तम पुरुष होते हैं, वे हजार रुकावटें आने पर भी एक बार शुरू कर देने पर फिर उस काम को नहीं छोड़ते। शत्रु का पूरी तरह नाश करके तुमने मेरे राज्य की सब मुसीबतें दूर कर दीं। यह ठीक ही किया, क्योंकि बाकी रहने पर कर्जा, आग, बीमारी और शत्रु—ये फिर बढ़ जाते हैं। इसलिए इन्हें बाकी नहीं रहने देना चाहिए।"

मंत्री ने कहा, "देव, आप भाग्यवान् हैं। आपके शुरू किए सब काम पूरे होते हैं। आज से मैं भी मालिक के वैरी को जीतकर पहले की तरह सुख से सोऊँगा। शुरू किए हुए काम को पूरा करने से मुझे बड़ा आराम मिल रहा है। लेकिन राजन्, आपको राज्य मिल गया है, यह मानकर अभिमान नहीं करना चाहिए। बाँस पर चढ़ने की तरह राजलक्ष्मी बड़ी मुश्किल से उठती है, पर गिर क्षण भर में जाती है। वह बंदर की तरह चंचल है, हवा की तरह चपल है, दुष्टों की मित्रता की तरह डाँवाँडोल है। जैसे पानी के बुलबुले का जीवन तुरंत मिटनेवाला होता है, वैसे ही इसका है।"

इस तरह मंत्री ने राजा को नीति की बहुत सी बातें बताकर कहा, "आप न्याय पूर्वक राज्य का काम चलाइए।"

□

मेढकों का राजा और साँप

किसी कुएँ में मेढकों का राजा रहता था। उसका नाम गंगदत्त था। एक बार रिश्तेदारों से तंग आकर वह कुएँ से बाहर निकल आया और सोचने लगा कि उन्हें किस तरह नुकसान पहुँचाया जाए। इसी समय उसने एक काले साँप को बाँबी में घुसते देखा। वह सोचने लगा कि अपमान का बदला लेने के लिए सहज तरीका यह है कि इसे कुएँ में ले जाकर सब रिश्तेदारों को मरवा डालूँ। कहा है, जैसे काँटे से काँटा निकाला जाता है, उसी तरह तीखे दुश्मन को तीखे दुश्मन से भिड़वाकर मिटा देना चाहिए।

ऐसा विचार कर उसने बाँबी के पास जाकर पुकारा, "भाई प्रिय दर्शन! जरा बाहर तो आओ।"

यह सुनकर साँप सोच में पड़ गया—यह अपनी जाति का तो नहीं है और किसी दूसरे को मैं जानता नहीं। जब तक पता न लगे, मुझे बाहर नहीं जाना चाहिए। शायद कोई दुश्मन मुझे खाने को पुकारता हो। सो उसने पूछा, "अरे, तू कौन है?"

गंगदत्त ने जवाब दिया, "मैं हूँ मेढकों का राजा। तुझसे दोस्ती करने आया हूँ।"

साँप अचरज से बोला, "अरे, यह बात अजीब है! कहीं आग और तिनके का भी साथ होता है?"

गंगदत्त ने कहा, "ठीक है, तू हमारा स्वभाव से दुश्मन है, पर मैं वैरियों से हारकर तेरे पास आया हूँ। कहा है, जब जान पर आ बने तो दुश्मन को भी प्रणाम करके जान-माल बचाना चाहिए।"

साँप ने पूछा, "तुझे किसने हराया?"

गंगदत्त ने कहा, "रिश्तेदारों ने।"

साँप ने पूछा, "तेरा घर कहाँ है?"

गंगदत्त ने कहा, "एक गहरे कुएँ में।"

साँप बोला, "मैं बिना पैर के उसमें कैसे घुस सकता हूँ? और घुस भी गया तो वहाँ ऐसी जगह कहाँ है, जहाँ ठहर सकूँ?"

गंगदत्त ने कहा, "मैं तुझे आसानी से वहाँ पहुँचा दूँगा। वहाँ एक खोखली जगह है, जिसमें रहकर तू आसानी से मेरे रिश्तेदारों को मार सकता है।"

इस पर साँप ने सोचा—मैं बूढ़ा हो गया हूँ। कभी-कभी ही कोई चूहा मिल पाता है। इसने अच्छा रास्ता बता दिया। इसके साथ जाकर मेढकों को खाऊँगा। बस, वह तैयार हो गया। वे दोनों मित्र हो गए और यह तय हुआ कि जिन मेढकों को गंगदत्त दिखाएगा, उन्हीं को साँप खाएगा। गंगदत्त रहट के रास्ते उसे घर ले गया और खोखले में उसे ठहरा दिया। फिर गंगदत्त के विरोधी रिश्तेदारों को साँप धीरे-धीरे खा गया।

उनके खत्म हो जाने पर साँप ने कहा, "अरे, तेरे सब बैरी खत्म हो गए। अब मुझे और भोजन बता।"

गंगदत्त बोला, "मित्र, तूने मेरा बड़ा काम किया। अब तू यहाँ से चला जा।"

साँप ने कहा, "भला मैं कैसे जा सकता हूँ! अब तक तो मेरे बिल पर किसी और ने कब्जा कर लिया होगा। सो अब तू अपने मेढकों में से एक-एक को बारी-बारी से मुझे दे दे, नहीं तो मैं सबको खा जाऊँगा।"

यह सुनकर गंगदत्त घबरा गया। सोचने लगा—यह तो बुरा हुआ। यदि मैं मना करूँगा तो यह सबको खा जाएगा। सच है, जो अपने से ताकतवर वैरी से दोस्ती करता है, वह अपने हाथों आप ही जहर खाता है। इसलिए इसे हर रोज एक मेढक अपने कुटुंब में से देना ही होगा। कहा भी है कि जब सबकुछ जाता दिखे तो आधा छोड़ देना चाहिए। चतुर आदमी थोड़े के लिए बहुत का नाश नहीं करता। वह प्रतिदिन एक-एक मेढक को साँप के पास जाने का हुक्म् देने लगा। पर साँप उन्हें खाकर चुपके से दूसरों को भी खा जाता, यहाँ तक कि एक दिन गंगदत्त के बेटे यमुनादत्त को भी खा गया।

अब तो गंगदत्त बुरी तरह रोने लगा। इस पर उसकी पत्नी बोली,"अरे, तू व्यर्थ रोता है। तूने अपने साथियों का नाश किया है, तुझे कौन बचाएगा? अब तू यहाँ से निकलने और उसे मारने को उपाय सोचा"

लेकिन गंगदत्त ने उसकी बात नहीं सुनी। कुछ दिनों में साँप उसे छोड़कर सब मेढकों को खा गया और बोला, "अरे गंगदत्त, सब मेढक तो खत्म हो गए। मैं भूखा हूँ, मुझे खाना दे।"

गंगदत्त ने अपनी जान बचाने के लिए कहा, "मेरे रहते तुझे कोई चिंता नहीं करनी चाहिए। अगर तू मुझे बाहर जाने दे तो मैं दूसरे कुएँ में रहनेवाले मेढकों को फँसाकर यहाँ ले आऊँगा।"

साँप राजी हो गया। इस पर देवताओं की मन्नत मानता हुआ गंगदत्त रहट पर चढ़कर बाहर आ गया। साँप वहाँ उसकी राह देखने लगा। लेकिन जब गंगदत्त बहुत दिनों तक नहीं आया तो वह दूसरे खोखले में रहनेवाली गोह के पास गया और बोला, ''मेरी मदद कर। तू गंगदत्त को जानती है। उसे खोजकर उससे मेरा यह संदेश कह कि मेढक न भी मिलें तो भी तू जल्दी लौट आ। मैं तेरे बिना नहीं रह सकता। मैं कसम खाता हूँ कि तुझसे बुरा बरताव नहीं करूँगा।''

गोह ने जाकर ऐसा ही कहा, पर गंगदत्त नहीं माना। बोला, ''भूखा आदमी कौनसा पाप नहीं करता? कमजोर आदमी बेरहम हो जाता है। तू प्रियदर्शन से जाकर कह दे कि गंगदत्त फिर उस कुएँ में कभी नहीं आएगा।''

यह कथा सुनाकर बंदर बोला, ''इसलिए हे दुष्ट! मैं भी गंगदत्त की तरह फिर तेरे घर कभी नहीं जाऊँगा।''

मगर ने कहा, ''मित्र, मेरे घर चलकर तू मेरा विश्वासघात का दोष दूर कर, नहीं तो मैं जान दे दूँगा।''

बंदर बोला, ''अरे मूर्ख! क्या मैं लंबकर्ण गधा हूँ जो आफत आई देखकर भी खुद वहाँ जाकर अपनी जान दे दूँ।''

मगर ने पूछा, ''यह लंबकर्ण कौन था? आफत आई देखकर भी वह कैसे मरा?''

बंदर बोला—

□

सिंह और गधा

किसी जंगल में एक शेर रहता था। एक सियार उसका नौकर था। वह हमेशा शेर की बात मानता था। एक बार हाथी से लड़ते हुए शेर बुरी तरह घायल हो गया। वह एक कदम भी नहीं चल सकता था। खाना न मिलने से सियार भी भूखा रहा और कमजोर हो गया।

उसने शेर से पूछा, ''ऐसी हालत में मैं आपकी सेवा कैसे कर सकता हूँ?''

शेर ने कहा, ''अरे, किसी ऐसे जानवर की तलाश कर, जिसे मैं ऐसी हालत में भी मार सकूँ?''

सियार खोज करता हुआ पास के गाँव में जा पहुँचा। वहाँ लंबकर्ण नाम का एक गधा तालाब के किनारे चर रहा था। वह कमजोरी के कारण बड़ी मुश्किल से चल रहा था। सियार ने पास जाकर उसे प्रणाम किया और हमदर्दी दिखाते हुए कहा, ''मामा, तुम इतने कमजोर कैसे हो गए?''

गधा बोला, ''क्या कहूँ भाई, मैं बड़ी मुसीबत में हूँ। निर्दयी धोबी मुझ पर बड़ा बोझ लादता है। खाने को एक मुट्ठी घास भी नहीं देता। फिर मेरा शरीर कैसे मजबूत हो?''

सियार ने कहा, ''ऐसी बात है तो मेरे साथ चलो। वहाँ नदी के किनारे पन्ने की तरह हरी, ताजा घास है। वहाँ मुझसे बातें करना और सुख से चरना।''

गधे ने कहा, ''ठीक है, पर हम देहाती हैं। वन के पशु हमें मौका पाकर मार डालेंगे। फिर भला ऐसी सुंदर जगह जाने से भी क्या फायदा!''

सियार बोला, ''मामा, ऐसा मत कहो। मैं उस देश की रक्षा करता हूँ। वहाँ तीन गधियाँ हैं। मैं उनके लिए पति ढूँढ़ने आया हूँ।''

बस, फिर क्या था। गधा सियार के साथ सिंह के पास पहुँचा। शेर जैसे ही उठा

वैसे ही गधा उसे देखकर भागने लगा। शेर ने पंजा मारा, पर असफल रहा।

इस पर सियार गुस्से में भरकर बोला, ''एक गधा भी तुम्हारे सामने से भाग गया। भला तुम हाथी से कैसे लड़ोगे?''

शेर ने शरमाकर कहा, ''मैं तैयार नहीं था, वरना हाथी भी मेरा वार नहीं सह सकता।''

सियार बोला, ''मैं उसे फिर लाता हूँ। तुम तैयार रहना।''

शेर ने कहा, ''मुझे देखकर वह फिर भला यहाँ क्यों आएगा! अब तो किसी दूसरे जानवर को फुसलाकर यहाँ ला।''

सियार बोला, ''तुम्हें इससे क्या? तुम तैयार तो रहो।''

और वह गधे के पास पहुँचा। गधे ने उलाहना देते हुए कहा, ''तू मुझे अच्छी जगह ले गया था! मैं तो मर ही गया होता। वह किसका पंजा था?''

यह सुनकर सियार हँसकर बोला, ''अरे, वह तो गधी थी। तुझे मिलने के लिए लपकी थी, पर तू डरपोक भाग निकला। वह तेरे बिना नहीं रह सकती। चल, वापस चल, नहीं तो तेरे वियोग में वह मर जाएगी। फिर तुझेपर स्त्री-हत्या का दोष लगेगा।''

उसकी यकीन दिलानेवाली बातें सुनकर गधा फिर उसके साथ चल पड़ा और शेर ने उसे मार डाला। बाद में सियार को अपने भोजन का रखवाला बनाकर वह नहाने चला गया। उसके पीछे सियार लालच के मारे गधे का दिल और दिमाग खा गया। शेर ने लौटकर जब देखा तो गुस्से में भरकर बोला, ''अरे पापी, तूने दिल और दिमाग खाकर गधे को जूठा कर दिया!''

सियार ने नम्रता से कहा, ''स्वामी, ऐसा न कहें। इस गधे के दिल और दिमाग तो थे ही नहीं, नहीं तो यहाँ आकर और आपको देखकर क्या यह फिर दूसरी बार यहाँ आता? यह कुछ सोच-विचार ही नहीं सकता था।'' शेर उसकी बात मान गया और दोनों ने बाँटकर गधे को खा लिया।

सो मूर्ख, तूने युधिष्ठिर की तरह सच बोलकर सबकुछ जाहिर कर दिया। किसी ने ठीक ही कहा है कि जो कमअक्ल आदमी सच बोलता है, वह कुम्हार की तरह अपना मतलब पूरा नहीं कर सकता।

मगर ने पूछा, ''वह कैसे?''

बंदर कहने लगा—

□

राजा और कुम्हार

किसी नगर में एक कुम्हार रहता था। एक बार वह नशे में था। नशे में लड़खड़ाकर वह एक टूटे घड़े पर जा गिरा। घड़े की ठीकरी से उसका सिर फूट गया। बड़ी मुश्किल से वह घर पहुँचा। बाद में परहेज न करने के कारण उसका घाव बिगड़ गया। बड़ी कठिनाई से घाव अच्छा हुआ। फिर जब देश में अकाल पड़ा तो वह भूख के कारण परदेश चला गया और एक राजा के यहाँ उसने नौकरी कर ली। उसके सिर पर गहरे घाव का निशान था। उसे देखकर राजा ने सोचा कि जरूर यह कोई वीर पुरुष है। सो वह दूसरे राजपूतों से उसकी अधिक इज्जत करने लगा। यह देखकर राजपूत कुम्हार से जलने लगे, पर राजा के डर के मारे उससे कुछ कह नहीं सकते थे। एक बार लड़ाई का मौका आ गया। तैयारी होने लगी। हाथी-घोड़े सजने लगे।

तब राजा ने कुम्हार से अकेले में पूछा, "क्या तेरे सिर पर यह चोट लड़ाई में आई थी ?"

कुम्हार ने कहा, "देव, यह हथियार की चोट नहीं है। एक दिन मैं नशे में खपरों पर गिर पड़ा था। उसकी चोट के कारण मेरा सिर फट गया था।"

यह सुनकर राजा ने मन में सोचा, 'अरे, इस कुम्हार ने मुझे धोखा दिया। इसे यहाँ से भगा देना चाहिए।'

उसके ऐसा कहने पर कुम्हार बोला, "आप ऐसा न करें। लड़ाई में मेरे हाथ देखें।"

राजा ने कहा, "तुझमें सब गुण हैं, फिर भी तू भाग जा। क्या तूने वह बात नहीं सुनी कि हे पुत्र! तू वीर है, अक्लमंद है, देखने में सुंदर है; पर जिस कुल में तू पैदा हुआ है, उसमें हाथी नहीं मारा जाता।"

कुम्हार ने पूछा, "यह कैसे ?"

राजा कहने लगा—

□

सिंहनी और सियार का बच्चा

एक वन में सिंह और सिंहनी रहते थे। उनके दो बच्चे थे। सिंह रोज जानवरों को मार लाता था। एक दिन उसे कुछ नहीं मिला और शिकार की खोज में घूमते-घूमते रात होने लगी। तब लौटते हुए उसे सियार का एक बच्चा मिला। बच्चा जानकर सिंह ने उसे नहीं मारा। सिंहनी ने भी उसे खाने से इनकार कर दिया और उसे अपना तीसरा बेटा मान लिया। फिर उसे अपना दूध पिला-पिलाकर मोटा-ताजा कर दिया। तीनों बच्चे बिना अपनी जाति जाने एक साथ खाते-पीते और खेलते-कूदते दिन बिताने लगे।

एक दिन उस वन में एक जंगली हाथी आ गया। सिंह के दोनों बच्चे गुस्से में भरकर उसकी तरफ दौड़े, पर गीदड़ के बच्चे ने कहा, "अरे, यह हाथी तुम्हारे कुल का शत्रु है। इसके सामने मत जाओ।" यह कहकर वह भाग चला। अपने बड़े भाई को भागते देखकर दोनों छोटे भाइयों में भी हिम्मत नहीं रही। घर आकर उन्होंने हँसते-हँसते बड़े भाई के भागने का हाल सिंह से कहा।

यह सुनकर गीदड़ का बच्चा गुस्से से भर गया और उन दोनों को डाँटने लगा। यह देखकर सिंहनी उसे अकेले में ले गई और समझाने लगी, "बेटा से ऐसा मत कहो। ये तेरे छोटे भाई हैं।"

गीदड़ के बच्चे का गुस्सा और भी बढ़ गया। वह बिगड़कर बोला, "क्या बल, रूप या विद्या में मैं उनसे कुछ कम हूँ, जो ये मेरी हँसी उड़ाते हैं? मैं इन्हें जरूर मार डालूँगा।"

यह सुनकर सिंहनी मन-ही-मन हँसी और उसकी जान बचाने के विचार से बोली, "बेटा, तू वीर है, सुंदर है, अक्लमंद है; पर जिस खानदान में तू पैदा हुआ है, उसमें हाथी नहीं मारा जाता। असल में तू गीदड़ का बच्चा है। मैंने दया करके तुझे अपना दूध पिलाकर पाला-पोसा है। इसलिए जल्दी यहाँ से भागकर अपनी जाति में मिल जा।

यदि इन्हें पता चल गया तो ये तुझे मार डालेंगे।''

इतना सुनना था कि गीदड़ डर के मारे वहाँ से भाग गया।

यह कहानी सुनाकर राजा कुम्हार से बोला, ''इसलिए मैं कहता हूँ कि तू यहाँ से भाग जा, नहीं तो अगर राजपूतों को पता चल गया तो वे तुझे तंग करेंगे।''

यह कहानी सुनाकर बंदर बोला, ''मगरमच्छ, तुझे धिक्कार है कि तू अपनी स्त्री के लिए मित्र-घात जैसा नीच काम करने को राजी हो गया। तूने स्त्री के कहने पर मुझे मारना चाहा, लेकिन तेरी बकवास के कारण सब भेद खुल गया। वही बात हुई कि एक गधा बाघ के चमड़े से ढका था। वह डरावना दिखाई देता था, पर उसके बोलने पर भेद खुल गया और वह मारा गया।''

मगर बोला, ''वह कैसे?''

बंदर कहने लगा—

□

गधा और धोबी

एक शहर में एक धोबी रहता था। उसके पास एक गधा था। घास न मिलने के कारण वह बहुत कमजोर हो गया था। धोबी एक बार जंगल में घूम रहा था। वहाँ उसने एक मरा हुआ बाघ देखा। उसने सोचा, 'यह ठीक है। मैं अपने गधे को इस बाघ की खाल पहनाकर जौ के खेत में चरने छोड़ दूँगा। खेतवाले इसे बाघ समझकर घर से बाहर न निकलेंगे और यह सुविधा से चर लेगा।'

इस तरह गधा खूब जौ खाने लगा और कुछ ही दिनों में मोटा हो गया। एक दिन उसने दूर से किसी गधी का रेंकना सुना तो बस, वह भी ऊँचे स्वर में रेंकने लगा। इससे खेत के रखवाले उसे पहचान गए और लाठी, तीर व पत्थरों से उसे मार डाला। इससे धोबी को बड़ा पछतावा हुआ।

मगर और बंदर जब इस तरह बातें कर रहे थे तो एक पानी के जानवर ने आकर बताया, "अरे मगर! तेरे घर न आने पर तेरी स्त्री ने समझा कि तू उससे प्यार नहीं करता और उसने निराश होकर अपनी जान दे दी।"

यह सुनकर मगर बहुत दुःखी हुआ और रोने लगा।

इस पर बंदर ने हँसकर कहा, "अरे बेवकूफ, तेरी लड़ाकू स्त्री मर गई। तुझे तो खुशी मनानी चाहिए; क्योंकि जो पत्नी बुरे कर्म करती हो, उसे तो बस दुःख देनेवाला बुढ़ापा ही समझना चाहिए।"

मगर बोला, "मित्र, यह तो ठीक है, पर मैं क्या करूँ? मेरे ऊपर तो दो-दो मुसीबतें एक साथ आ पड़ी हैं। मेरा घर बरबाद हो गया और तेरे जैसे मित्र से नाता भी टूट गया।"

मगर जब इस तरह कह रहा था तो एक और जानवर वहाँ आया और उसने कहा, "अरे, एक दूसरे मगर ने तेरे घर पर कब्जा कर लिया है।"

यह सुनकर मगर बड़ा दुःखी हुआ और सोचने लगा—हाय किस्मत! मित्र दुश्मन बन गया, स्त्री मर गई, मेरा घर दूसरे ने दबा लिया। अब क्या होगा? किसी ने ठीक कहा है कि लगी चोट में ही ठोकर लगती है। जब अनाज नहीं रहता तो भूख लगती है। मुसीबत आने पर वैर बढ़ता है। विधाता जब विपरीत हो, तब ऐसी ही आफतें आती हैं। अब क्या करूँ? उससे कैसे लड़ूँ? क्या अपने दोस्त बंदर से ही पूछूँ? किसी ने कहा है कि जो भला चाहनेवाले हैं, उनसे पूछकर जो काम करता है, उसके किसी काम में रुकावट नहीं आती।

यह सोचकर उसने बंदर से पूछा, "हे दोस्त! मेरी बदकिस्मती तो देख। एक दूसरा ताकतवर मगर मेरे घर में घुस बैठा है। अब मैं क्या करूँ? उसे कैसे निकालूँ?"

बंदर बोला, "अरे धोखेबाज! मैंने मना कर दिया, फिर भी तू मेरे मुँह क्यों लगता है?"

मगर ने कहा, "मैं अपराधी हूँ, पर पहले तो हम में परस्पर प्रेम था। उसकी याद करक तू मुझे नसीहत कर।"

बंदर बोला, "मैं कुछ नहीं कहूँगा। तू स्त्री के सिखाए में आकर मुझे मारने ले जा रहा था। यह बुरी बात थी। अरे बेवकूफ, मैं कह चुका हूँ, तू बरबाद हो जाएगा। जो अच्छे आदमियों की बातों को नहीं मानता, वह उसी तरह मारा जाता है, जैसे शेर के हाथों ऊँट मारा गया था।"

मगर ने पूछा, "वह कैसे?"

बंदर कहने लगा—

□

घंटीवाला ऊँट

एक शहर में एक बढ़ई रहता था। वह बड़ा गरीब था। उसने सोचा, सब काम में लगे हैं। सबके पास चौमंजिले घर हैं। परंतु मेरे पास कुछ नहीं है और इस बढ़ईगिरी में क्या रखा है। यह सोचकर वह देश से निकल पड़ा। शाम को वह एक डरावने वन में पहुँचा। वहाँ उसने एक ऊँटनी देखी। वह अपने दल से अलग हो गई थी और उसके बच्चा होने वाला था। बढ़ई उसको डेरे पर ले गया। उसे बाँधा, फिर उसके लिए पत्ते लाया। इस तरह दिन-रात पत्ते खाने से ऊँटनी मोटी-ताजी हो गई। उसका बच्चा भी एक बड़ा ऊँट हो गया। बढ़ई रोज उस ऊँटनी के दूध से घरवालों को पालता था। प्यार और चाव से उसने ऊँट के बच्चे के गले में एक घंटी बाँध दी थी।

इसके बाद उसने बहुत सोच-विचार कर अपनी स्त्री से कहा, ''ऊँट के व्यापार में बड़ा फायदा है। अगर तू कहे तो किसी बनिए से कुछ रुपए उधार लेकर ऊँट खरीदने गुजरात जाऊँ। जब तक मैं लौटकर न आऊँ तब तक इन दोनों जानवरों को संभालना।''

इसके बाद वह गुजरात गया और एक दूसरी ऊँटनी खरीदकर ले आया। धीरे-धीरे उसके पास बहुत से ऊँट हो गए। उसने एक रखवाला रख लिया। उसे वह साल में एक ऊँट का बच्चा तनख्वाह में देता था और सुबह-शाम ऊँटनी का दूध पीने को देता था। इस तरह ऊँटों का व्यापार करता हुआ वह सुख से रहने लगा। ऊँट के बच्चे शहर के पास बगीचे में चरने जाते, जी भरकर मुलायम-मुलायम बेलें खाते, पानी पीते और खेलते-कूदते शाम को घर लौटते। पहलेवाला ऊँट का बच्चा बड़ा घमंडी था। वह झुंड के पीछे रहता और बाद में आकर उनसे मिल जाता। यह देखकर ऊँट के अन्य बच्चों ने कहा, ''यह बेवकूफ ऊँट हमारे दल के पीछे घंटी बजाता हुआ आता है। अगर कभी किसी दुष्ट जानवर के हाथ लग गया तो मारा जाएगा।''

एक बार किसी शेर ने उसकी घंटी की आवाज सुन ली। देखा तो ऊँट के बच्चों

का दल चला जा रहा था। उनमें से एक पीछे रहकर खेलने-कूदने और बेलें खाने लगा। तब तक दूसरे सब पानी पीकर चले गए। अब उस घमंडी बच्चे ने जंगल से निकलकर इधर-उधर देखा, लेकिन उसे रास्ता नहीं मिला। वह चिल्लाता हुआ आगे बढ़ा, तभी उसकी आवाज का पीछा करता हुआ शेर भी वहाँ आ गया। जब वह पास आया तो शेर ने झपटकर उसे पकड़ लिया और मार डाला।

इसलिए मैं कहता हूँ कि जो अच्छे आदमियों की बातें नहीं मानता, वह उसी तरह मारा जाता है जैसे यह ऊँट मारा गया था।

यह सुनकर मगर ने कहा, "सात कदम चलने से दोस्ती होती है। जो भला चाहनेवाले हैं, उन्हें न इस लोक में दुःख होता है, न परलोक में। इसलिए उपदेश देकर मुझ धोखेबाज पर तू कृपा कर। भाई, जो उपकारी के साथ अच्छा बरताव करता है उसका क्या अच्छापन है? जो बुरा करनेवालों पर भी मेहरबानी करता है, उसे ही लोग साधु कहते हैं।"

यह सुनकर बंदर ने कहा, "अगर यही बात है तो तू अपने घर में घुस आए शत्रु से जाकर लड़। लड़ने से दो लाभ हैं—युद्ध में मरने पर तुझे स्वर्ग मिलेगा और जीतने पर घर व यश। जो अच्छे लोग हैं, उनके सामने झुककर उन्हें जीतना चाहिए। जो बहादुर हैं उन्हें भेद से, जो नीच हैं उन्हें कुछ दे-दिलाकर और जो बराबर के हैं, उन्हें ताकत से जीतना चाहिए।"

मगर ने पूछा, "वह कैसे?"

बंदर बोला—

□

गीदड़ और शेर

एक जंगल में एक गीदड़ रहता था। एक बार उसे मरा हुआ एक हाथी मिला। वह उसके आस-पास घूमने लगा, पर उसका मोटा चमड़ा न फाड़ सका। उसी समय एक शेर आया। गीदड़ ने धरती पर माथा टेककर हाथ जोड़े और गिड़गिड़ाकर कहा, "मैं आपका रखवाला हूँ। आपके लिए इस हाथी की देखभाल कर रहा हूँ। आप इसे खाइए।"

शेर ने उत्तर दिया, "दूसरे द्वारा मारा हुआ शिकार मैं कभी नहीं खाता। जा, यह हाथी मैंने तुझे दिया।"

गीदड़ ने खुश होकर कहा, "जय हो महाराज की! मालिक को नौकरों के साथ ऐसा ही बरताव करना चाहिए।"

शेर के बाद एक बाघ वहीं आया। गीदड़ ने सोचा कि शेर को तो मैंने खुशामद करके टाल दिया, इसे कैसे टालूँ? यह वीर है। यह बिना कपट के सीधा नहीं होगा। यह सोचकर वह शान से कंधों को ऊँचा करके बाघ के सामने गया और बोला, "मामा, आप यहाँ कहाँ मौत के मुँह में आ फँसे? इस हाथी को शेर ने मारा है। मुझे रखवाली के लिए छोड़कर वह नदी पर नहाने गया है। कह गया है कि यदि कोई बाघ आए। तो चुपके से मुझे खबर कर देना। मैं इस जंगल में एक भी बाघ नहीं रहने दूँगा। वह कहता था कि इससे पहले मैंने एक हाथी मारा था, उसे एक बाघ ने ही जूठा कर दिया था। उस दिन से मैं बाघों से बहुत नाराज हूँ।"

यह बात सुनकर बाघ डर गया। बोला, "अरे, मेरी जान बचा। शेर से तू देर तक मेरे आने की बात मत कहना, तब तक मैं यहाँ से दूर चला जाऊँगा।"

यह कहकर वह भाग गया।

उसके जाने पर एक चीता आया। गीदड़ ने सोचा कि चीते के दाँत मजबूत हैं।

ऐसा करूँ, जिससे यह हाथी का चमड़ा काट डाले, बस। उसने चीते से कहा, ''भानजे तू इतने दिन बाद क्यों दिखाई दिया और तू भूखा-सा भी लगता है? तू मेरा मेहमान है। यह हाथी शेर ने मारा है। उसकी आज्ञा से मैं इसकी रखवाली कर रहा हूँ। जब तक शेर आए, तू हाथी के मांस से पेट भरकर भाग जा।''

चीते ने जवाब दिया, ''मामा, अगर उसे शेर ने मारा है तो मैं नहीं खाऊँगा। मैं मरना नहीं चाहता। वही खाना चाहिए जो खाने लायक हो। इसलिए मैं तो यहाँ से दूर भागता हूँ।''

गीदड़ ने कहा, ''अरे, बेफिक्र होकर खा। मैं तुझे उसके आने की खबर दूर से ही दे दूँगा।''

चीते ने हाथी का चमड़ा चीर डाला। अब अपना मतलब सिद्ध हो गया देखकर गीदड़ ने कहा, ''अरे भानजे, भाग! शेर आ रहा है।''

चीता जान लेकर भागा। उसके बाद गीदड़ मांस खाने चला ही था कि गुस्से में भरा हुआ दूसरा गीदड़ वहाँ आया। उसे पहले गीदड़ ने अपने दाँतों से चीरकर भगा दिया और बहुत दिनों तक हाथी का मांस खाता रहा। इसलिए तू अपने जाति भाई को लड़ाई में हराकर भगा दे, नहीं तो वह जम जाएगा और तुझे मार देगा। जाति वालों से डरना नहीं चाहिए। किसी ने कहा है कि परदेश में एक ही कमी है कि अपनी जातिवाले ही वहाँ अपने से जलते हैं।

मगर ने पूछा, ''वह कैसे?''

बंदर बोला—

□

दो कुत्ते

एक नगर में एक कुत्ता रहता था। एक बार वहाँ बहुत दिनों तक अकाल पड़ा रहा। खाना-पीना न मिलने के कारण धीरे-धीरे कुत्ते मरने लगे। वह कुत्ता भूखा-प्यासा रहकर परदेश चला गया। वहाँ एक शहर में एक घरवाली लापरवाह थी। रोज उस घर में घुसकर वह तरह-तरह के खाने खाकर पेट भरता था; पर बाहर आने पर दूसरे कुत्ते उसे घेर लेते थे और काट-काटकर उसके शरीर पर घाव कर देते। इस पर उसने सोचा कि इससे तो अपना ही देश अच्छा था। वहाँ अकाल होने पर भी कोई लड़ता तो नहीं था। यह सोचकर वह अपने शहर में लौट आया। उसे आया जानकर रिश्तेदारों ने उससे पूछा, "हमें परदेश की बातें सुना। वह देश कैसा है? कैसा भोजन मिलता है? तेरे साथ लोगों ने कैसा बरताव किया?"

वह बोला, "परदेश का हाल क्या कहूँ। वहाँ एक ही आफत है कि अपनी जातिवाले ही वहाँ अपनों से जलते हैं।"

मगर ने यह सुनकर मरने-मारने की ठान ली। बंदर की आज्ञा लेकर वह घर गया और लड़ाई करके दूसरे मगर को मार डाला। फिर वह सुख से रहने लगा।

□

नाई और साधु

पाटलिपुत्र नामक नगर में एक सेठ रहता था। उसका नाम था मणिभद्र। दान-पुण्य के अच्छे-अच्छे काम करते-करते उसका सारा धन खत्म हो गया। धन न रहने पर लोग उसका अपमान करने लगे, सो उसे बड़ा दुःख हुआ। एक बार सोते-सोते उसने सोचा कि गरीबी बड़ी बुरी है। अच्छे गुण गरीब आदमी को शोभा नहीं देते। कुटुंम्ब पालने के लिए घी, नमक, तेल की चिंता उसे सताती है। यह चिंता बुद्धिमान, पर गरीब आदमी की अक्ल को खत्म कर देती है। सब धनवान की दासता करते हैं। धनवान चाहे कुछ भी करे, उसे सब मानते हैं।

ऐसा सोचकर उसने तय किया कि तकलीफ में जीने की अपेक्षा तो वैरागी हो जाना ठीक है। बस, यही सोचता हुआ वह सो गया। उसके पुरखों ने जो दौलत पैदा की थी, सपने में वह लक्ष्मी के वेश में उसके पास आई और बोली, "अरे सेठ, वैरागी मत बन। मैं साधु के रूप में सवेरे तेरे घर आऊँगी। तब तू मेरे सिर पर डंडा मारना। चोट पड़ते ही मैं सोने का अमर भंडार बन जाऊँगी।" सवेरे जब सेठ जागा तो उसे इस सपने पर यकीन नहीं आया; क्योंकि बीमारी में, दुःख में, चिंता में जो सपना दिखाई देता है, वह बेमतलब का होता है। वह ऐसा ही सोच रहा था कि हजामत बनाने के लिए एक नाई वहाँ आ पहुँचा। तभी अचानक एक जैन साधु भी वहाँ आ गया। सेठ उसे देखकर बड़ा खुश हुआ। उसके पास एक लकड़ी पड़ी थी। उसे उठाकर उसने साधु के सिर पर धीरे से दे मारी। साधु सोने का ढेर बनकर एक दम जमीन पर गिर पड़ा। सेठ ने उसे छिपाकर घर में रख दिया और नाई को खूब पैसे व कपड़े देकर कहा, "यह बात किसी से कहना मत।"

नाई ने घर जाकर सोचा—'हो न हो, जैन साधुओं के सिर पर लाठी मारने से वे सोने के हो जाते होंगे, सो मैं भी ऐसा ही करूँगा, जिससे मुझे भी बहुत सा सोना मिल

जाए।' ऐसा विचार कर वह सवेरे उठा, तो एक बड़ा सा डंडा लेकर जैन विहार पहुँचा। पहले तो उसने जितेन्द्र की तीन बार परिक्रमा की, फिर जमीन पर घुटने टेककर और मुँह के सामने दुपट्टे का छोर रखकर उनकी स्तुति करने लगा। उसके बाद उसने सबसे बड़े साधु के पास जाकर उन्हें नमस्कार किया। उन्होंने भी उपदेश दिया। फिर वह हाथ जोड़कर उनसे नम्रता से बोला, "भगवान् आज आप सब मुनियों के साथ मेरे घर भोजन करें।"

जैन मुनि ने कहा, "अरे, हम न्योता खानेवाले ब्राह्मण नहीं हैं। हम तो घूमते-घामते किसी भक्त के घर चले जाते हैं और जीवित रहने भर के लिए थोड़ा सा भोजन कर लेते हैं। हमसे ऐसी बात फिर न कहना।"

नाई बोला, "मैं आपका धर्म जानता हूँ। मैंने आपके धर्मग्रंथ ढकने के लिए कपड़े बनवाए हैं। उन्हें लिखवाने के लिए धन भी इकट्ठा किया है। उन सबको मैं आपको सौंपना चाहता हूँ। इस बारे में आप जैसा ठीक समझें करें।"

यह कहकर नाई चला आया। घर जाकर उसने एक डंडा तैयार किया और डेढ़ बजे फिर विहार पहुँचा। वहाँ उसने गुरुजी से फिर प्रार्थना की कि वह मुनियों को घर जाने दें। उनकी आज्ञा से वे सब मुनि उसके पीछे-पीछे चल पड़े। उन्हें कपड़े का लालच था। उस लालच में वे दूसरे भक्तों के घर नहीं गए। सच है, साधु भी लालच के वश हो जाते हैं। बस, नाई उन्हें अपने घर ले गया और लाठी मार-मारकर उनके सिर फोड़ डाले। कुछ साधु तो उसी वक्त मर गए, कुछ रोने-चिल्लाने लगे। उनकी आवाज सुनकर कोतवाल ने सिपाहियों को वहाँ भेजा। सिपाही नाई को बचे हुए साधुओं के साथ पकड़कर कचहरी ले गए।

न्यायाधीश ने नाई से पूछा, "अरे, तूने यह क्या किया?"

नाई बोला, "मैं क्या कहूँ। मैंने मणिभद्र सेठ के घर उन्हें ऐसा ही करते देखा था।" और उसने सब घटना सुना दी। अब सेठ को कचहरी में बुलाया गया। उसने भी सबकुछ सच-सच बता दिया। इस पर न्यायाधीश ने नकलची नाई को फाँसी पर चढ़ाने का हुक्म दिया और जब ऐसा हो चुका तो बोला, "जैसा नाई ने किया वैसा बिना सोचे-समझे, बिना परखे किसी को नहीं करना चाहिए। नहीं तो जैसे ब्राह्मणी को नेवले के लिए दु:ख हुआ वैसा ही उसे होगा।"

मणिभद्र ने पूछा, "वह कैसे?"

न्यायाधीश बोला—

□

चक्रधर

किसी शहर में एक ब्राह्मण के चार बेटे रहते थे। वे आपस में मित्र थे, पर थे गरीब। उन्होंने आपस में सलाह की कि गरीबी बहुत बुरी है। आदमी कैसा ही सुंदर, वीर, विद्वान् और बुद्धिमान हो, पर धन के बिना उसे मान नहीं मिलता। इसलिए हमें धन कमाने कहीं जाना चाहिए।

यह सोचकर वे घर छोड़कर चल पड़े। घूमते-घामते वे अवंती नगरी में पहुँचे। वहाँ शिप्रा नदी में नहाए, फिर महाकाल को प्रणाम किया। जब वे वहाँ से लौट रहे थे तो मार्ग में योगी भैरवानंद मिल गए और उनके साथ वे उनके मठ चले गए। वहाँ योगी ने उनसे पूछा, "तुम कहाँ से आ रहे हो, कहाँ जा रहे हो, तुम्हारे यहाँ आने का क्या मतलब है?"

उन्होंने कहा, "हमने तय किया है कि हम वहीं जाएँगे जहाँ पैसा मिलेगा, इसके लिए चाहे जोखिम ही क्यों न उठाना पड़े। पुरुष को भाग्य से नहीं, पुरुषार्थ से ही सफलता मिलती है। वह जब तक पुरुषार्थ नहीं करता, तब तक उसे परमात्मा नहीं मिल सकता। इसलिए आप हमें धन पाने का कोई उपाय बताएँ। सुना है, आप में बड़ी भारी शक्ति है।"

भैरवानंद ने उनकी सफलता के लिए चार सिद्ध बत्तियाँ बनाईं और कहा, "तुम हिमालय की तरफ जाओ। वहाँ पहुँचकर जहाँ-जहाँ बत्ती गिरेगी, वहाँ-वहाँ जरूर खजाना मिलेगा। तुम उसे खोद लेना और जितना ला सको, लेकर लौट आना।"

उन्होंने ऐसा ही किया। चलते-चलते एक साथी के हाथ से बत्ती गिर गई। उस जगह को खोदा गया तो वहाँ ताँबा मिला। उसके साथियों ने उससे कहा, "बहुत सा ताँबा भी हमारी गरीबी दूर नहीं कर सकता, सो उठ और आगे चल।"

उसने कहा, "आप सब जाइए। मैं आगे नहीं बढ़ूँगा।"

बाकी तीनों आगे बढ़े। थोड़ी दूर चलने पर दूसरे के हाथ से भी बत्ती गिर पड़ी। वहाँ चाँदी निकली। उसने खुश होकर कहा, "अब आगे नहीं चलना चाहिए, क्योंकि यहाँ खूब सारी चाँदी मिल गई है।"

उसके साथी बोले, "पीछे ताँबा था, यहाँ चाँदी है, सो आगे जरूर सोना होगा। इसलिए हमें आगे ही जाना चाहिए।"

यह कहकर वे आगे बढ़ गए। पर दूसरा साथी जितनी चाँदी बटोर सकता था, बटोरकर घर लौट आया। उधर जाते-जाते तीसरे के हाथ से बत्ती गिरी। वहाँ सोना था। उसने कहा, "सोने से अच्छा और क्या होगा? जितना चाहो, ले लो।"

उसके साथी ने जवाब दिया, "मूर्ख! पहले ताँबा मिला, फिर चाँदी, फिर सोना। इसके बाद जरूर रत्न होंगे। एक भी मिल गया तो गरीबी दूर हो जाएगी, सो उठ, आगे चलें।"

उसने कहा, "तू जा। मैं यहीं तेरी राह देखूँगा।"

चौथा साथी अकेला ही आगे बढ़ा। थोड़ी देर में धूप और प्यास के कारण वह रास्ता भूल गया। भटकते-भटकते उसने एक आदमी को देखा। वह लहूलुहान हो रहा था और उसके सिर पर एक चक्र घूम रहा था। चौथा ब्राह्मण जल्दी से उसके पास गया। पूछा, "अरे, तू कौन है? तेरे सिर पर यह चक्र कैसा है? कहीं पानी मिले तो बता।"

उसका यह कहना था कि वह चक्र उसके सिर पर आ चढ़ा। ब्राह्मण को बड़ा दुःख हुआ। उसने इसका कारण पूछा तो उस आदमी ने बताया, "जब राम राजा थे, तब मैं भी ऐसी ही बत्ती लेकर इधर आया था। मैंने भी ऐसे ही एक आदमी के सिर पर चक्र देखा था और उसका कारण पूछा था। तब से मेरी भी ऐसी ही हालत हो गई थी।"

यह बताकर वह चला गया। उधर जब देर हो गई तो सोनेवाला साथी-जिसे सोना मिला था, उसे ढूँढ़ता हुआ वहाँ आया। क्या देखता है कि उसके साथी के सिर पर चक्र घूम रहा है और वह लहूलुहान होकर चीख रहा है। यह देखकर वह बड़ा दुःखी हुआ। उसने पूछा, "यह कैसे हुआ?"

जब उसने पूरी कहानी सुन ली तो बोला, "मैंने तुझे कितना मना किया था, पर तूने मेरी बात नहीं मानी। अब क्या किया जाए? किसी ने ठीक कहा है कि विद्या बड़ी नहीं होती, बुद्धि बड़ी होती है। बेवकूफ आदमी वैसे ही मारे जाते हैं, जैसे शेर में जान डालनेवाले ब्राह्मण मारे गए थे।"

चक्रधर ने पूछा, "वह कैसे?"

सोना पानेवाले साथी ने कहा—

□

शेर को जिलानेवाले ब्राह्मण

किसी शहर में चार ब्राह्मण रहते थे। चारों बड़े मित्र थे। उनमें से तीन ब्राह्मण शास्त्र पढ़े थे, पर थे बेवकूफ। चौथा ब्राह्मण पढ़ा तो नहीं था, पर था अक्लमंद। एक बार चारों ने सलाह करके विदेश जाने का फैसला किया। वे राजा को खुश करके धन कमाना चाहते थे। कुछ दूर चलने पर सबसे बड़े ने कहा, ''हममें से चौथा अक्लमंद होकर भी अनपढ़ है। केवल बुद्धि से दान नहीं मिल सकता। हम जो धन कमाएँगे, उसमें से इसे नहीं देंगे। इसलिए इस अनपढ़ को लौटा दो।''

तीसरा बोला, ''नहीं, ऐसा करना ठीक नहीं है। हम सब बचपन से साथ खेले-कूदे हैं। वह हमारा बराबर का साझीदार है। उसे चलने दो। यह मेरा है, यह उसका है, ऐसा छोटे दिलवाले सोचते हैं। जो उदार हैं, उनके लिए तो सारी दुनिया ही कुटुंब है, सो इसे भी आने दो।''

चलते-चलते एक जगह जंगल में उन्होंने शेर की हड्डियाँ पड़ी देखीं। यह देखकर एक बोला, ''आज मै अपनी विद्या की जाँच करूँगा। इसलिए इस जानवर को जिलाऊँगा।''

यह कहकर एक ने हड्डियाँ इकट्ठी कीं। दूसरे ने खाल, मांस और खून पैदा किया। जब तीसरा उसमें जाने डालने लगा तो चौथे साथी ने कहा, ''अरे, ठहर! तू शेर को जिला देगा तो यह हम सबको मार डालेगा।''

तीसरा बोला, ''बेवकूफ, केवल इसी कारण से मैं अपनी विद्या को व्यर्थ नहीं जाने दूँगा।''

इस पर चौथे ने कहा, ''अच्छा, तो मुझे पेड़ पर चढ़ जाने दो। फिर तुम्हारे मन में जो आए सो करना।'' बस, वह पेड़ पर चढ़ गया। उधर शेर में जान पड़ी तब वह खड़ा होकर दहाड़ा और तीनों को खा गया। चौथा मित्र पेड़ से उतरकर साथियों की मूर्खता पर पछताता हुआ घर चला आया।

सो मैं कहता हूँ कि विद्या बड़ी नहीं होती, बुद्धि बड़ी होती है,और भी कहा है कि सब शास्त्रों के पंडित होने पर भी जो लोकाचार नहीं जानते, उनकी इन मूर्ख पंडितों की तरह सब जगह हँसी होती है।

चक्रवाले ने पूछा, "वह कैसे ?"

सोना पानेवाले साथी ने कहा—

□

मूर्ख पंडित

एक नगर में चार पंडित रहते थे। चारों मित्र थे। एक बार उन्होंने सलाह की कि परदेश जाकर विद्या से धन कमाना चाहिए। बस, दूसरे ही दिन वे गुरुकुल चले गए। वहाँ बारह साल तक उन्होंने मन लगाकर पढ़ा और पंडित हो गए। इस पर वे चारों अपने गुरुजी की आज्ञा लेकर निकल पड़े। चलते-चलते उन्हें दो रास्ते दिखाई दिए। वे अब वहीं रुक गए अैर सोचने लगे कि कौन से रास्ते पर चलना चाहिए। इसी बीच में शहर का कोई बनिया-महाजन मर गया था। उसे लेकर लोग श्मशान जा रहे थे। उन चारों में से एक ने पुस्तक देखी। लिखा था—'जिस रास्ते में महाजन (महापुरुष) जाते हों उसी मार्ग पर चलना चाहिए।' बस, वे उनके साथ-साथ श्मशान पहुँच गए। वहाँ उन्होंने एक गधा देखा। उसे देखकर दूसरे ने पुस्तक खोली। लिखा था—'मल, मुसीबत, अकाल, दुश्मन की चढ़ाई के वक्त, राजद्वार और श्मशान में जो साथ दे, वही असली मित्र है।' बस, अब तो कोई उस गधे से गले मिलने लगा, कोई उसके पैर धोने लगा; पर तभी उन्हें एक ऊँट दिखाई दिया। इस पर तीसरे ने किताब खोली, लिखा था—'धर्म की चाल तेज होती है।' ऊँट भी तेज चलता है, इसलिए उन्होंने उसे धर्म मान लिया।

फिर चौथा बोला 'मित्र को धर्म से जोड़ देना चाहिए।'

बस, उन्होंने गधे को ऊँट से बाँध दिया। इतने में गधे के मालिक धोबी को पता लगा तो वह उन्हें पीटने आया। वे भागे। रास्ते में एक नदी मिली। उसमें पलाश का एक पत्ता तैर रहा था। उसे देखकर एक ने कहा, "यह पत्ता हमें पार उतार देगा।"

बस, वह उस पत्ते पर गिर पड़ा और नदी में बहने लगा। यह देखकर दूसरे ने बाल पकड़ लिये और कहा, "जब सबकुछ जाता दिखाई दे तो पंडित आधा छोड़ देते हैं और आधे से ही काम चलाते हैं।" यह कहकर उसने बहनेवाले साथी का सिर काट लिया।

बाकी तीनों एक गाँव में पहुँचे। वहाँ गाँववाले न्योता देकर उन्हें अपने घर ले गए। एक को खाने के लिए घी और खाँड से बनी फेनी मिली। फेनी में लंबे तार होते हैं। यह देखकर उसने सोचकर कहा, ''लंबे तारवाला (दीर्घसूत्री अर्थात् जो काम टालता रहे) खत्म हो जाता है।'' बस, वह खाना छोड़कर चल दिया।

दूसरे को मैदे की एक बड़ी रोटी मिली। उसने कहा, ''जिसमें छेद (दोष या खोट) होता है, वह बिगाड़ करनेवाला होता है।'' इस तरह वे तीनों भूखे-प्यासे अपनी हँसी उड़वाकर अपने देश लौट गए।

यह कहानी सुनकर चक्रवाले ने कहा, ''यह कोई बात नहीं। भाग्य खराब हो तो बहुत चतुर भी दुःख पाते हैं और कमअक्ल वाले मजे उड़ाते हैं। कहा है कि भगवान् जिसकी रक्षा करते हैं, वह खतरे में भी बच जाता है। अगर भाग्य खराब हो तो सुरक्षित भी मिट जाता है। और भी कहा है—सौ अक्ल सिर पर चढ़ा है और हजार अक्ल लटक रहा हे। है भद्रे! मैं एक बुद्धि साफ पानी में खेल रहा हूँ।''

सोना पानेवाले ने पूछा, ''यह कैसे?''

चक्रवाले साथी ने कहा—

□

अक्लमंद मच्छ

किसी तालाब में 'सौ अक्ल' और 'हजार अक्ल' नाम के दो मच्छ रहते थे। उनकी एक बुद्धि नाम के एक मेढक से दोस्ती हो गई। वे कभी किनारे पर, कभी बालू पर खूब बातें करते थे। एक बार शाम के समय वे ऐसे ही बातें कर रहे थे कि कुछ मछुए वहाँ आए। उस तालाब को देखकर उन्होंने सलाह की, "इस तालाब में मछलियाँ तो बहुत हैं और पानी कम है। इसलिए सवेरे हम यहाँ जाल डालने अवश्य आएँगे।"

उनके जाने के बाद मेढक ने कहा, "अरे, सौ अक्ल! क्या तूने मछुए की बात सुनी? अब क्या करना चाहिए?"

यह सुनकर हजार अक्ल हँसा और बोला, "मित्र, डर मत। केवल बात सुनकर घबराना नहीं चाहिए। एक तो वे आएँगे ही नहीं, आएँ भी तो मैं अपनी चतुराई से सबको बचा लूँगा।"

इस पर सौ बुद्धि ने कहा, "तूने ठीक कहा जहाँ हवा और सूरज भी नहीं जा सकते, वहाँ बुद्धि घुस जाती है, सो केवल बातें सुनने से ही बाप-दादों का घर नहीं छोड़ा जाता।"

मेढक ने कहा, "मुझ भागनेवाले की एक ही बुद्धि है। सो मैं तो जाता हूँ।"

यह कहकर वह तो रात को ही अपनी पत्नी को लेकर दूसरे तालाब में चला गया। मछुओं ने सवेरे ही आकर सबको पकड़ लिया। सौ बुद्धि और हजार बुद्धि ने टेढ़े-मेढ़े घूमकर कुछ देर तो अपने को बचाया, पर आखिर वे भी फँस गए और मारे गए।

दोपहर को मछुए उन्हें लेकर खुशी-खुशी अपने घर लौटे। भारी होने के कारण एक मछुए ने सौ अक्ल को कंधे पर डाला और हजार अक्ल को लटका लिया। यह देखकर मेढक ने अपनी स्त्री से कहा। "सौ अक्ल सिर पर चढ़ा है और हजार अक्ल लटक रहा है। हे भद्रे! मैं बेचारा एकबुद्धि साफ पानी में चैन से खेल रहा हूँ।"

सो केवल बुद्धि ही सबकुछ नहीं है।

सोना पानेवाले साथी ने कहा, ''एसा होने पर भी मित्र की बात नहीं टालनी चाहिए। मेरे मना करने पर भी लालच और विद्या के घमंड के कारण तू नहीं रुका। किसी ने ठीक कहा है कि मामा तूने खूब गाया। मेरे रोकने पर भी तू नहीं रुका। तेरे गले में यह जो बढ़िया-सा तमगा लटक रहा है यह शायद तेरे गाने का इनाम है!''

चक्रवाले ने पूछा, ''वह कैसे?''

सोना पानेवाले साथी ने कहा—

□

गानेवाला गधा

किसी शहर में एक गधा रहता था। वह दिन में धोबी का बोझ ढोता था और रात में जैसे जी में आता, घूमता था। हाँ, सवेरा होते ही धोबी के घर आ जाता था। रात में खेतों में घूमते हुए एक गीदड़ से उसकी दोस्ती हो गई। गधा मोटा था, सो वह बाड़ तोड़कर ककड़ी के खेत में घुस जाता था। गीदड़ भी साथ होता था। दोनों मनचाही ककड़ियाँ खाते थे।

एक दिन उस गधे ने ककड़ी खाते-खाते गीदड़ से कहा, ''अरे भानजे! देख, कैसी सुहावनी रात है! मैं तो गाना गाऊँगा। बता, कौन सा राग गाऊँ?''

गीदड़ बोला, ''मामा, ऐसी गलती करने से क्या फायदा? हम तो चोरी कर रहे हैं। हमें छिपे रहना चाहिए। फिर तेरी आवाज भी मीठी नहीं है। शंख की आवाज की तरह उसे कोई भी दूर से सुन सकता है। खेत के रखवाले अभी तो सो रहे हैं। तेरी आवाज सुनकर वे हमें बाँध लेंगे और मार डालेंगे। सो तू चुप रहकर ये अमृत जैसी ककड़ियाँ खा और वह काम कर जिसके लिए बाद में तुझे पछताना न पड़े।''

यह सुनकर गधे ने कहा, ''अरे, तू जंगल में रहनेवाला है, तू गाने का रस क्या जाने!''

गीदड़ बोला, ''मामा यह तो ठीक है, पर तू गाता कहाँ है? तू तो रेंकता है। इससे हम मुसीबत में पड़ जाएँगे, सो ऐसे गाने से क्या मतलब?''

गधे ने कहा, ''अरे मूर्ख! तुझ पर लानत है। तूने समझ रखा है कि मैं गाना नहीं जानता, तो सुन।''

और यह कहकर उसने गाने के सब भेद गिना दिए। इस पर गीदड़ बोला, ''मामा, ऐसी ही बात है तो तू गा, मैं उधर जाता हूँ। रखवाले पर नजर रखूँगा।''

गीदड़ वहाँ से ओट में चला गया। गधा जब गाने लगा तो उसकी आवाज सुनकर

खेतवाले गुस्से में भरकर दौड़े और जब उन्होंने गधे को देखा तो उसे लाठी से इतना मारा कि वह गिर पड़ा। फिर उसके गले में ऊखल बाँधकर वे सो गए। जैसा कि गधों का स्वभाव है, दर्द दूर हो जाने पर वह तुरंत ही खड़ा हो गया। कहा है कि कुत्ते, घोड़े और खासकर गधे, मार का दर्द एक क्षण से ज्यादा महसूस नहीं करते।

बाद में गीदड़ ने उसे देखा तो दूर से मुसकराता हुआ आया और बोला, ''मामा, तूने खूब गाया! मेरे मना करने पर भी नहीं माना। तेरे गले में यह जो बढ़िया सा तमगा लटक रहा है, यह शायद तेरे गाने का इनाम मालूम पड़ता है!''

यह सुनकर चक्रधर ने कहा,''मित्र! यह ठीक है। जिसके पास अपनी समझ नहीं होती, जो मित्र का कहना नहीं सुनता, वह मंथर जुलाहे की तरह बरबाद हो जाता है।''

सोना पानेवाले मित्र ने पूछा, ''वह कैसे?''

चक्रधर कहने लगा—

□

मंथर जुलाहा

किसी शहर में एक जुलाहा रहता था। एक बार कपड़ा बुनते-बुनते उसके बुनने की लकड़ी टूट गई। सो वह कुल्हाड़ी लेकर लकड़ी लेने के लिए जंगल में पहुँचा। वहाँ एक बड़ा सा पेड़ देखकर वह उसे काटने लगा। उस पेड़ पर एक देवता रहता था। उसने जुलाहे से कहा, "अरे, इस पेड़ पर तो मैं रहता हूँ। तुझे इसे नहीं काटना चाहिए।"

जुलाहा बोला, "पर मैं क्या करूँ? बिना लकड़ी के मेरे बच्चे भूखे मर जाएँगे। आप कहीं और चले जाइए। मैं तो इसी पेड़ को काटूँगा।"

देवता ने कहा, "मैं तुझसे बहुत खुश हूँ। तू जो वर चाहे माँग ले, पर इस पेड़ को छोड़ दे।"

जुलाहा बोला, "अगर यह बात है तो मैं घर जाता हूँ। अपने मित्रों और स्त्री से सलाह करके बताऊँगा।"

और वह खुशी-खुशी घर लौटा। गाँव में घुसते ही उसे उसका दोस्त एक नाई मिल गया। उसे सब बातें सुनाकर उसने पूछा, "मित्र, बताओ, अब मैं उस देवता से क्या माँगूँ?"

नाई ने कहा, "अगर यही बात है तो तू उससे राज्य माँग ले। तू राजा होगा और मैं मंत्री।"

जुलाहा बोला, "यह बात ठीक है, फिर भी मैं अपनी पत्नी से और पूछ लूँ।"

नाई ने कहा, "दोस्त, स्त्रियों के साथ सलाह करना ठीक नहीं है। वे कम-समझ होती हैं। उन्हें अपना मतलब प्यारा होता है।"

जुलाहा बोला, "फिर भी मैं उससे पूछूँगा। उससे पूछे बिना मैं कुछ नहीं करता।"

यह कहकर वह स्त्री के पास गया। उससे सब बातें कहीं और पूछा, "बता, मैं देवता से क्या वर माँगूँ? नाई तो राज्य माँगने को कहता है।"

स्त्री बोली, "नाई को भला क्या अक्ल! तू उसकी बात मत मान। समझदारों को नाई, बालक और भिक्षुओं आदि से सलाह नहीं करनी चाहिए। फिर राज्य का इंतजाम करना बड़ा कठिन काम है। इस राज्य के लिए राम, पांडव, नल आदि राजाओं को बड़े-बड़े दुःख उठाने पड़े थे। राज्य के लिए भाई, बेटे और रिश्तेदार भी राजा को मारना चाहते हैं। इसलिए राज्य से दूर रहना ही ठीक है।"

जुलाहे ने कहा, "तू ठीक कहती है; पर अब यह तो बता क्या माँगूँ?"

स्त्री बोली, "तू रोज एक कपड़ा बुनता है। उससे घर का खर्चा चलता है। इसलिए तू उससे दो और हाथ तथा एक और सिर माँग ले। इससे तू आगेपीछे दोनों ओर कपड़ा बुन सकेगा। एक कपड़े से पहले की तरह घर का खर्च चलेगा और दूसरे को बेचकर उससे खास-खास काम चलाना। ऐसा होने पर तेरी जाति में तेरा नाम होगा और तू भी अच्छी तरह रहेगा। इनसे सुख मिलेगा।"

पत्नी की यह सलाह सुनकर वह बड़ा खुश हुआ और बोला, "शाबाश, तूने बहुत ठीक कहा। मैं ऐसा ही करूँगा।"

इसके बाद उसने देवता के पास जाकर प्रार्थना की, "हे देव! यदि आप मुझे जैसा मैं चाहूँ वैसा वर देना चाहते तो मुझे दो हाथ तथा एक सिर और दे दीजिए।"

उसके ऐसा कहते ही उसके दो सिर और चार हाथ हो गए। बस, वह खुशी-खुशी घर लौटा। लेकिन रास्ते में लोगों ने उसे राक्षस समझा और मार डाला।

इसलिए मैं कहता हूँ कि जिनके पास अक्ल नहीं होती, जो मित्रों का कहना नहीं मानते, उनका मंथर जुलाहे की तरह नाश हो जाता है।

चक्रधर ने कहा, "यह ठीक है। आशा बड़ी राक्षसी है जो उसके पास जाता है उसकी हँसी होती है। जो आगे के लिए नामुमकिन बातों को सोचता है, वह सोम शर्मा के पिता की तरह पीला होकर सोता है।"

सोना पानेवाले मित्र ने पूछा, "वह कैसे?"

वह बोला—

□

सोम शर्मा का पिता

किसी नगर में एक ब्राह्मण रहता था। उसने भीख माँगकर जो सत्तू इकट्ठा किया, उसमें से कुछ तो खाया, बाकी को एक मटके में भर दिया। उस मटके को उसने एक खूँटी पर टाँग रखा था और उसके नीचे खाट बिछाकर वह उसे एकटक देखा करता था। एक रात वह लेटे-लेटे सोचने लगा, 'जब यह घड़ा सत्तू से भर जाएगा और अकाल पड़ेगा तो मैं इसे बेचकर सौ रुपए पैदा करूँगा। उससे दो बकरियाँ खरीदूँगा। कुछ दिनों में बकरियों का झुंड हो जाएगा। इन बकरियों से मैं गाय खरीदूँगा। गायों से भैंस, भैंसों से घोड़ियाँ लूँगा। घोड़ियों से घोड़े होंगे। उनको बेचकर बहुत सा रुपया मिलेगा। फिर उन रुपयों से चार मंजिलवाला एक मकान बनाऊँगा। फिर मेरी शादी होगी, लड़का होगा। उस लड़के का नाम सोम शर्मा रखूँगा। वह जब घुटनों के बल चलने लगेगा और मुझे पढ़ने न देगा, तब मैं ललकार कर कहूँगा कि इसे घुड़साल के पीछे ले जाओ, जिससे मैं पढ़ सकूँ। पर सोम शर्मा मुझे देखकर अपनी माँ की गोद से उतर आएगा और घोड़ों के पास होता हुआ मेरे पास आएगा। इस पर गुस्सा होकर मैं उसकी माँ से कहूँगा कि अपने बेटे को पकड़। पर वह काम में लगी होगी और मेरी बात न सुनेगी। इस पर मैं उठकर उसे एक लात मारूँगा।'

ऐसा सोचते हुए ब्राह्मण ने सचमुच लात चली दी। वह जाकर घड़े में लगी। घड़ा फूट गया और सत्तू से उसका शरीर पीला हो गया।

सोना पानेवाले ने कहा, "ठीक है। सब लोग लालच में दुःखी रहते हैं। किसी ने ठीक कहा है कि जो लालच से काम करता है और नतीजे के बारे में नहीं सोचता, उसकी चंद्र राजा की तरह हँसी होती है।"

चक्रधर ने पूछा, "वह कैसे?"

उसने कहा—

चंद्र राजा और बंदर

किसी नगर में एक राजा रहता था। उसका नाम था चंद्र। उसके लड़के बंदरों के साथ खेलते थे और उन्हें खाना देते थे। बंदरों का सरदार बड़ा समझदार था। उस राजमहल में छोटे राजकुमारों के चढ़ने के लिए मेंढ़ों का भी एक दल था। उनमें से एक मेंढ़ा बड़ा चटोरा था। रसोई में घुसकर जो कुछ खाना देखता वही खा जाता। रसोईदार जो कुछ पाते, उसी से उसे मारते थे।

यह देखकर बंदरों के सरदार ने सोचा, एक-न-एक दिन लड़ाई की बला बंदरों के सिर जाएगी। इस मेंढ़े को अनाज का स्वाद लग गया है और रसोईवाले जो भी पाते हैं, उसी से इसे पीटते हैं। जब और कुद्द न लगेगा तो वे इसे जलती लकड़ी से मारेंगे। उससे यह मेंढ़ा जल उठेगा और अस्तबल की तरफ भागेगा। उससे फूँस से भरा हुआ अस्तबल भी जल उठेगा। अस्तबल के जलने पर घोड़े जलने लगेंगे। घोड़े के वैद्य कहते हैं कि बंदर की चरबी से घोड़ों की जलन शांत हो जाती है। लगता है कि यहाँ ऐसा ही होगा।

यह सोचकर उसने सब बंदरों को अकेले में बुलाया और सब बातें समझा कर कहा कि हमें यह महल छोड़ देना चाहिए। बंदर बड़े अभिमानी थे। सरदार की बात सुनकर हँस पड़े और बोले, ''बुढ़ापे के कारण आपकी अक्ल मारी गई है, जो ऐसा कहते हैं। भला अमृत के समान भोजन जो राजकुमार हमें देते हैं, छोड़कर हम जंगल के कड़वे रूखे फल खाएँगे!''

यह सुनकर सरदार की आँखें भर आई। वह दु:खी होकर बोला, ''मूर्खो, तुम इस सुख का नतीजा नहीं जानते। एक दिन भोजन का यह लोभ जहर साबित होगा। मैं अपने कुल का नाश अपनी आँखों नहीं देख सकता, सो मैं तो अभी चला जाता हूँ।''

यह कहकर वह चला गया। उसके जाने के बाद दूसरे ही दिन मेंढ़ा रसोई में

घुसा। रसोइए ने उसे जलती लकड़ी से मारा। इससे उसके बदन में आग लग गई और वह मिमियाता हुआ अस्तबल में घुस गया। वहाँ घास-फूस में भी उसके लोटने से आग लग गई। उससे बहुत से घोड़े मर गए, बहुत से अधजले हो गए और इधर-उधर भागने लगे। राजा ने दु:खी होकर घोड़ों के वैद्यों को बुलाया और जलन दूर करने की दवा पूछी। वैद्यों ने शास्त्र देखकर बताया, ''बंदरों की चरबी से यह जलन दूर हो सकती है।''

बस, राजा ने बंदरों को मरवाने की आज्ञा दी और वे मार डाले गए। जब बंदरों के सरदार ने यह सुना तो वह बड़ा दु:खी हुआ। वह भूखाप्यासा एक जंगल से दूसरे जंगल में घूमने और सोचने लगा कि किस तरह से मैं इस राजा से बदला लूँ?

एक दिन प्यास से बेचैन होकर वह तालाब पर पहुँचा। वहाँ उसने देखा कि जानवरों के पैरों के निशान तालाब में घुसने के तो हैं, पर निकलने के नहीं हैं। उसने मन-ही-मन कहा कि जरूर इसमें कोई दुष्ट जीव रहता है, सो मैं कमल की नाल से दूर से ही जल पीऊँगा।

उसने ऐसा ही किया। तब तालाब में से एक राक्षस निकला। उसके हाथ में एक रत्नमाला थी। वह बोला, ''जो इस तालाब में घुसता है, उसे मैं खा जाता हूँ; परंतु तू बहुत चतुर निकला। मैं तुझसे खुश हूँ। जो चाहे माँग ले।''

बंदर ने पूछा, ''तू कितने को खा सकता है?''

राक्षस ने कहा, ''जितने व्यक्ति पानी में घुसें, मैं उन सबको खा सकता हूँ।''

बंदर ने कहा, ''एक राजा मेरा दुश्मन है। अगर तू मुझे यह रत्नमाला दे तो मैं राजा को भुलावा देकर कुटुंब सहित इस तालाब में घुसा दूँगा।''

राक्षस ने उसकी बात मान ली और बंदर माला पहनकर नगर में पहुँचा। लोगों ने उसे देखकर उसके और माला के बारे में पूछा। बंदर ने कहा, ''एक जंगल में कुबेर ने एक तालाब बनावाया है। रविवार के दिन सूर्य उगने पर जो उसमें नहाता है, वह रत्नमाला पहनकर बाहर निकलता है।''

राजा ने यह सुना तो बंदर को बुला भेजा और सब बात सुनकर कहा, ''अगर यही बात है तो मैं खुद अपने साथियों के साथ चलूँगा, तब तो हमें बहुत सी मालाएँ मिलेंगी।''

इसके बाद रत्नमालाओं के लालच में राजा, रानियाँ और नौकर सब उसके साथ चल पड़े। राजा ने प्रेम से बंदर को गोद में ले लिया। लालच धनवानों को भी खराब काम में लगा देता है। बुढ़ापे में मनुष्य के सब अंग कमजोर हो जाते हैं, पर लालच जवान ही रहता है।

तालाब पर पहुँचकर बंदर ने राजा से कहा, ''सब परिजनों को इकट्ठे होकर एक ही समय में तालाब में घुसना चाहिए, पर आप मेरे साथ घुसना। मैं आपको वह स्थान दिखाऊँगा जहाँ बहुत सी रत्नमालाएँ हैं।''

सब लोग तालाब में घुसे, राक्षस उन्हें खा गया। देर होने पर राजा ने बन्दर से पूछा, ''हमारे साथी इतनी देर क्यों लगा रहे हैं?''

यह सुनकर बंदर पेड़ पर चढ़ गया और बोला, ''अरे दुष्ट! पानी में राक्षस रहता है। वह उन सबको खा गया है। तूने मेरे परिवार को मरवाया था, मैंने उसका यह बदला लिया है। अब तू जा। मालिक जानकर मैंने तुझे छोड़ दिया है।''

यह सुनकर राजा गुस्से में भरकर लौट आया।

यह कहानी सुनाकर सोना पाने वाले मित्र ने फिर कहा, ''तू कहे तो मैं घर जाऊँ।''

चक्रधर बोला, ''तू मुझे छोड़कर क्यों जाता है? जो विपत्ति में मित्र को छोड़ देता है वह नरक में जाता है।''

सोना पानेवाले मित्र ने कहा, ''यह ठीक है, पर वहीं साथ दिया जाता है, जहाँ अपना बस चलता हो। मैं जैसे-जैसे चक्र घूमने की तकलीफ तेरे चेहरे पर देखता हूँ तो ऐसा मन करता है कि यहाँ से झट चल दूँ, जिससे मेरे ऊपर मुसीबत न आ पड़े। किसी ने कहा,है ''हे बंदर! तेरे मुँह के उड़े हुए रंग से पता लगता है कि तुझे विकाल राक्षस ने पकड़ रखा है। इसलिए जो भागता है, वह जीता है।''

चक्रधर ने पूछा, ''सो कैसे?''

उसने कहा—

□

विकाल राक्षस और बंदर

किसी शहर में एक राजा रहता था। उसकी एक बेटी थी। वह बड़ी रूपवती और गुणवती थी। उसे एक राक्षस ले जाना चाहता था; पर मंत्री से राजकन्या के शरीर की रक्षा होने के कारण वह कुछ नहीं कर पाता था। एक बार आधी रात को वह राक्षस घर के एक कोने में खड़ा था। तब राजकन्या ने अपनी सखी से कहा, "सखि! देख, यह विकाल रोज इस समय मुझे परेशान करता है। क्या इसे रोकने का कोई उपाय नहीं?"

यह सुनकर राक्षस ने सोचा, ऐसा लगता है कि मेरी ही तरह विकाल नाम का कोई दानव इसके पीछे है। उसे देखना चाहिए, सो घोड़े का रूप धरकर मैं घोड़ों में रहूँगा।

उसने ऐसा ही किया। तभी एक दिन घोड़ों का एक चोर राजमहल में घुसा। उसने घोड़े को पसंद किया और उस पर चढ़ चल दिया। राक्षस ने सोचा जरूर यही विकाल है। मुझे पहचान कर मारने आया है। अब क्या करूँ? वह इस प्रकार सोच ही रहा था कि चोर ने लगाम खींचकर उसको चाबुक लगाया। वह डरकर भागने लगा। चोर ने उसे रोकना चाहा तो वह और भी तेज हो गया। तब चोर ने सोचा, 'घोड़े ऐसे नहीं होते, जो लगाम की परवाह न करें। तब जरूर यह कोई राक्षस ही है। सो जहाँ भी सपाट जमीन आएगी, मैं कूद पड़ूँगा, नहीं तो यह मुझे मार डालेगा।'

ऐसा सोचते-सोचते वह घोड़ा जब एक बरगद के पेड़ के नीचे से गुजरा, चोर पेड़ की जटा पकड़कर लटक गया। इससे दोनों ही बड़े प्रसन्न हुए। उस पेड़ पर राक्षस का एक मित्र बंदर रहता था। उसने राक्षस से कहा, "अरे मित्र! तू झूठे डर से क्यों भागता है? यह आदमी तो तेरा भोजन है। तू इसे खा।"

बंदर की बात सुनकर राक्षस ने अपना असली रूप धरा; पर उसके मन की शंका नहीं मिटी। तभी उस चोर ने बंदर की बोली समझकर उसकी लटकती हुई पूँछ को गुस्से से मुँह में पकड़ा और चबा डाला। बंदर ने समझा, जरूर यह राक्षस से बड़ा है। सो डर

के मारे उसने कुछ नहीं कहा। वह आँखें बंद करके बैठा रहा।

यह देखकर राक्षस ने कहा, "हे बंदर! तेरे मुँह के उड़े हुए रंग से पता चलता है कि तुझे विकाल राक्षस ने पकड़ रखा है। इसलिए जो भागता है वह जीता है।"

यह कहकर वह भाग गया। सो मित्र, अब तू मुझे आज्ञा दे कि मैं घर जाऊँ। तू यहाँ लालच का फल भोग।

चक्रधर बोला, "यह बात नहीं है। आदमी का बुरा-भला भाग्य से होता है।"

सोना पानेवाले मित्र ने कहा, "भाई, तुम ठीक कहते हो। भाग्य अगर सामने हो तो सब काम बन जाते हैं। फिर भी आदमियों को अच्छी बात माननी ही चाहिए। जो ऐसा करते हैं, उनका तेरी तरह नाश नहीं होता और भारुंड पक्षियों की तरह एकता के बिना आदमी का नाश हो जाता है।"

चक्रधर ने पूछा, "वह कैसे?"

वह बोला—

□

भारुंड पक्षी

किसी तालाब में एक भारुंड पक्षी रहता था। उसके एक पेट और दो सिर थे। एक बार वह समुद्र के किनारे घूम रहा था। वहाँ उसे लहरों से फेंका हुआ एक फल मिला। वह अमृत के समान था। उसे खाकर उसने कहा, ''लहरों से फेंके हुए फल मैंने बहुत खाए हैं, पर इसका स्वाद और ही है। क्या यह अमृत फल अनजाने में यहाँ आ गिरा है?''

जब वह ऐसा कह रहा था, तब उसके दूसरे मुँह ने कहा, ''अगर ऐसी बात है तो थोड़ा मुझे भी दे, जिससे मेरी जीभ भी स्वाद ले सके।''

इस पर पहले सिर ने हँसकर कहा, ''हम दोनों का पेट तो एक ही है फिर अलग खाने से क्या फायदा? बाकी बचे फल से हम अपनी स्त्री को प्रसन्न करेंगे।''

यह कहकर उसने बाकी बचा फल भारुंडी को दे दिया।

उसे चखकर वह बड़ी खुश हुई और तरह-तरह से उसकी खुशामद करने लगी।

उसी दिन से दूसरा सिर दुःखी रहने लगा। एक दिन उसे एक जहरीला फल मिला। उसे देखकर उसने पहले सिर से कहा, ''अरे नीच! मुझे एक जहरीला फल मिला है। तूने उस दिन मेरा अपमान किया था, सो तुझे सजा देने के लिए अब मैं इसे खाता हूँ।''

पहले ने कहा, ''मूर्ख, ऐसा मत कर। ऐसा करने से हम दोनों का नाश हो जाएगा।''

लेकिन दूसरे सिर ने अपमान के कारण वह फल खा लिया। परिणाम यह हुआ कि वे दोनों मर गए।

यह सुनकर चक्रधर बोला, ''यह ठीक है, तू घर जा; पर तुझे अकेले नहीं जाना चाहिए। कहा है कि स्वाद वाली चीजें खाना, जागना, बाहर जाना, धन कमाने जाना—

ये काम कभी अकेले नहीं करने चाहिए। रास्ते में डरपोक साथी भी रक्षा-करनेवाला बन जाता है। साथ में रहनेवाले केकड़े ने ब्राह्मण की जान बचाई थी।''

सोना पानेवाले मित्र ने पूछा, ''वह कैसे?''

उसने कहा—

□

ब्राह्मण और केकड़ा

किसी शहर में एक ब्राह्मण रहता था। एक बार वह काम से बाहर जा रहा था तब उसकी माँ ने उससे कहा, "बेटा, परदेश अकेला क्यों जाता है? किसी साथी को ढूँढ़ ले।"

वह बोला, "माँ, डर मत। रास्ते में कोई डर नहीं है।"

यह सुनकर उसकी माँ बावड़ी से एक केकड़ा पकड़ लाई और बेटे को दे दिया। माँ की आज्ञा से उसने केकड़े को कपूर की पेटी में रख लिया और चल पड़ा। रास्ते में गरमी के कारण वह एक पेड़े के नीचे सो गया। तभी पेड़ के खोखले से एक साँप निकला और उसके पास आया। उसे कपूर की खुशबू बड़ी प्यारी लग रही थी। सो उसने थैली चीर डाली और कपूर खा गया। केकड़ा उस के अंदर था। उसने साँप को मार डाला। ब्राह्मण जब जागा तो उसने मरे हुए साँप को देखा। वह समझ गया कि इसे केकड़े ने मारा है।

अपनी जान बच गई–यह सोचकर वह बड़ा प्रसन्न हुआ और बोला, "अरे, मेरी माता ने ठीक ही कहा था कि आदमी को अकेले नहीं जाना चाहिए। मैंने माँ की बात मानी, इसलिए इस केकड़े ने साँप से मेरी जान बचाई। किसी ने ठीक ही कहा है कि विपत्ति में दूसरे ही सहायक होते हैं।"

यह कहकर ब्राह्मण अपने स्थान को चला गया। इसलिए मैं कहता हूँ कि रास्ते में डरपोक साथी भी भला करनेवाला हो जाता है। साथ में रहे केकड़े ने ब्राह्मण की जान बचाई थी।

यह सुनकर सोना पानेवाले मित्र ने चक्रधर से आज्ञा ली और अपने घर चला गया।

□

महर्षि अत्रि

बहुत पुरानी बात है, इतनी पुरानी कि तुम शायद सोच भी न सको। उन दिनों आजकल की तरह कॉलेज और स्कूल नहीं होते थे। पाठशालाएँ भी नहीं होती थीं। नदी के किनारे वनों में ऋषि लोग अपने आश्रम बनाते थे। वहीं पर वे रहते थे, वहीं पर विद्यार्थी रहते थे। ऋषि लोग उन्हें शिक्षा देते थे वे अपने आप भी पढ़ते थे, खोज करते थे। संसार के लिए रीति-नियम, विधि-विधान बनाते थे। राजा लोग उनकी सलाह से शासन करते थे।

उनके आश्रम बड़े सुंदर होते थे। पशु-पक्षी आजादी के साथ वहाँ वैसे ही विचरते थे जैसे ऋषि-मुनियों के बच्चे। कहीं फूल खिलते थे तो कहीं फलों से लदे वृक्ष महकते थे, कहीं चाँदी जैसे पानीवाले झरने झरते थे तो कहीं संगीत की ध्वनि उठती थी।

एक ऐसे ही आश्रम में एक ऋषि रहते थे। उनका नाम था अत्रि। बड़े ज्ञानी थे। तुमने वेदों का नाम तो सुना ही होगा। दुनिया में जो पुस्तकें मिलती हैं, उनमें वे सबसे पुरानी हैं। उनके कुछ मंत्र अत्रि ऋषि ने रचे थे। उनके आश्रम में दूर-दूर से आकर विद्यार्थी पढ़ा करते थे। एक बार ऐसा हुआ कि उस देश के राजा और प्रजा में झगड़ा हो गया। राजा कहता था—शासन करने का अधिकार केवल मुझे ही है। प्रजा कहती थी—बेशक तुमको हमने अपना राजा बनाया है, लेकिन तुम मनमानी नहीं कर सकते। हमारी सलाह लेकर ही तुम राजकाज चला सकते हो।

इस तरह करते-करते विवाद बहुत बढ़ गया था। कुछ लोग राजा की बात कहते थे, कुछ प्रजा की। अत्रि ऋषि प्रजा के पक्ष में थे। उनका कहना था "राजा तो प्रजा का ही है। राजा तो प्रजा का प्रतिनिधि है। यानी प्रजा की ओर से वह राज करता है।"

यह सुनकर राजा बहुत अप्रसन्न हुआ। वह जानता था कि अत्रि ऋषि जिसकी ओर होंगे, वही जीतेगा। इसलिए राजा ने ऋषि को पकड़कर बंदीगृह में डाल दिया और

तरह-तरह की यातनाएँ देने लगा। इतनी यातनाएँ दीं कि वे बीमार पड़ गए। उन्हें तेज बुखार आने लगा। तब उनका इलाज करने के लिए वैद्यों को बुलाना पड़ा। उस समय दो जुड़वाँ भाई थे। उनका नाम था अश्विनीकुमार। वे ही सबसे बड़े वैद्य थे। उन्होंने आकर जब ऋषि का इलाज किया, तब वे ठीक हुए।

तो ऐसे थे अत्रि ऋषि। बड़े विद्वान्, बड़े तेजस्वी और प्रजा का हित करने वाले। असल में अत्रि किसी एक व्यक्ति का ही नाम नहीं था। सबसे पहले जिस ऋषि ने आश्रम की स्थापना की, उसके बाद उस आश्रम में जो भी गद्दी पर बैठा, वह 'अत्रि' ही कहलाया। इस प्रकार सैकड़ों अत्रि हुए। लेकिन वे सभी विद्वान् और ज्ञानी थे। रामचंद्रजी जब वनवास के समय चित्रकूट पहुँचे तो अत्रि ऋषि के आश्रम में भी गए थे। उनकी पत्नी का नाम अनसूया था। वे दोनों बहुत बूढ़े हो चुके थे, बाल सफेद हो गए थे, शरीर में झुर्रियाँ पड़ गई थीं। पर दोनों ने बड़े स्नेह से राम-सीता और लक्ष्मण का स्वागत किया। वे उन्हें अपने आश्रम में ले गए और कंदमूल-फल खाने के लिए दिए। विशेषकर अनसूया ने सीता के प्रति बहुत प्रेम प्रकट किया। नाना प्रकार के उपदेश दिए, आशीर्वाद दिया। उन्होंने सीताजी को बताया कि जब मनुष्य पर विपदा आ पड़ती है, तब चार वस्तुओं की परीक्षा होती है।

धीरज धर्म मित्र और अरु नारी आपद काल परिखिअहि चारी॥

जब वे विदा होने लगीं, उन्हें अनेक सुंदर वस्त्र, हमेशा ताजा रहनेवाली पुष्प-मालाएँ और बहुत सी चीजें भेंट में दीं।

अनसूया बहुत बड़ी तपस्विनी हुई हैं। उन्होंने अपनी सूझ-बूझ और परिश्रम से आश्रम की भूमि को बहुत उपजाऊ बना दिया था। उनकी सूझ-बूझ के कारण ही उनके प्रदेश में अकाल नहीं पड़ता था। ऋषि लोग उनका बहुत मान करते थे। उनके तीन पुत्र प्रसिद्ध हैं—दुर्वासा, दत्तात्रेय और सोम। दुर्वासा बहुत क्रोधी थे। जब हम किसी क्रोधी व्यक्ति का परिचय देते हैं तो कहते हैं—यह तो दुर्वासा है। ये अकसर लोगों की परीक्षा लेते फिरा करते थे। जाने या अनजाने जिससे जरा भी गलती हो जाती, या कोई उनकी ओर ध्यान नहीं देता तो बस उसे ये शाप दे देते थे। कई बार अपने क्रोध के कारण उन्हें खुद भी बहुत परेशानी उठानी पड़ी। जो क्रोधी है वह दुःख उठाता ही है। इसके विपरीत उनके दूसरे भाई बहुत शांत थे। सोम का अर्थ तो चंद्रमा होता है और चंद्रमा, तुम जानते हो, कितना शांत है। दत्तात्रेय केवल शांत ही नहीं, बहुत बड़े ज्ञानी भी थे। सदा ज्ञान की खोज में घूमते रहते थे। जहाँ कहीं भी अच्छी बात देखते, जिस किसी में भी कोई गुण पाते, उसी को अपना गुरु बना लेते थे। उनके छब्बीस गुरु थे, जिनमें कसाई और कुत्ता तक शामिल थे। उनके शिष्यों में अनेक राजा, तपस्वी, ऋषि-मुनि और योगी थे। महाराष्ट्र में उनकी बड़ी मान्यता है।

अत्रि ऋषि केवल शास्त्र की विद्या ही नहीं जानते थे, विज्ञान से भी उन्हें बड़ा प्रेम था। कहते हैं, सबसे पहले उन्होंने ही इस बात का पता लगाया था कि सूर्य और चंद्र ग्रहण किस प्रकार पड़ता है। कैसे लगाया, आज इस बात का ठीक-ठीक पता नहीं। लेकिन इस बात से यह स्पष्ट हो जाता है कि ऋषि लोग केवल पढ़ते-पढ़ाते ही नहीं थे, तारों की विद्या में भी रुचि लेते थे।

एक और अत्रि ऋषि हुए हैं, जिनकी पुत्री का नाम अपाला था। उसे कोढ़ हो गया था। उसने तब इंद्र की बड़ी पूजा की। इंद्र प्रसन्न हुए और उन्होंने ऐसा उपाय किया, जिससे अपाला का रोग दूर हो गया और वह फिर एक सुंदर स्त्री बन गई। इन अत्रि ऋषि के पुत्र का नाम अर्चनाना था। वे भी पिता की तरह ऋषि थे। उनके पुत्र का नाम श्यावाश्व था। वह बहुत ही सुंदर और गुणवान् था। विद्वान् भी था। उसके पिता चाहते थे कि उसका विवाह उस देश के राजा रथबीति की सुंदर कन्या से हो। उसने राजा से इस बात के लिए प्रार्थना की। लेकिन रानी ने अपनी पुत्री का विवाह श्यावाश्व से करने से इनकार कर दिया। इसलिए नहीं कि वे निर्धन थे और वन में रहते थे, बल्कि इसलिए कि वे स्वयं ऋषि नहीं थे। उनके पिता अर्चनाना ऋषि थे, उनके बाबा अत्रि ऋषि थे। लेकिन वे नहीं थे।

महर्षि अर्चनाना और श्यावाश्व ने इस बात का बुरा नहीं माना। श्यावाश्व उसी दिन से साधना में लग गए और तब तक लगे रहे, जब तक वे वेद-मंत्रों की रचना करने के योग्य नहीं हो गए। तब महाराज रथबीति के पास पहुँचे। उन्हें देखकर राजा और रानी दोनों बहुत प्रसन्न हुए और उन्होंने राजकुमारी का विवाह उनसे कर दिया।

इस कहानी से यह स्पष्ट हो जाता है कि उस काल में राजा लोग ऋषियों का बहुत आदर करते थे और उनके आदेश के अनुसार राजकाज चलाते थे। ऋषि लोग भी अहंकारी नहीं थे। हर समय सत्य को ग्रहण करने के लिए तैयार रहते थे। तभी तो आज इतना समय बीत जाने पर भी हम उनकी कहानियाँ सुनते और सुनाते हैं।

□

महर्षि दधीच

अब हम तुम्हें एक ऐसे ऋषि की कहानी सुनाएँगे, जो जितने बड़े ज्ञानी थे उतने ही उदार भी थे। उस समय जो व्यक्ति मधु विद्या को जानता था, वही सबसे बड़ा माना जाता था। महर्षि दधीच इस विद्या के जाननेवाले थे। उनका असली नाम दध्यङ आथर्वण था। एक बार उनके आश्रम में देवराज इंद्र यह विद्या सीखने के लिए आए। उस आश्रम में दस हजार विद्यार्थी पढ़ते थे। वे सबको जानते थे। इस नए व्यक्ति को देखकर उन्होंने पूछा, ''तुम्हारा नाम क्या है और तुम क्या चाहते हो?''

इंद्र ने अपना परिचय दिया और कहा, ''मैं आपसे मधु विद्या सीखने के लिए आया हूँ।''

महर्षि सोच में पड़ गए। यह विद्या अधिकारी व्यक्ति को ही दी जा सकती थी। इंद्र अधिकारी नहीं थे। ऋषि ने उनको विद्या का दान तो किया, पर यह भी स्पष्ट कह दिया, ''तुम भोगी हो। तुम्हें यह विद्या फलेगी नहीं।''

यह सुनकर इंद्र क्रोध से भर उठा और कहा, ''यदि आप इस विद्या का उपदेश किसी और व्यक्ति को करेंगे तो आपका सिर कट जाएगा।''

यह श्राप सुनकर महर्षि तनिक भी नहीं घबराए। बहुत दिन बाद देवताओं के वैद्य अश्विनीकुमार महर्षि के आश्रम में आए और बोले, ''आप हमें मधु विद्या का उपदेश दें।''

ऋषि ने उत्तर दिया, ''हाँ, आप विद्या के अधिकारी हैं। मैं आपको वह विद्या सिखाऊँगा।''

लेकिन उन्हें इंद्र के शाप का डर भी था। उन्होंने अश्विनीकुमार से उस शाप की चर्चा की। अश्विनीकुमार तो सबसे बड़े वैद्य थे। मरे व्यक्ति को जिला सकते थे। उन्होंने कहा, ''हम आपका असली सिर काटकर अलग रख देते हैं, उसके स्थान पर घोड़े का

सिर लगा देते हैं। हमको विद्यादान करने के बाद जब आपका यह सिर कट जाएगा तो फिर हम आपका असली सिर लगा देंगे।''

महर्षि सहमत हो गए। अश्विनीकुमार ने ऐसा ही किया। जब वे मधु विद्या सीख चुके, तब इंद्र के शाप के अनुसार ऋषि का घोड़े का सिर कटकर गिर गया। अश्विनीकुमार ने तब उनका असली सिर लगा दिया और प्रसन्न होकर अपने घर चले गए। महर्षि भी बहुत प्रसन्न थे। इस बार उन्होंने यह विद्या अधिकारी व्यक्ति को ही सिखाई थी।

इंद्र को जब यह समाचार मिला तो वह बहुत लज्जित हुआ। वह क्षमा माँगने के लिए महर्षि के आश्रम में आया। महर्षि तो बड़े उदार थे। उन्होंने इंद्र को क्षमा कर दिया और उसे नाना प्रकार के उपदेश दिए। इंद्र के हृदय में जो मैल था, वह इन उपदेशों से दूर हो गया। वह महर्षि का आदर करने लगा। बहुत दिनों के बाद दानवों ने इंद्र के राज्य पर हमला किया। दानवों का नेता वृत्रासुर बहुत ही बलवान् और भयंकर था। उसने सब देवताओं को हरा दिया, उनका राज्य छीन लिया। देवता इधर-उधर भागने लगे। तब दुःखी होकर इंद्र महर्षि के आश्रम में आया। महर्षि सब कुछ जानते थे। उन्होंने कहा, ''मेरा वह घोड़े का सिर कुरुक्षेत्र के पास एक तालाब में है। उसे तुम ले जाओ। वह बहुत कठोर है। उससे तुम वज्र तैयार करो और फिर वृत्रासुर से लड़ो। तुम्हारी जय होगी।''

महर्षि को प्रणाम करके इंद्र कुरुक्षेत्र पहुँचे, घोड़े के सिर को तालाब से निकाला, उससे वज्र बनाया, और भी बहुत से हथियार बनाए। उनको लेकर वे फिर दानवों से लड़ने चले। बहुत घमासान युद्ध हुआ। उस युद्ध में इंद्र ने वज्र से वृत्रासुर को मारा और अपना राज्य वापस पाया।

तो देखा, महर्षि कितने उदास थे! जिसने उन्हें शाप दिया, उन्हें सताया, उसी की उन्होंने रक्षा की, उसके प्राण बचाए और उसका राज्य वापस दिलाया।

यही कहानी एक और रूप में सुनी जाती है। इंद्र जब महर्षि दधीच के पास सहायता माँगने के लिए आया तो महर्षि ने उससे कहा कि तुम मेरी हड्डियों से हथियार तैयार करो। असल में ब्रह्मा ने इंद्र को यह सलाह दी थी कि वह महर्षि से उनकी हड्डियाँ माँगें और उनसे हथियार बनाकर लड़ें, तभी उनकी विजय होगी। यह सुनकर महर्षि ने कहा, ''यह शरीर तो एक-न-एक दिन नष्ट होगा ही। इससे उत्तम और क्या बात हो सकती है कि वह किसी के काम आए। मेरी हड्डियाँ आपके काम आती हैं, तो अवश्य ले जाइए।''

यह कहकर महर्षि समाधि में बैठ गए। कहते हैं, जंगली गायों ने उनके शरीर को चाटना शुरू किया। जब हड्डियाँ शेष रह गईं तो इंद्र ने उनसे वज्र बनाया। उसी वज्र से वृत्रासुर मारा गया।

एक और कहानी सुनाएँ। एक समय देवता लोग अपने सब अस्त्र महर्षि दधीच

के आश्रम में रख गए थे। बहुत दिन बीत गए, वे लेने नहीं आए। कहते हैं, तब महर्षि ने उन अस्त्रों का तेज घोलकर पी लिया। इसीलिए जब वृत्रासुर को मारने के लिए इंद्र अपने हथियार वापस लेने आया तो वहाँ कुछ भी नहीं था। तब महर्षि ने कहा, ''मैं तुम्हें अपनी हड्डियाँ देता हूँ। तुम इनसे अस्त्र-शस्त्र बनाकर दानवों से लड़ो, तुम्हारी जीत होगी।''

कहानियाँ अनेक हैं। बहुत सी बातें ऐसी भी हैं, जिन पर विश्वास नहीं किया जा सकता; लेकिन उनका अर्थ बहुत स्पष्ट है। एक तो यह अर्थ है कि जो अपने साथ अपकार भी करता है तो समय आने पर हमें उसकी चिंता न करके अपकार करनेवाले व्यक्ति के साथ उपकार ही करना चाहिए। दूसरा अर्थ और भी स्पष्ट है। पुरातन काल के तपोवनों में रहने वाले ये ऋषि केवल हवन ही नहीं करते थे, केवल पढ़ते-पढ़ाते ही नहीं थे, बल्कि युद्ध की विद्या में भी निपुण थे। नाना प्रकार के हथियार बनाना जानते थे। महर्षि दधीच ने वज्र नाम का एक नया हथियार बनाया था और इंद्र को दिया था। उसी से इंद्र ने वृत्रासुर को मारकर अपना राज्य वापस लिया था।

इस प्रकार महर्षि दधीच ज्ञानी भी थे और युद्ध की विद्या में निपुण भी थे। उनका विवाह महर्षि अगस्त्य की पत्नी लोपामुद्रा की बहन सुवर्चा से हुआ था। उनके दो पुत्र थे—सारस्वत और पिपलाद। वे दोनों अपने पिता के समान ही परम तपस्वी और ज्ञानी थे।

□

महर्षि अगस्त्य

बच्चो, अब तक तुम यह तो समझ ही गए होगे कि तपोवनों में रहनेवाले ऋषि-मुनि केवल साधु या तपस्वी ही नहीं होते थे वे बड़े भी ज्ञानी होते थे। उन्होंने वेदों के मंत्र रचे हैं। वे युद्ध-विद्या, नक्षत्र-विद्या जैसी और भी अनेक विद्याएँ जानते थे। वे राजकाज में भी भाग लेते थे। अब हम जिन महर्षि की कहानी आपको सुनाने जा रहे हैं, वे बहुत बड़े घुमक्कड़ थे। वे विद्वान् थे, ज्ञानी थे। अपने ज्ञान और अपनी विद्या का प्रचार करने के लिए वे हिमालय से चले थे और दक्षिण में ठेठ कन्याकुमारी तक पहुँच गए थे। मार्ग में अनेक कठिनाइयाँ आईं, अज्ञात देश और अपरिचित जातियों के बीच में रहना पड़ा। पर वे जहाँ भी गए, अपने धर्म और अपनी संस्कृति का प्रचार करते हुए।

इस बात को हमारे प्राचीनकाल के इतिहासकारों ने रोचक कथाओं के रूप में लिखा है। एक कथा आती है कि विंध्याचल पर्वत एक बार ऊपर उठने लगा। उसके उठने से सूर्य और चंद्रमा का मार्ग भी रुक गया। देवताओं ने उससे बार-बार प्रार्थना की, किंतु उसने उनकी नहीं सुनी। तब वे महर्षि अगस्त्य के पास गए और उन्हें अपने आने का प्रयोजन कह सुनाया। देवताओं की बात सुनकर महर्षि विंध्याचल के पास पहुँचे। बोले, "हे पर्वत श्रेष्ठ! मैं किसी काम से दक्षिण की ओर जा रहा हूँ, तुम मुझे उधर जाने का रास्ता दो और जब तक मैं वहाँ से वापस न लौटूँ, तब तक नीचे ही झुके रहो।"

विंध्याचल ने सिर झुकाकर उन्हें जाने का रास्ता दे दिया। वे दक्षिण की ओर चले गए, लेकिन फिर नहीं लौटे।

यह कथा इस बात का स्पष्ट संकेत करती है कि महर्षि अगस्त्य पहले व्यक्ति थे, जो विंध्याचल को पार करके दक्षिण में आर्य संस्कृति का प्रचार करने गए। उनके संबंध में तुम लोगों ने एक और कथा सुनी होगी कि वे समुद्र पी गए थे। कालकेय नाम का एक राक्षस समुद्र में रहता था। रात के समय वह बाहर निकलकर देवताओं और तपोवनों में

रहनेवाले ऋषि-मुनियों को तंग करता था। समुद्र में रहने के कारण उसे कोई मार भी नहीं सकता था। तब अंत में देवता लोग अगस्त्य ऋषि के पास पहुँचे और कहा, "आप समुद्र को पी जाइए, तब हम कालकेय को मार डालेंगे।"

महर्षि ने ऐसा ही किया। समुद्र सूख गया और देवताओं ने कालकेय को मार डाला। इस कहानी का अर्थ भी बहुत साफ है। अगस्त्य मुनि की मूर्तियाँ हिंद महासागर में बसे हुए द्वीप समूह इंडोनेशिया में मिलती हैं। उन्होंने पहली बार समुद्र पार करके जावा, सुमात्रा, बोर्नियो और श्याम आदि देशों में आर्य संस्कृति का प्रचार किया। इसी प्रचार का परिणाम था कि आर्य लोग धीरे-धीरे सारे दक्षिण में फैल गए और उसके बाद दक्षिण-पूर्व के देशों में जा-जाकर अपने राज्य स्थापित किए। तनिक बड़े होकर जब तुम इतिहास पढ़ोगे तो ये सब बातें तुम्हें मालूम होंगी और तुम महर्षि अगस्त्य का महत्त्व समझ सकोगे।

दक्षिण के रहनेवाले, विशेषकर तमिल प्रदेश के लोग, तो महर्षि अगस्त्य को अपना ही समझते हैं। वे यहाँ तक मानते हैं कि तमिल भाषा का सबसे पहला व्याकरण उन्होंने ही बनाया था। वे पहले ऋषि थे, जिन्होंने उत्तर-दक्षिण का भेद मिटाकर सारे भारत को एक करने का प्रयत्न किया। सारे दक्षिण भारत में उनके आश्रम फैले पड़े थे। कर्नाटक में वातापी, कुर्ग में ब्रह्मगिरि, आंध्र में द्राक्षाराम, तंजाऊर में अगस्त्यम् पल्ली तथा तिरुनलवेलि में पोदियमलै तथा अगस्त्यावरम् बहुत प्रसिद्ध हैं। रामचंद्रजी सीताजी को ढूँढ़ते हुए जब किष्किधा पहुँचे, तब तक महर्षि अगस्त्य पोदियमलै में अपना आश्रम स्थापित कर चुके थे। इससे पहले वे दंडकारण्य में रहते थे। जैसा कि नाम से मालूम होता है, यह एक बहुत बड़ा और भयानक जंगल था। मनुष्यों को खा जानेवाले राक्षस इसमें रहते थे। महर्षि जब वहाँ पहुँचे तो राक्षसों ने उनका बड़ा विरोध किया। तब उन्होंने उनके साथ युद्ध भी किए थे। जिस समय रामचंद्रजी दंडकारण्य पहुँचे, तब महर्षि गोदावरी नदी के तीर पर पंचवटी में रहते थे। इससे स्पष्ट हो जाता है कि वे निरंतर आगे बढ़ते रहते थे। उन्होंने दैत्यों के राजा वातापी और ताड़का के पति सुंड को मारा भी था।

इस प्रकार महर्षि अगस्त्य ज्ञानी थे, पर्यटक थे, योद्धा थे और थे धर्म संस्कृति के प्रचारक। लेकिन केवल इतना ही नहीं, वे कुछ और भी थे। उनका विवाह विदर्भ देश के राजा की कन्या लोपामुद्रा से हुआ था। लोपामुद्रा स्वयं एक बहुत बड़ी विदुषी। वह राजकुमारी थीं। विवाह करते समय उन्होंने एक शर्त रखी थीं कि जब तक उन्हें उनके कुल की प्रतिष्ठा के योग्य वस्त्र और आभूषण नहीं दिए जाएँगे, तब तक वह ऋषि के साथ नहीं रहेंगी। महर्षि ने वातापी के राजा से धन लेकर अपनी पत्नी को दिया था। उनके संबंध में एक कथा आती है कि एक समय उस देश में बहुत अकाल पड़ा। उस समय महर्षि कुर्ग में ब्रह्मगिरि के पास रहते थे। अकाल के कारण लोग भूखे मरने लगे।

लोपामुद्रा से यह नहीं देखा गया। वह तुरंत एक नदी बन गईं और वही नदी कावेरी कहलाई। यह कथा अनेक प्रकार से कही जाती है। लेकिन इसका स्पष्ट और सीधा अर्थ यही है कि धर्म का प्रचार करते हुए घूमते-घूमते महर्षि अगस्त्य अैर लोपामुद्रा वहाँ जा पहुँचे थे, जहाँ से कावेरी निकलती थी। इस तरह उन्होंने कावेरी को ढूँढ़ निकाला था और हो सकता है कि इस यात्रा में ही लोपामुद्रा की मृत्यु हुई हो। बाद में कवियों ने उनके साहस की कहानी को इस प्रकार लिखा कि लोपामुद्रा स्वयं नदी बन गईं।

जैसा कि उस समय होता था, अगस्त्य भी एक ही ऋषि का नाम नहीं था। उनकी गद्दी पर जो भी व्यक्ति बैठता था, वही 'अगस्त्य' कहलाता था। इसलिए ऊपर की जितनी कहानियाँ हमने बताई हैं, उनका संबंध यह आवश्यक नहीं कि एक ही अगस्त्य से हो। तमिल भाषा का व्याकरण रचनेवाले, कावेरी को खोजने वाले, सबसे पहले दक्षिण में प्रवेश करनेवाले, समुद्र पार करके दूसरे देशों में आर्यों की बस्ती बसानेवाले, ये सब अलग-अलग अगस्त्य भी हो सकते हैं। परंतु उससे क्या होता है! एक अगस्त्य रहा हो या अनेक अगस्त्य रहे हों, लेकिन यह स्पष्ट है कि उन्होंने आर्य संस्कृति का प्रचार न केवल सारे भारतवर्ष में किया बल्कि समुद पार करके दूसरे देशों में भी किया।

□

महर्षि वसिष्ठ

महर्षि वसिष्ठ का नाम तो तुम सबने अवश्य ही सुना होगा। जिसने भी रामचंद्रजी का नाम सुना है, उसने वसिष्ठ का नाम भी अवश्य ही सुना है। ये पहले ऋषि हैं, जिनके बारे में हमें ठीक-ठीक मालूम है कि वसिष्ठ एक उपाधि थी। वह उस प्रत्येक व्यक्ति को मिलती थी, जो उस गद्दी पर बैठता था। प्राचीन साहित्य में हमें कई वसिष्ठों के नाम मिलते हैं, जैसे देवरात, मैत्रावरुण, आपव और श्रेष्ठभाज आदि। वसिष्ठ अपने समय के सबसे अच्छे ब्रह्म-ज्ञानी, सबसे बड़े तपस्वी, विद्वान्, स्मृति तथा धर्मशास्त्र के रचयिता हुए हैं। लेकिन उनका सबसे बड़ा गुण यही था कि वे बहुत ही सहिष्णु और क्षमाशील थे। इसीलिए उन्हें 'ब्रह्मर्षि' की उपाधि मिली थी।

एक वसिष्ठ तो वे थे ही, जो रामचंद्रजी के पिता महाराज दशरथ के राजपुरोहित थे। असल में वसिष्ठ लोग सूर्यवंशी राजाओं के पुरोहित ही होते थे। तुम सबने सत्यवादी हरिश्चंद्र की कहानी तो सुनी ही होगी, उनके पिता त्रिशंकु और उनके पुत्र रोहित इन तीनों के काल में भी वसिष्ठ ही पुरोहित थे। रामचंद्रजी और उनके पुत्र के समय भी वसिष्ठ ही पुरोहित थे। इससे और भी स्पष्ट हो जाता है कि वसिष्ठ एक उपाधि थी। महाराज दशरथ के पुरोहित के रूप में महर्षि वसिष्ठ केवल राजकुमारों को शिक्षा ही नहीं देते थे, यज्ञ आदि ही नहीं करते थे, बल्कि राजकाज चलाने के लिए जो सबसे महत्त्वपूर्ण परिषद् थी, उसके भी वे सदस्य थे।

महर्षि वसिष्ठ इसलिए भी बहुत प्रसिद्ध हैं कि उनका महर्षि विश्वामित्र से वैर था। दोनों में अनेक वर्षों तक झगड़ा चलता रहा था। लेकिन महाराज दशरथ के समय जो वसिष्ठ थे, उनका विश्वामित्र से वैर नहीं था। जब राक्षसों का विनाश करने के लिए विश्वामित्र रामचंद्रजी को माँगने के लिए अयोध्या आए थे, तब राजा दशरथ राम को वन भेजने के लिए तैयार नहीं थे। उस समय महर्षि वसिष्ठ ने ही राजा को यह सलाह

दी कि रामचंद्रजी को महर्षि विश्वामित्र के साथ भेज दें। विश्वमित्रजी केवल तपस्वी ही नहीं हैं, युद्ध-विद्या के जाननेवाले भी हैं। वे रामचंद्रजी को शिक्षा भी देंगे और उनकी रक्षा भी करेंगे।

लेकिन इससे बहुत पहले जो महर्षि वसिष्ठ थे, उनका विश्वामित्र से घोर युद्ध हुआ था। इन वसिष्ठ ऋषि का नाम देवरात था और विश्वामित्र उस समय एक प्रसिद्ध राजा थे। एक बार कहीं से लौटते हुए वे महर्षि वसिष्ठ के आश्रम में ठहरे। महर्षि के पास नंदिनी नाम की एक गाय थी। वह कामधेनु की पुत्री थीं और उससे जो कुछ भी माँगा जाता था, वही वह दे सकती थीं। महर्षि ने उससे नाना प्रकार के पकवान और मिठाइयाँ माँगीं। विश्वामित्र और उनकी सेना ने खूब भोजन किया। विश्वामित्र इतने प्रसन्न हुए कि उन्होंने महर्षि से कहा, "यह गाय आप मुझे दे दीजिए; क्योंकि ऐसी गाय तो राजा के पास ही रहनी चाहिए।" गाय तो इंद्र की थी। महर्षि कैसे दे सकते थे! उन्होंने मना कर दिया। विश्वामित्र राजा थे। यह सुनकर क्रोध में भर उठे और उन्होंने बल-प्रयोग द्वारा गाय ले जानी चाही। कहते हैं कि उस समय गाय के शरीर से अनेक योद्धा पैदा हुए और उन्होंने विश्वामित्र की सेना को मार डाला।

यह देखकर विश्वामित्र के क्रोध का कोई अंत नहीं रहा। उन्होंने बार-बार महर्षि वसिष्ठ के आश्रम पर चढ़ाई की। लेकिन महर्षिं तो परम तपस्वी थे। उनके तप के प्रभाव से हर बार विश्वामित्र की पराजय हुई। विश्वामित्र ने महर्षि के सभी पुत्रों को मार डाला, लेकिन उनको फिर भी क्रोध नहीं आया। अब तो विश्वामित्र चकित रह गए। उन्होंने मन-ही-मन निश्चय किया कि राजा के बल से तपस्वी का बल बड़ा होता है। मैं भी तप करके ब्रह्मर्षि बनूँगा।

उन्होंने बहुत कठोर तप किया, किंतु वे क्रोध को नहीं छोड़ सके। सब ऋषियों ने और देवताओं ने उनसे यही कहा कि जब तक महर्षि वसिष्ठ आपको ब्रह्मर्षि नहीं कहते, तब तक आप ब्रह्मर्षि नहीं बन सकते।

विश्वामित्र यह सुनकर और भी क्रुद्ध हुए। उन्होंने बार-बार नए-नए अस्त्र लेकर वसिष्ठ पर चढ़ाई की, पर उनके ब्रह्म तेज के सामने एक न चली। एक बार रात का समय था। विश्वामित्र ने निश्चय किया कि मैं वसिष्ठ को मार डालूँगा। वे छिपकर आश्रम में पहुँचे। उस समय महर्षि वसिष्ठ अपनी पत्नी अरुंधती के साथ बैठे हुए थे और उनसे कह रहे थे, "आज तो ऐसी चाँदनी फैली हुई है, जैसे सारे संसार में विश्वामित्रजी की तपस्या का तेज फैला हुआ है।" यह सुनते ही विश्वामित्रजी चकित रह गए। बार-बार उनके मन में उठने लगा कि मैं इतना दुष्ट हूँ कि रात के समय छिपकर मारने के लिए आया हूँ और यह इतने महान् हैं कि एकांत में बैठे हुए अपनी पत्नी से मेरे जैसे शत्रु की प्रशंसा कर रहे हैं।

बस, उसी समय उन्होंने हथियार फेंक दिए और महर्षि वसिष्ठ के चरणों में जा गिरे। उनकी आँखों से आँसू बह रहे थे और वे बार-बार अपनी बात कहकर उनसे क्षमा माँग रहे थे। वसिष्ठजी ने बड़े प्रेम के साथ उन्हें उठाया और छाती से लगा लिया। बोले, ''ब्रह्मर्षि आपने आज क्रोध का त्याग किया है, आप ब्रह्मर्षि हो गए हैं।''

ऐसे थे महर्षि वसिष्ठ। जिस समय क्रोधी परशुराम ने क्षत्रियों को मारने का बीड़ा उठाया था, उस समय भी इन्होंने ही सूर्यवंश की रक्षा की थी। इनके सबसे बड़े पुत्र शक्ति थे। शक्ति के पुत्र थे पराशर। ये दोनों ही महर्षि हुए हैं। पराशर के पुत्र का नाम तो संसार भर में विख्यात है। जानते हो, वे कौन थे? वे थे भगवान् वेदव्यास। उनकी कहानी तुम अगले पृष्ठों में पढ़ोगे। आकाश में सात तारे तो तुम सबने देखें ही होंगे। उन्हें 'सप्तर्षि मंडल' कहते हैं। उन तारों में एक का नाम वसिष्ठ है। इसके पास एक छोटी तारिका भी है, उनका नाम है अरुंधती। अरुंधती इसलिए मशहूर नहीं हैं कि वे महर्षि वसिष्ठ की पत्नी थीं, बल्कि जो नारियाँ अपने पति को प्रेम करती हैं, उनमें वे सबसे महान् थीं। इसीलिए आकाश में अपने पति के पास केवल एक उन्हीं को स्थान मिला है।

□

महर्षि जमदग्नि

महर्षि जमदग्नि विद्वाक्त तो थे ही, तपस्वी भी थे। वेदों के काफी सूक्त उनके रचे हुए हैं, लेकिन उनकी प्रसिद्धि का कारण कुछ और ही है। वे पहले ऋषि थे, जिन्होंने श्राद्ध की विधि का आरंभ किया था। श्राद्ध तो तुमने अपने घर में होते हुए देखे होंगे। जिस दिन किसी घर के बड़े की मृत्यु होती है, प्रति वर्ष फिर उसी दिन उसकी याद में ब्राह्मणों को भोजन कराया जाता है। वर्ष में कुछ दिन ऐसे रखे गए हैं कि उन दिनों में अपने बड़ों की याद में प्रतिदिन ब्राह्मणों को भोजन कराया जाता है और दान दिया जाता है। यही श्राद्ध है और इसका आरंभ महर्षि जमदग्नि ने किया था।

परशुराम का नाम तो तुम सबने ही सुना होगा। वे बहुत क्रोधी थे और महर्षि जमदग्नि के पुत्र थे। महर्षि भी परशुराम की तरह ही बहुत क्रोधी थे। उनकी पत्नी का नाम रेणुका था। एक बार महर्षि बाण चलाने का अभ्यास कर रहे थे। रेणुका बार-बार बाण उठाकर ला रही थीं। दिन का समय था, खूब धूप निकली हुई थी। बेचारी थक गई और पेड़ के नीचे बैठ गईं। महर्षि ने उनसे देर से आने का कारण पूछा। उन्होंने कहा कि धूप के कारण मैं थक गईं थी। बस, यह सुनकर महर्षि क्रोध से भर उठे और सूर्य को ही मारने को तैयार हो गए; क्योंकि धूप तो सूर्य के कारण ही होती है। इसी तरह रेणुका एक बार सरोवर से पानी लेने गईं। वहाँ गंधर्व लोग स्नान कर रहे थे। खेल-कूद भी रहे थे। रेणुका उनके खेल को देखती रहीं और आश्रम में लौटने में देर हो गई। बस, महर्षि तो आग हो उठे। उन्होंने अपने चारों पुत्रों को बुलाया और कहा, "अपनी इस माँ को मार डालो!"

तीनों बड़े पुत्रों ने ऐसा करने से इनकार कर दिया। परशुराम सबसे छोटे थे। दुःख तो उन्हें भी बहुत हुआ। पर वह पिता की आज्ञा नहीं टाल सके। उन्होंने माँ को मार डाला। पिता बहुत प्रसन्न हुए। बोले, "वर माँगो।"

परशुराम ने हाथ जोड़कर कहा, ''यदि आप प्रसन्न हैं तो माँ को जीवित कर दीजिए।''

ऐसा ही हुआ। लेकिन बच्चो ये कहानियाँ सच्ची नहीं हो सकतीं। जैसा कि हम पिछली कहानियों में बता आए हैं, इन कहानियों का भी एक गूढ़ अर्थ है। जमदग्नि बहुत क्रोधी थे। उनके क्रोध की अधिकता को बताने के लिए ही ये कहानियाँ रची गई थीं। जो कुछ भी हो, जो महर्षि जमदग्नि इतने क्रोधी थे, वे ही एक दिन परम शांत हो गए। उनकी परीक्षा लेने के लिए कहते हैं, क्रोध मनुष्य का रूप धरकर स्वयं उनके घर आया था। उस दिन महर्षि ने श्राद्ध के लिए खीर बनाई थी। क्रोध ने उसी खीर में जहर मिला दिया। महर्षि सबकुछ जान गए। लेकिन वे उसी तरह शांत भाव से अपना काम करते रहे। तनिक भी गुस्सा उन्हें नहीं आया। है न अचरज की बात! जो जरासी देर हो जाने पर पत्नी को मार डालने के लिए तैयार हो गए थे, वही जहर मिला देने पर भी मुसकराते रहे। इसीलिए तो वह महर्षि कहलाए।

उनके आश्रम में भी कामधेनु थी। एक बार राजा कार्तवीर्य उनके आश्रम में आया। कामधेनु से नाना प्रकार के पकवान और नाना प्रकार की मिठाइयाँ माँगकर महर्षि ने राजा की आवभगत की। यह देखकर राजा ने महर्षि से गाय माँगी। लेकिन महर्षि गाय कैसे दे सकते थे? वह तो इंद्र की थी। उन्होंने मना कर दिया। राजा तो आखिर राजा था। सेना लेकर आश्रम पर चढ़ आया। उसने महर्षि को मार डाला और गाय ले गया। तब परशुराम की माता ने रो-रोकर इक्कीस बार अपने पुत्र को पुकारा। यह भी कहते हैं कि कार्तवीर्य ने इक्कीस बाणों से महर्षि को मारा था। माँ की पुकार सुनकर परशुराम अपने तपोवन से लौटे। पिता की यह दुर्दशा देखकर उन्होंने प्रण किया कि मैं कार्तवीर्य को तो मारूँगा ही, सारे संसार के क्षत्रियों को मारकर धरती से उनका नाम मिटा दूँगा। कहते हैं, सबसे पहले उन्होंने कार्तवीर्य को मारा और गाय वापस लाए। उसके बाद सारी पृथ्वी पर इक्कीस बार घूम-घूमकर क्षत्रियों का नाश किया। बहुत थोड़े से राजा इधर-उधर छिपकर बच सके। यही परशुरामजी सीता-स्वयंवर में पहुँचे थे और शिव का धनुष तोड़ने के कारण राम को मारने के लिए तैयार हो गए थे। राम उनसे बलशाली थे। उन्होंने परशुराम को पराजित कर दिया। उसके बाद परशुराम तप करने के लिए दक्षिण की ओर चले गए।

इस कथा का अर्थ भी यही है कि महर्षि जमदग्नि के समय में ब्राह्मणों और क्षत्रियों में वैर बढ़ गया था। दोनों में अनेक बार लड़ाई-झगड़े हुए थे। लेकिन अंत में ऋषि-मुनि क्रोध को छोड़कर अपने-अपने तपोवन में लौट गए और धर्म तथा संस्कृति का प्रचार करने लगे। राज चलाने का भार राजाओं पर ही रहा। इससे यह भी स्पष्ट हो जाता है कि ऋषि-मुनि केवल धर्म-चर्चा ही नहीं करना जानते थे, बल्कि अवसर आने पर युद्धभूमि में लड़ भी सकते थे। केवल लड़ ही नहीं सकते थे, बल्कि शत्रु को पराजित

भी कर सकते थे। आखिर युद्ध-विद्या की शिक्षा भी तो वे ही देते थे। असल में समाज में किसी एक जाति या किसी एक दल का प्रभुत्व नहीं बढ़ना चाहिए। सब जातियों, सब धर्मों, सब दलों को मिलकर अपना-अपना काम करना चाहिए। सबसे पहले मनुष्य हैं; धर्म, जाति, दल सब बाद में हैं।

□

महर्षि विश्वामित्र

बच्चो, महर्षि वसिष्ठ की कहानी में तुमने महर्षि विश्वामित्र के बारे में बहुत कुछ पढ़ा होगा। वे क्षत्रिय राजा थे। कान्यकुब्ज देश में उनका राज्य था और उनके पिता का नाम महाराजा गाधि था। जिस समय वे राज कर रहे थे उस समय एक बार सेना के साथ घूमते-फिरते वे महर्षि वसिष्ठ के आश्रम में पहुँचे। वसिष्ठजी के पास कामधेनु की पुत्री नंदिनी गाय थी। माँगने पर वह सबकुछ दे सकती थी। उसकी कृपा से वसिष्ठजी ने पूरी सेना के साथ राजा को नाना प्रकार के भोजन खिलाए।

यह देखकर विश्वामित्र के मन में लालच आ गया। उन्होंने वसिष्ठजी से कहा, "यह गाय मुझे दे दो।"

वसिष्ठजी ने इनकार कर दिया। तब विश्वामित्र की आज्ञा से उनके सैनिक गाय को बलपूर्वक ले चले। कहते हैं, तब नदिंनी क्रोध से भर उठी। उसने हजारों सैनिक पैदा किए और उन सैनिकों ने विश्वामित्र की अपार सेना को मार भगाया। यह युद्ध बहुत दिनों तक चलता रहा, परंतु हर बार विश्वामित्र हार जाते। उन्होंने शंकर की तपस्या करके दिव्य हथियार प्राप्त किए। लेकिन वसिष्ठजी के पास भी तो ब्रह्म-बल था। विश्वामित्र उन्हें हरा न सके। वह समझ गए, 'क्षत्रिय से ब्राह्मण का बल उत्तम होता है।' उन्होंने तप करके ब्राह्मण बनने का निश्चय किया। उन्होंने बहुत वर्षों तक तपस्या की, लेकिन वह ब्रह्मर्षि नहीं बन सके। वसिष्ठ ही उनको ब्रह्मर्षि बना सकते थे, लेकिन वह सदा उन्हें राजर्षि कहते थे, ब्रह्मर्षि नहीं। वह जानते थे कि विश्वामित्र अभिमान के वश होकर तप कर रहे हैं। उनका त्याग सच्चा नहीं है। इसलिए उन्होंने विश्वामित्र को ब्राह्मण नहीं माना।

यह देखकर विश्वामित्र क्रोध से भर उठे। उन्होंने महर्षि वसिष्ठ के पुत्रों को मार डाला। लेकिन वसिष्ठ फिर भी अपनी बात पर जमे रहे। अंत में विश्वामित्र ने निश्चय

किया कि वह वसिष्ठ को मार डालेंगे। यही सोचकर वह अँधेरा होने पर उनकी कुटिया की ओर चले। द्वार के निकट पहुँचकर उन्होंने सुना वि महर्षि वसिष्ठ उनका नाम लेकर अपनी पत्नी से उनकी तपस्या की प्रशंसा कर रहे हैं। विश्वामित्र चकित हो उठे। उन्होंने सोचा, एक मैं हूँ जो बराबर उन्हें सता रहा हूँ, एक वे हैं कि सबकुछ सहकर भी मेरे तप की प्रशंसा कर रहे हैं। उन्हें बहुत दुःख हुआ। उन्होंने अपने हथियार फेंक दिए और अंदर जाकर वसिष्ठजी के चरण पकड़ लिए। वसिष्ठजी ने तुरंत स्नेह से भरकर उन्हें उठा लिया और कहा, ''ब्रह्मर्षि, आप कैसे हैं ?''

विश्वामित्र बोले, ''आपकी कृपा है। लेकिन आपने आज से पहले मुझे ब्रह्मर्षि क्यों नहीं कहा ?''

वसिष्ठजी ने उत्तर दिया, ''क्योंकि तब आप अपनी शक्ति के मद से ब्राह्मण पद की माँग करते थे। परंतु इस समय आपको पश्चात्ताप हो रहा है। यही ब्राह्मण की सच्ची पहचान है।''

उस दिन से विश्वामित्र ब्राह्मण का पद पाकर ब्रह्मर्षि हो गए। उन्होंने वेद मंत्रों की रचना की है। गायत्री मंत्र, जो मंत्रों में सबसे पवित्र माना जाता है, इन्हीं का रचा हुआ है। जैसा कि और ऋषियों के बारे में प्रसिद्ध है, विश्वामित्र किसी एक व्यक्ति का नाम नहीं था बल्कि यह भी एक उपाधि ही थी। प्राचीन इतिहास में कई विश्वामित्र प्रसिद्ध हुए हैं। एक विश्वामित्र वह थे जो रामचंद्रजी को राजा दशरथ से माँगकर राक्षसों का नाश करने के लिए ले गए थे। राक्षस लोग ऋषियों को यज्ञ नहीं करने देते थे। राम ने उनको मारा था और विश्वामित्र ने राम-लक्ष्मण को युद्ध-विद्या सिखाई थी। फिर राजा जनक के पास ले गए थे। वहाँ राम का सीता से विवाह हुआ था।

एक विश्वामित्र वह थे, जिनकी पुत्री शकुंतला थी। शकुंतला का विवाह राजा दुष्यंत से हुआ था। उनके पुत्र का नाम भरत था। उन्हीं भरत के नाम पर हमारे देश का नाम भारतवर्ष पड़ा, ऐसा सुना जाता है।

एक और विश्वामित्र थे उन्होंने राजा हरिश्चंद्र की परीक्षा ली थी। वे बहुत क्रोधी थे। शायद यही विश्वामित्र थे, जिन्होंने राजा त्रिशंकु को सदेह स्वर्ग भेजने की कोशिश की थी। कथा आती है, राजा त्रिशंकु, जो महर्षि वसिष्ठ के शिष्य थे, सदेह स्वर्ग जाना चाहते थे। राजा त्रिशंकु का असली नाम राजा सत्यव्रत था। लेकिन मनुष्य सदेह स्वर्ग नहीं जा सकता था। वसिष्ठजी ने इनकार कर दिया। तब वह उनके शत्रु विश्वामित्र के पास पहुँचे। विश्वामित्र ने अपने तप के बल से सत्यव्रत को स्वर्ग भेज दिया। किंतु देवताओं ने उन्हें वहाँ से गिरा दिया। गिरते समय सत्यव्रत ने विश्वामित्र को पुकारा। विश्वामित्र क्रोध से भर उठे और उन्होंने अपने तप के बल से सत्यव्रत को गिरने से रोक दिया! कहते हैं, वह अधर में लटक गया। इसीलिए उसका नाम त्रिशंकु पड़ा। विश्वामित्र यहीं नहीं

रुके, उन्होंने नई सृष्टि रचना आरंभ की। उस समय विधाता उनके पास आए और उन्हें समझा-बुझाकर ऐसा करने से रोका। विश्वामित्र फिर तप करने के लिए चले गए; क्योंकि वे समझ गए थे कि क्रोध को जीते बिना वे ब्रह्मर्षि नहीं हो सकते। उनके संबंध में और भी बहुत सी कथाएँ सुनी जाती हैं। एक बार धर्म आदि देवता उनकी परीक्षा लेने आए। उन्होंने भोजन माँगा और फिर स्नान करने के लिए चले गए। विश्वामित्र सौ वर्षों तक उनकी राह देखते भोजन लिये खड़े रहे। तब धर्म प्रसन्न हुए और उन्हें ब्रह्मर्षि का पद दिया।

ये सब कहानियाँ सच हैं या झूठ, कोई नहीं जानता। इनका अर्थ एक ही है कि क्रोध को जीते बिना मनुष्य ऊँचा नहीं उठ सकता और क्रोध जीतने के लिए घोर तप करना पड़ता है। एक क्षत्रिय राजा ने वही घोर तप करके ब्रह्मर्षि का पद पाया था। मनुष्य चाहे तो क्या नहीं कर सकता। लेकिन उसके लिए उसे घोर प्रयत्न करना होगा। सच्चा प्रयत्न ही वह तप है। विश्वामित्र ऐसे ही मनुष्य का उदाहरण हैं। इसलिए वे सप्तर्षियों में स्थान पा सके। उनके सौ पुत्र थे। उनका आश्रम कुरुक्षेत्र में सरस्वती नदी के तट पर था। कोसी के तट पर उत्तर बिहार में भी उनका आश्रम रहा है। जैसा कि हमने कहा, विश्वामित्र एक उपाधि थी। इस उपाधि को पानेवाले अनेक व्यक्ति हुए हैं और उनके आश्रम हिमालय से लेकर विंध्याचल के पार तक फैले हुए थे। ऋषि लोग किसी एक स्थान पर नहीं रहते थे बल्कि सभ्यता और संस्कृति का प्रचार करते हुए घूमते रहते थे।

□

महर्षि मुद्गल

महर्षि मुद्गल वेद विद्या को जानने वाले एक बहुत ही ऊँचे दर्जे के आचार्य थे। वे बड़े त्यागी थे। किसी से कुछ नहीं माँगते थे। उनका आश्रम कुरुक्षेत्र में था और वे 'शिलौंछ वृत्ति' से अपने जीवन का निर्वाह करते थे। इसका अर्थ यह है कि जब किसान लोग खेत काटकर अन्न घर ले जाते थे तब जो दाने खेत में बचे रह जाते थे उन्हीं को चुनकर वे अपना पेट पालते थे। खेत में गिरे हुए उन दानों को 'शिल' कहते हैं और जो उन दानों पर जीता है उसे 'शिलाद' कहते हैं। इसी तरह बाजार में भी तौलते या लेते-देते वक्त कुछ दाने बिखर जाते हैं। उन बिखरे हुए दानों को उँछ कहते हैं। जो व्यक्ति खेत में और बाजार में ऐसे बिखरे हुए दानों को चुनकर पेट पालता है उसे 'शिलौंछ वृत्ति' कहा जाता है।

महर्षि मुद्गल इसी वृत्ति का सहारा लेकर अपना और अपने परिवार का पेट पालते थे। उनका यह भी नियम था कि कभी चौंतीस सेर से अधिक अन्न इकट्ठा नहीं करेंगे। वे महीने में अमावस्या और पूर्णिमा—केवल इन्हीं दो दिन भोजन करते थे। वे मानते थे कि भोजन का प्रबंध करने में बहुत सा समय बीत जाता है। उसे कम करके भगवान् की आराधना करने में अधिक समय देना चाहिए।

एक बार ऐसा हुआ कि महर्षि दुर्वासा पूर्णिमा के दिन उनके घर पधारे। महर्षि दुर्वासा तो मानो क्रोध के अवतार थे। लेकिन थे तो ऋषि ही। उन्हें अपने घर देखकर महर्षि मुद्गल बहुत प्रसन्न हुए। बड़े प्रेम से उन्हें भोजन खिलाया। उस दिन जितना भोजन बना था सभी उन्होंने खा लिया और चले गए। महर्षि मुद्गल और उनका परिवार केवल जल पीकर ही रह गया। अमावस्या के दिन दुर्वासा जी फिर उनके घर आए। महर्षि मुद्गल ने पहले की तरह उनको फिर भोजन के लिए कहा। दुर्वासा फिर सारे-का-सारा भोजन खाकर चले गए। इससे अधिक पवित्र भोजन उन्हें और कहाँ मिल

सकता था, इसलिए वह बार-बार आने लगे। हर बार वह सारा भोजन खाकर चले जाते और महर्षि मुद्गल सपरिवार जल पीकर रह जाते। इस तरह करते-करते तीन महीने बीत गए। एक क्षण के लिए भी उनके मन में क्रोध नहीं पैदा हुआ। बड़े प्यार से वह दुर्वासा का सत्कार करते रहे। दुर्वासा तो सबकुछ जान-बूझकर कर रहे थे। वह बहुत ही प्रसन्न हुए और उन्होंने महर्षि मुद्गल से कहा, "मैं आप पर बहुत प्रसन्न हूँ। आपने सचमुच क्रोध को जीत लिया है। मैं आपको आशीर्वाद देता हूँ कि आप सदेह स्वर्ग जाएँ।"

कहते हैं, इसी वरदान के अनुसार देवराज इंद्र ने उन्हें स्वर्ग ले जाने के लिए विमान भेजा। देवदूतों ने प्रार्थना की, "आप अपने परिवार के साथ विमान में बैठकर स्वर्ग पधारें।"

महर्षि बोले, "मुझे स्वर्ग जाने में कोई आपत्ति नहीं है, लेकिन पहले आप मुझे स्वर्ग के गुण और दोष बताइए।"

देवदूतों ने स्वर्ग के गुणों का बड़ा लंबा-चौड़ा वर्णन करते हुए कहा, "वहाँ सुख-ही-सुख है। मनुष्य सदा युवक रहता है, कभी बूढ़ा नहीं होता, कभी मरता नहीं। कोई अभाव उसे नहीं सताता।"

महर्षि बोले, "क्या वहाँ किसी तरह का कोई भय नहीं?"

देवदूत ने उत्तर दिया, "नहीं, जब तक मनुष्य के पुण्य हैं तब तक उसे कोई भय नहीं है। पुण्य जब समाप्त हो जाते हैं तब उसे वहाँ से गिरना पड़ता है। जो जितना पुण्यात्मा है उसे उतना ही सुख मिलता है।"

महर्षि बोले, "तब तो कम सुखवाले और अधिक सुखवाले लोगों में ईर्ष्या-द्वेष होता होगा और जहाँ ईर्ष्या-द्वेष है वहाँ सुख नहीं हो सकता।"

देवदूत इसका कोई संतोषजनक उत्तर नहीं दे सके। महर्षि ने मुसकराकर कहा, "जहाँ इतना सुख है वहाँ कम सुखवाले लोग आक्रमण भी तो करते होंगे?"

देवदूत बोले, "जी हाँ। दैत्य लोग कभी-कभी आक्रमण करते हैं। देवताओं को भगा देते हैं।"

महर्षि ने उत्तर दिया, "तब मैं स्वर्ग किसलिए जाऊँ? मेरे लिए यह धरती ही अच्छी है। यहाँ के सुख-दुःख को मैं पहचानता हूँ। उनके बीच में रहकर भगवान् की पूजा कर सकता हूँ। मैं स्वर्ग में नहीं जाऊँगा। आप देवराज इंद्र से कह दीजिए।"

यह सुनकर देवदूत चकित रह गए। उन्होंने कहा, "अच्छा, आप स्वर्ग न चलिए। और बहुत से लोक हैं, वहाँ चलिए। ब्रह्मलोक चलिए। अपने पुण्य का फल भोगिए।"

महर्षि बोले, "स्वर्ग में जो दोष हैं, वे सब उन लोकों में भी होंगे?"

देवदूत ने उत्तर दिया, "जी हाँ, दोषरहित तो कहीं कुछ भी नहीं है।"

महर्षि मुसकराए, "तब मैं कहीं नहीं जाऊँगा।"

देवदूत बहुत निराश हुए और खाली विमान लेकर देवराज के पास लौट गए। भगवान् महर्षि की इस भावना से बहुत प्रसन्न हुए। कहते हैं कि वे स्वयं आकर उन्हें अपने धाम ले गए। नहीं मालूम, स्वर्ग है या नहीं। भगवान् किसी को लेने आते हैं या नहीं, यह भी हमें नहीं मालूम। आज की दुनिया में इन बातों का विश्वास करना बड़ा कठिन है, लेकिन इस कथा से यह स्पष्ट है कि सुख-दुःख, पाप-पुण्य, सबकुछ इसी धरती पर है। इससे भागकर हम कहीं सुख नहीं पा सकते।

□

महर्षि वाल्मीकि

महर्षि वाल्मीकि का नाम इसलिए प्रसिद्ध है कि उन्होंने 'रामायण' लिखी थी। वह उसी समय में हुए थे जब रामचंद्रजी हुए। ऐसा लगता है, महर्षि वाल्मीकि और आदिकवि वाल्मीकि दो व्यक्ति थे। बाद में दोनों की कथा मिलकर एक हो गई और अब उन्हें अलग करना बड़ा कठिन है। महर्षि वाल्मीकि का आश्रम तमसा नदी पर गंगा के दक्षिण में था। वह कुलपति थे। उनके आश्रम में दस हजार विद्यार्थी शिक्षा प्राप्त करते थे। उनका पालन-पोषण करते हुए महर्षि उनको शिक्षा देते थे।

कथा आती है कि अपने शुरू के जीवन में वह एक डाकू थे। जन्म से ब्राह्मण होने पर भी वे किरातों के साथ रहते और चोरी करते थे। घोर जंगल में रास्ते के पास छिपे रहते और उधर से आने-जानेवाले यात्रियों को मारकर उनका धन छीन लेते थे। एक बार ऐसा हुआ कि सात मुनि उधर से आ रहे थे। नारदजी भी उनमें थे। वाल्मीकि ने नारदजी को पकड़ लिया। नारद तो देवर्षि थे। वह घबराए नहीं। बोले, "तुम चोरी करते हो, और चोरी करना पाप है।"

वाल्मीकि ने कहा, "मैं अपने लिए चोरी नहीं करता। परिवार का पालन-पोषण करने के लिए चोरी करता हूँ।"

नारद बोले, "अच्छा, क्या तुम्हारा परिवार इस पाप में सहयोगी बनने को तैयार है?"

वाल्मीकि ने कहा, "यह तो मैंने उनसे कभी नहीं पूछा।"

नारद ने कहा, "तो आज पूछो। डरो नहीं, मुझे तुम बाँधकर अपने साथ ले जा सकते हो।"

वाल्मीकि नारदजी को बाँधकर अपने घर ले गए। उन्होंने अपने पिता, माता और स्त्री सबसे बारी-बारी पूछा, "लोगों को मारकर और उनका धन चुराकर मैं जो पाप

करता हूँ, क्या आप मेरे साथ उस पाप का दंड भोगने को तैयार हैं?"

सबका एक ही उत्तर था, "हमारा पालन-पोषण करना तुम्हारा कर्तव्य है। पाप हो या पुण्य, उसके भागी तुम ही हो। तुम कैसे और कहाँ से धन लाते हो, इसकी चिंता हमें नहीं करनी है।"

यह उत्तर सुनकर वाल्मीकि ठगे-से देखते रह गए। सोचने लगे, 'अब तक मैंने जितना भी पाप किया है, उसका लाभ तो सबने उठाया, दंड अकेला मैं ही भोगूँगा? नहीं-नहीं, यह नहीं हो सकता! मैं ऐसा नहीं होने दूँगा! मैं दूसरों के लिए चोरी नहीं करूँगा।'

यह सोचते हुए वह नारद के पास लौट आए। उन्हें बहुत दुःख हो रहा था। उनकी आँखें भर आईं। उन्होंने नारदजी से कहा, "मुझे कोई रास्ता बताइए। मैं पापों से मुक्ति चाहता हूँ।"

नारद बोले, "तुम राम का नाम जाप करो। सब ठीक हो जाएगा।"

वाल्मीकि चोरी करना छोड़कर राम का नाम जपने लगे। लेकिन वह बिलकुल अनपढ़ थे, मूर्ख थे। राम का नाम भी ठीक न लेकर 'मरा-मरा' जपने लगे। लेकिन वे इतना मन लगाकर जप कर रहे थे कि भूख-प्यास की भी चिंता नहीं रही। कहते हैं, वे वर्षों तक एक ही स्थान पर बैठे रहे; यहाँ तक कि उनके शरीर के चारों ओर दीमकों ने बाँबी बना ली। बाँबी को वल्मीक कहते हैं, इसीलिए उनका नाम 'वाल्मीकि' पड़ा। पहले उनका नाम रत्नाकर था। उनकी इस तपस्या से ब्रह्माजी बहुत प्रसन्न हुए और आशीर्वाद दिया, "तुम्हें राम के दर्शन होंगे।"

इस प्रकार रत्नाकर डाकू से तपस्वी वाल्मीकि बनकर वे तमसा नदी के किनारे आश्रम बनाकर रहने लगे और धीरे-धीरे महर्षि का पद पाया। कहते हैं, एक दिन आश्रम में घूमते हुए उन्होंने एक बहेलिए को देखा। उस बहेलिए ने उनके देखते-देखते क्रौंच पक्षी के जोड़े में से नर पक्षी को तीर चलाकर मार डाला। अपने साथी को मरा हुआ देखकर मादा पक्षी बुरी तरह विलाप करने लगी। यह देखकर महर्षि बहुत दुःखी हुए। उनके मुख से बहेलिए को शाप देने के लिए एक श्लोक निकला। उससे पहले संसार में किसी ने भी कविता नहीं की थी। वह पहली कविता थी। इसलिए महर्षि वाल्मीकि को 'आदिकवि' भी कहा जाता है।

कथा आती है कि वनवास के बाद रामचंद्रजी जब अयोध्या लौटकर राज्य करने लगे थे तब एक धोबी ने सीता पर अपवाद लगाया था। कहा था, 'सीता रावण के पास रह चुकी हैं, इसलिए वह अपवित्र हैं। राम उन्हें अपने पास नहीं रख सकते।'

यह सुनकर राम बहुत दुःखी हुए थे। लेकिन वह राजा थे। उन्होंने सीता को धोखे से वन में भेज दिया। वहाँ सीताजी महर्षि वाल्मीकि के आश्रम में रहने लगीं। यहीं उनके

लव और कुश ।मक दो पुत्रों का जन्म हुआ। महर्षि वाल्मीकि ने लव-कुश को सब विद्याएँ सिखाई थीं। उन्होंने रामायण की रचना की थी। वह भी उन दोनों बच्चों को याद करा दी थी। उन्होंने सीता को राम से मिलाने का बहुत प्रयत्न किया, परंतु वे सफल नहीं हो सके। सभी जानते हैं कि सीता धरती में समा गई थीं। तब महर्षि ने राम के दोनों पुत्रों को राम को सौंप दिया था और अपने आश्रम में आकर रहने लगे थे।

वाल्मीकि एक हों या दो, इस कथा से यह स्पष्ट हो जाता है कि प्रयत्न करने पर बुरे-से-बुरा आदमी भी महान्-से-महान् हो सकता है। जब तक रामायण संसार में प्रसिद्ध है तब तक वाल्मीकि को कोई नहीं भूल सकता।

□

महर्षि वेदव्यास

महर्षि वेदव्यास बहुत बड़े विद्वान् और पंडित थे। उनके समय से पहले ऋषि-मुनि वेदों को याद करते थे। वेदव्यासजी ने पहली बार उनको लिखा और उनको चार भागों में बाँटा—ऋग्वेद, यजुर्वेद, सामवेद और अथर्ववेद। उन्होंने पुराणों की भी रचना की। एक शास्त्र भी उनके नाम से चलता है। उसका नाम है वेदांत शास्त्र।

जिस एक ग्रंथ के कारण उनको हम सबसे अधिक जानते हैं वह है महाभारत। महाभारत में कौरव-पांडवों की कहानी है, वेद-शास्त्र का ज्ञान है, विज्ञान की चर्चा है, पुराणों की कहानियाँ भी हैं। उस समय के समाज, धर्म और देश का पूरा इतिहास है। यही नहीं, वेदव्यास और भी अनेक विद्याएँ जानते थे। एक स्थान पर बैठकर दूर-दूर की बातें सुन लेना, दूर-दूर तक क्या हो रहा है, यह देख लेना वह जानते थे। कौरव और पांडवों में जब लड़ाई शुरू हुई तब संजय हस्तिनापुर में बैठे हुए ही कुरुक्षेत्र में हो रहे युद्ध की कहानी धृतराष्ट्र को सुनाया करते थे। यह विद्या वेदव्यास ने ही उनको सिखाई थी। नहीं मालूम यह बात सच है या झूठ, लेकिन आज विज्ञान ने इस बात को सच कर दिया है। हो सकता, तब भी विज्ञान इतना बढ़ा हुआ रहा हो, न रहा हो, लेकिन महाभारत के लिखनेवाले ने ऐसी कल्पना तो की ही थी।

व्यासजी का जन्म महर्षि वसिष्ठ के कुल में हुआ था। वसिष्ठ जी के पुत्र शक्ति, शक्ति के पुत्र हुए पराशर और पराशर के पुत्र थे महर्षि वेदव्यास। इनकी माता का नाम सत्यवती था। सत्यवती ने बाद में कुरुकुल के राजा शांतनु से विवाह किया था। इसी कुल में कौरवों और पांडवों का जन्म हुआ था। इस तरह वेदव्यास जी कौरवों और पांडवों के रिश्ते में दादा लगते थे। वैसे तो वे सबको समान रूप से स्नेह करते थे लेकिन पांडवों पर उनकी बड़ी कृपा थी। वे जानते थे कि पांडव धर्मात्मा हैं। उनके कहने पर ही पांडव द्रौपदी-स्वयंवर में गए थे। उनके कहने पर ही युधिष्ठिर ने राजसूय यज्ञ किया था। उनके

कहने पर ही भीम, अर्जुन, नकुल और सहदेव चारों भाई चारों दिशाओं में राजाओं को जीतने गए थे। जिस समय पांडवों को वनवास हुआ, तब व्यासजी ने ही उनकी सहायता की थी। जब गांधारी अपने पुत्रों के मर जाने पर पांडवों को शाप देना चाहती थी तब भी उन्होंने ही उसे ऐसा करने से रोका था।

युद्ध में पांडवों की जीत हुई, लेकिन वह जीत हार जैसी ही थी। युधिष्ठिर बहुत दुःखी हुए। उन्होंने राजगद्दी पर बैठने से इनकार कर दिया। तब भी व्यासजी ने आकर उन्हें नीति की कहानियाँ सुनाईं। धर्म से राज्य करने को कहा। कहा, "आदमी को निराशावादी नहीं होना चाहिए। जो कुछ धर्म है, उसे पूरा करना चाहिए। तुम्हें धर्म से राज्य मिला है। धर्म से ही प्रजा का पालन करो।"

युधिष्ठिर ने उनकी बात मान ली और फिर अश्वमेध यज्ञ किया। उस यज्ञ में उन्होंने सारा राज्य व्यासजी को दान कर दिया। व्यासजी तो तपस्वी थे। राज्य लेकर क्या करते! उन्होंने युधिष्ठिर का राज्य उन्हीं को दे दिया। उन्हें बहुत तरह से समझाया-बुझाया, ज्ञान-विज्ञान की बातें बताईं और फिर तप करने के लिए वन में चले गए। वहीं पर उन्होंने वेदों, शास्त्रों, पुराणों और महाभारत की रचना की। पहले उनका आश्रय कुरुक्षेत्र के पास व्यास वन में था। उसके बाद वह बद्रीनाथ से भी आगे चले गए। आज भी भारत के अंतिम गाँव मानागाँव के पास सरस्वती नदी के तट पर व्यासजी का आश्रम बना हुआ है। एक छोटी सी गुफा है। कहते हैं, इसी गुफा में उन्होंने पुराणों की रचना की थी।

उन्होंने जो उपदेश दिया, उसमें तीन बातें बहुत ही ध्यान देने लायक थीं। पहली बात तो यह कि उन्होंने कहा, इस दुनिया में मनुष्य से श्रेष्ठ और कुछ नहीं है। दूसरी बात यह कि धर्म से बड़ा कुछ नहीं है। तीसरी बात यह कि हिंसा से मनुष्य का भला नहीं हो सकता। महाभारत की कहानी से ये तीनों बातें सिद्ध हो जाती हैं। कितना बड़ा युद्ध था यह, कितने आदमी मारे गए! पांडवों की जीत हुई, कौरव हार गए। लेकिन पांडव-दल में सात आदमी बचे, कौरव-दल में तीन। यह नाम की जीत है। नाश तो दोनों का बराबर ही हुआ। पांडवों को जो राज मिला वह बहुत दुर्बल था। धर्म एक तरह से नष्ट हो ही गया। अर्जुन का बल भी समाप्त हो गया। श्रीकृष्ण के वंशवाले आपस में ही लड़कर मर गए। आखिर दुःखी होकर पांडव भी हिमालय में चले गए और वहीं गलकर मर गए। कहते हैं, केवल युधिष्ठिर ही स्वर्ग जा सके। यह बात भी सच हो या झूठ, किंतु इससे इतना साफ है कि हिंसा से मनुष्य का कल्याण नहीं होता। यह बात कहने का साहस केवल महर्षि वेदव्यास में ही था। असल में उन्होंने मनुष्य के लिए जो धर्म ठीक है उसी की चर्चा की है। उस धर्म को आज हम वेदांत के नाम से जानते हैं। वेदांत का मतलब है कि जो कुछ हम जानते हैं वही नहीं है, दूसरे जो कुछ कहते हैं उस पर भी हमें विचार

करना चाहिए। कोई छोटा-बड़ा नहीं है। सब मनुष्य समान हैं, क्योंकि मनुष्य से बड़ा तो कुछ है ही नहीं।

ऐसा ज्ञान देनेवाले व्यासजी सभी हिंदुओं के पूज्य हैं, गुरु हैं। इसलिए आषाढ़ शुक्ल पूर्णिमा को 'गुरु पूर्णिमा' कहा जाता है। उस दिन गुरुदेव की पूजा के साथ-साथ महर्षि वेदव्यास की पूजा भी होती है।

उनके एक ही पुत्र हुए। उनका नाम था शुकदेव। वह बचपन में ही विरागी हो गए थे। उन्होंने विवाह ही नहीं किया। वे पिता से भी अधिक विद्वान् थे। उन्होंने पांडवों के पोते राजा परीक्षित् को महाभारत की कथा सुनाई थी। जब तक इस संसार में महाभारत की कथा जीवित है तब तक महर्षि वेदव्यास का नाम भी अमर रहेगा। वह विद्वान्, साहित्यकार, इतिहासकार—सबकुछ थे। वह सही अर्थों में ऋषि थे। ऋषि वही है जो केवल पीछे की बात नहीं सोचता, केवल वर्तमान को ही नहीं देखता, भविष्य की कल्पना भी करता है।

□

महर्षि याज्ञवल्क्य

महर्षि वैशंपायन के आश्रम में बहुत से विद्यार्थी पढ़ा करते थे। याज्ञवल्क्य उनके भानजे थे। वे भी वहीं पढ़ते थे। एक बार ऋषियों की एक सभा हुई। उसमें यह नियम था कि जो ऋषि उस सभा में नहीं जाएगा उसे ब्रह्म-हत्या का पाप लगेगा। वैशंपायनजी किसी कारणवश समय पर नहीं पहुँच सके। उन्हें वह पाप लग गया। तब उन्होंने अपने शिष्यों से कहा, ''तुम लोग सब इस पाप का प्रायश्चित्त करो।''

याज्ञवल्क्यजी मामा के मुँहलगे थे। बोले, ''मामाजी, आप सबसे क्यों कहते हैं? मैं अकेला ही प्रायश्चित्त कर दूँगा।''

वैशंपायनजी यह सुनकर नाराज हो गए। बोले, ''तुमने ब्राह्मणों का अपमान किया है। तुम मेरे शिष्य होने के योग्य नहीं हो। मैंने जो कुछ तुम्हें पढ़ाया है, वह सब भूल जाओगे। तुम यहाँ से चले जाओ।''

याज्ञवल्क्य सबकुछ भूल गए और वहाँ से चले गए। लेकिन वे वेद पढ़ना चाहते थे। कहते हैं, उन्होंने सूर्य भगवान् की आराधना की। सूर्य प्रसन्न हुए और उन्होंने याज्ञवल्क्यजी को यजुर्वेद पढ़ाया। नहीं कह सकते कि यह सूर्य भगवान् कौन थे। हो सकता है कि इस नाम के कोई ऋषि रहे हों। उनसे वेद पढ़ने के बाद याज्ञवल्क्यजी मिथिला के पास आश्रम बनाकर रहने लगे। वे बहुत बड़े विद्वान् हुए हैं, इतने बड़े विद्वान् कि उस समय के सब ऋषि-मुनि उनसे हार गए थे। कहते हैं, एक बार राजा जनक की सभा में सारे देश के बड़े-बड़े विद्वान् जमा हुए थे। असल में राजा जनक स्वयं बहुत विद्वान् थे। देश-विदेश के विद्वानों को बुलाकर वह धर्म-चर्चा किया करते थे। उस दिन भी ऐसी ही चर्चा हो रही थी। राजा ने घोषणा की, ''जो भी विद्वान् ब्रह्म को सबसे अधिक जानने का दावा करता हो वह सामने खड़ी हुई एक हजार गौओं को हाँक ले जाए। ये गायें बहुत दूध देनेवाली हैं। हर गाय के सींगों पर दस-दस सोने की मुद्राएँ बँधी हैं।''

यह घोषणा सुनकर सभा में कोलाहल मचने लगा। एकाएक किसी में साहस नहीं हुआ कि उठ सके। यह देखकर याज्ञवल्क्यजी उठे और उन्होंने अपने शिष्य से कहा, "सामश्रवा, इन गौओं को हाँक ले चलो।"

सामश्रवा उठा ही था कि एक ब्राह्मण ने तेज होकर पूछा, "याज्ञवल्क्य, क्या सचमुच ही तुम ब्रह्म को हम सबसे अधिक जानते हो?"

याज्ञवल्क्य ने कहा, "जानता हूँ, तभी तो गौओं को ले जा रहा हूँ!"

ब्राह्मण बोला, "लेकिन तुम ऐसे नहीं ले जा सकते। तुम्हें हमारे प्रश्नों का उत्तर देना होगा।"

याज्ञवल्क्य ने कहा, "पूछो ब्राह्मण, क्या पूछते हो?"

तब एक से बढ़कर एक विद्वानों ने उनसे अनेक प्रश्न पूछे। उन्होंने सभी का उत्तर देकर ब्राह्मणों को चकित कर दिया। उस सभा में महापंडिता गार्गी भी थीं। अंत में वह उठीं—"ब्राह्मणो, मैं याज्ञवल्क्य से दो प्रश्न पूछूँगी। यदि उत्तर मिल गया तो इनसे बढ़कर ब्रह्म को जाननेवाला कोई नहीं है।"

ब्राह्मणों की आज्ञा पाकर गार्गी ने प्रश्न पूछे। सहज ज्ञाव से याज्ञवल्क्य ने उनके उत्तर दे दिए। तब गार्गी बोलीं, "ब्राह्मणो, इनसे बढ़कर ब्रह्म को जानने का दावा कोई नहीं कर सकता। आओ, हम सब इनको प्रणाम करें।"

ऐसे थे याज्ञवल्क्य। विदेहराज जनक, काशीनरेश अजातशत्रु—सभी उनका आदर करते थे, उनसे शिक्षा ग्रहण करते थे। उन्होंने अनेक ग्रंथों की रचना की है। उनमें 'याज्ञवल्क्य-स्मृति' प्रधान है। वे योगशास्त्र, व्याकरण, आयुर्वेद और धनुर्वेद के भी आचार्य थे। वे वैदिक संस्कारों के श्रेष्ठ ऋषि थे और बड़े सुख के साथ अपने आश्रम में रहते थे। उनकी दो पत्नियाँ थीं—मैत्रेयी और कात्यायनी। उस समय सभी ऋषि-मुनि गृहस्थ हुआ करते थे। वे संसार को छोड़ने में विश्वास नहीं करते थे। संसार में रहकर ही तपस्या करते और समय पर संन्यासी हो जाते थे। याज्ञवल्क्य ऋषि ने भी एक दिन संन्यासी होने का विचार किया। तब उन्होंने अपनी पत्नी मैत्रेयी को बुलाया। बोले, "मैत्रेयी, मैं संन्यास लेना चाहता हूँ। इसलिए चाहता हूँ, कि जो कुछ मेरे पास है वह तुम दोनों में बाँट दूँ।"

कात्यायनी सीधी-सादी स्त्री थीं। वह पति को ही सबकुछ समझती थीं। उनकी सेवा करने में ही सुख मानती थीं। लेकिन मैत्रेयी विचारशील थीं। विदुषी थीं। कात्यायनी संपत्ति का हिस्सा लेने को तैयार हो गईं, लेकिन मैत्रेयी ने कहा, "हे स्वामी! मुझे बहुत धन मिला। लेकिन क्या यही सच्चा सुख है?"

पत्नी की यह बात सुनकर याज्ञवल्क्य बहुत प्रसन्न हुए। बोले, "मैत्रेयी, तुम सच कह रही हो। धन से सच्चा सुख नहीं मिल सकता। धन पाकर तुम विलासी बन सकती

हो, लेकिन तुम्हें मुक्ति नहीं मिल सकती।''

मैत्रेयी बोलीं, ''यदि धन से सुख नहीं मिल सकता तो मैं उसे लेकर क्या करूँगी? आप जानते हैं कि मुक्ति कैसे मिल सकती है। वही ज्ञान मुझे दीजिए।''

तब याज्ञवल्क्य ने मैत्रेयी को वह ज्ञान दिया जिससे मुक्ति मिलती है। उनके ज्ञान का सार था, ''मनुष्य को 'मैं' और 'तुम' का भेद मिटा देना चाहिए। सारा संसार हमारा है, मनुष्यमात्र एक है। सारे विश्व से जो प्रेम करते हैं वही प्रेमी हैं। इसलिए हे मैत्रेयी! आँखें जिसे-जिसे देखें उसी में परमात्मा को देखने का प्रयत्न करना चाहिए।''

यह ज्ञान पाकर मैत्रेयी बहुत प्रसन्न हुईं। याज्ञवल्क्य अपनी दोनों पत्नियों पर कुटुंब का भार छोड़कर संन्यासी हो गए। वे नाना ग्रंथों की रचना करने लगे और नाना प्रकार का ज्ञान संसार को देने लगे।

□

ब्रह्म-तेज

इक्ष्वाकु-कुल में एक बहुत ही प्रभावशाली राजा हुए हैं। वह पराक्रमी भी थे और विद्वान् भी। उनके राज्य में सब प्रकार के सुख थे। सब कहीं शांति विराजती थी। उनके पुरोहित वृश अपनी विद्या के लिए संसार भर में प्रख्यात थे। वह सौम्य भी थे और उग्र भी। साम-गान में वह जितने कुशल थे, युद्ध-भूमि में वह उतने ही प्रतापी थे। रथ चलाने में तो वह इतने चतुर थे कि एक बार स्वयं महाराज ने उनसे प्रार्थना की, ''महर्षि, इस बार की युद्ध-यात्रा में आपको मेरा सारथि बनना होगा। यह मेरी हार्दिक इच्छा है।''

महर्षि बोले, ''राजन्, आपने पुरोहित का मूल्य खूब समझा है। वह राष्ट्र की प्रतिष्ठा है। इसलिए मैं आपका सारथि बनूँगा।''

महाराज गद्‌गद हो उठे और जिस समय उनकी विजय-यात्रा आरंभ हुई तो ऐसा लगा मानो ब्राह्म-तेज क्षात्र-बल के साथ संसार के कल्याण-साधन के लिए विजय-यात्रा पर निकला है।

इस यात्रा में महाराज को अभूतपूर्व विजय मिली। चारों दिशाओं की विजय-यात्रा को समाप्त कर जब वे राजधानी की ओर लौटे तो उनके हर्ष का पारावार न था। प्रजा ने उनका अभूतपूर्व स्वागत किया। आगे-आगे विजयी इक्ष्वाकुओं की विशाल सेना की रण-दुंदुभि बज रही थीं, पीछे एक रथ पर आसीन थे राजा और उनके सारथि महर्षि वृश। उस दृश्य को देखने के लिए सभी नर-नारी अपना-अपना काम छोड़कर सड़क पर आ गए थे। भीड़ इतनी अधिक थी कि लोग एक-दूसरे पर टूट पड़ते थे।

ऐसे समय में पूरी सावधानी रखने पर भी अचानक एक चंचल ब्राह्मण बालक राजा के रथ के नीचे आ गया। उसके प्राणों की रक्षा न हो सकी। रंग में भंग हो गया। दर्शक क्षुब्ध हो उठे। राजा और पुरोहित दोनों के हृदय भी विषाद से भर आए। लेकिन इस अपराध का दोष क़िस पर था, इसका निर्णय बहुत कठिन हो गया। राजा का कहना था

कि मेरे रथ के घोड़े की लगाम महर्षि के हाथ में थी। रथ का वेग धीमा करना या तेज करना उनके अधिकार की बात थी, मैं तो उनके हाथ की कठपुतली था, इसलिए इस हत्या का दोषी वही हैं।

महर्षि का तर्क था, "रथ के स्वामी आप हैं। आप रथी हैं और मैं सारथि हूँ। मेरे हाथ में बागडोर जरूर है, लेकिन फल के अधिकारी आप ही हैं। आप विजय-यात्रा के शुभ फलों के अधिकारी हैं तो अशुभ फलों के भी। जैसे मैं विजय का अधिकारी नहीं हूँ, वैसे ही मैं हत्या का भी अधिकारी नहीं हूँ। मैं तटस्थ हूँ और तटस्थ व्यक्ति का कोई अपराध नहीं होता।"

इक्ष्वाकुओं ने दोनों पक्षों की बातें सुनीं। स्वार्थ और परार्थ में भयंकर द्वंद्व मच उठा। परार्थ बुद्धि कहती, "वृश का कहना ठीक है। सारथि सेवक मात्र है। वह संचालक है, फलभागी नहीं।"

स्वार्थ बुद्धि कहती, "महाराज हमारे पूज्य स्वामी हैं। उन पर दोषारोपण करना न्यायसंगत न होगा।"

इस प्रकार बहुत देर तक वे विवेचन करते रहे। परंतु अंत में स्वार्थ की जय हुई और उन्होंने राजा को निर्दोष तथा सेवक पुरोहित को दोषी ठहराया। महर्षि ने निरपराध होते हुए भी इस निर्णय के सामने सिर झुका लिया। लेकिन साथ ही अपने मंत्र के बल से उन्होंने उस बालक को फिर से जीवन-दान दिया। इसके बाद वह इक्ष्वाकु जनपद को छोड़कर चले गए।

उनके जाते ही जैसे जनपद का तेज चला गया हो। अग्नि या तो जलती ही नहीं थी, जलती भी थी तो उसमें तेज नहीं रह गया था। लोगों ने नाना प्रकार के उपाय किए, पर अग्नि में ज्वाला उत्पन्न नहीं हुई। राज्य भर में हाहाकार मच उठा। न तो गृहस्थी के घर में भोजन बन पाता था, न यज्ञशालाओं में यज्ञ हो पाते थे। धीरे-धीरे प्रजा राजा के विरोध में उठने लगी। उन्होंने कहना शुरू किया, "बालक की हत्या का दोष पुरोहित का नहीं था, राजा का था। राजा ने पुरोहित को दोषी ठहराकर जो पाप किया है, उसी के कारण अग्नि का तेज समाप्त हो गया है।"

राजा ने सबकुछ सुना। वह विचलित हो उठे। मंत्रियों से सलाह की। मंत्रियों ने प्रजा की बात का समर्थन किया। राजा को सिर झुकाना पड़ा और उन्होंने महर्षि वृश को खोजने के लिए आदमी भेजे। वह आए। राजा ने उनके चरणों में सिर रख दिया। महर्षि उग्र थे तो सौम्य भी थे। उन्होंने प्रजा पर आई इस आपत्ति को देखा तो क्षण भर में उनका कोप दया में परिणत हो गया और वह अग्नि के तेज के नष्ट होने का कारण खोजने लगे। अपनी सूक्ष्म दृष्टि से उन्होंने देखा, राजा की एक रानी पिशाचिनी है। पुरोहित के चले जाने पर उसी ने तेज को अपने पास छिपा रखा है।

वह राजा को लेकर महल में पहुंचे और उस तेज को संबोधित कर नाना प्रकार से स्तुति करने लगे। उन्होंने ऋग्वेद के मंत्रों का उच्चारण किया। देखते-देखते अग्निदेव की ज्वाला धधक उठी। पिशाचिनी भस्म हो गई और घर-घर में अग्नि का प्रादुर्भाव हो गया। फिर से रसोई में भोजन बनने लगा। यज्ञशाला में होम की ज्वाला जल उठी। रात्रि का अंधकार दूर करने के लिए दीपक प्रज्वलित हो उठे। राजा सहित सब लोग समझ गए कि ब्रह्म-तेज के सहयोग से ही क्षात्र-बल जगत् का कल्याण कर सकता है। 'आध्यात्मिक शक्ति के अभाव में शारीरिक शक्ति एकदम व्यर्थ है। वह कोई काम पूर्ण नहीं कर सकती।' इस प्रतीक कथा का यही अर्थ है।

□

अत्याचारी वेण

प्राचीन काल में हमारे देश में अंग नाम के एक प्रसिद्ध राजा हुए थे। वह जितने कुशल शासक थे, उतने ही धार्मिक भी थे। परंतु उनके कोई संतान नहीं थी, इसलिए वह बहुत चिंतित थे। अपने पुरोहित की सलाह से उन्होंने नाना प्रकार से देव-आराधना की। उसके पश्चात् उनके एक पुत्र हुआ। उसी का नाम वेण था। लेकिन वह बहुत अहंकारी था और ज्ञान-विज्ञान से बहुत दूर था। समय पाकर जब वह राजगद्दी पर बैठा तो उसका अहंकार बहुत ही बढ़ गया। वह सारे संसार को अपने सामने तिनके के समान तुच्छ मानने लगा। अपनी बुद्धि के सामने उसने सबको मूर्ख घोषित कर दिया। उसके पिता ने राज्य को सुदृढ़ बना दिया था, इसलिए कुछ दिन तो सबकुछ ठीक चलता रहा, लेकिन कब तक। धीरे-धीरे राजा वेण के कुशासन के कारण राज्य की अवनति होने लगी। वेण ने एक घोषणा द्वारा भगवान् की मान्यता बंद कर दी और सारे राज्य में ढिंढोरा पिटवा दिया कि सब उसकी ही वंदना करें। कोई ब्राह्मण यज्ञ न करे, अग्नि में आहुति न दे। कोई दान न करे और यदि कोई ऐसा करता है तो उसे राज्य-सभा में उपस्थित किया जाए।

यह घोषणा सुनकर प्रजा में खलबली मच गई। ब्राह्मण त्राहि-त्राहि कर उठे। चारों ओर दुर्व्यवस्था और अनाचार का बोलबाला हो चला। यह देखकर देश के हितचिंतकों को बड़ी चिंता हुई। उन्होंने एक सभा की। उस सभा में प्रजा के नेताओं ने कहा, ''वेण राजा होने के अयोग्य है। क्योंकि उसका स्वभाव नीच है। वह अहम्मन्य है और नास्तिक है।''

ब्राह्मण बोले, ''एक बार उसको समझाने का प्रयत्न करना चाहिए। उस पर भी यदि वह नहीं मानेगा तो हम उसे ब्रह्म-तेज से भस्म कर देंगे।''

प्रजा के नेताओं ने इस पर आपत्ति की, ''नहीं, उसे तुरंत राजगद्दी से उतार कर अपमानित करना चाहिए, जिससे भविष्य में किसी और राजा को ऐसी दुष्टता करने का

साहस न हो।''

लेकिन अंत में सबने एक बार उसे समझाने की बात ही स्वीकार की। सब मिलकर राज्य-सभा में पहुँचे। उनके प्रमुख ने राजा से कहा, ''राजन्, आप हम लोगों की बात ध्यान से सुनें। आप उसके अनुसार आचरण करें या न करें, लेकिन आपको यह अधिकार नहीं है कि प्रजा को धर्म के मार्ग पर चलने से रोकें। राजा प्रजा के लिए पिता के समान है। उसे पिता के जैसा ही व्यवहार करना चाहिए। पिता यदि अपने बच्चों से प्रेम नहीं करेगा, उन्हें गलत राह पर ले जाएगा तो वह फिर पिता नहीं रहेगा। प्रजा की रक्षा करना, उसे सुख पहुँचाना, यह राजा का कर्तव्य है। आप इस कर्तव्य का पालन नहीं करते। इसके विपरीत प्रजा पर अत्याचार करते हैं। क्या आप नहीं जानते कि जिस प्रजा के राज्य में प्रजा दुःखी रहती है, वह नरक का अधिकारी होता है? आपको चाहिए कि आप धर्म के मार्ग पर चलकर प्रजा के सामने आदर्श उपस्थित करें, लेकिन आप तो धर्म पर चलनेवालों को भी दंड देते हैं। यह इस सिंहासन के लिए शोभा की बात नहीं है। हम आपको चेतावनी देते आए हैं, आपने अपने को यदि न बदला तो इसका परिणाम बुरा होगा।''

प्रजा के प्रमुख प्रतिनिधि की ये बातें सुनकर वेण क्रुद्ध हो उठा। बोला, ''मूर्खो! तुम तुझे शिक्षा देने आए हो। अरे, तुम स्वयं अधर्म को धर्म और धर्म को अधर्म समझ रहे हो। राजा ईश्वर का अंश है। उसके कामों पर टीका करने का किसी को कोई अधिकार नहीं है। मेरी निंदा करके तुम अपना परलोक बिगाड़ रहे हो। तुम्हारा जन्म नष्ट हो गया, क्योंकि राजद्रोह के अपराध में मैं तुम सबको अभी कारागार में बंद किए देता हूँ।''

राजा की ऐसी बातें सुनकर प्रजा के नेता बहुत क्रुद्ध हुए। उन्होंने कहा, ''आप हमारी बात नहीं मानते। अब हमारे लिए कोई उपाय नहीं रह गया है। भाइयो...''

वे अपना वाक्य पूरा भी न कर पाए थे कि राजा वेण सिंहासन से उठ खड़े हुए और चीखकर बोले, ''चुप रहो! सब देवता राजा के शरीर में बसते हैं। तुम जो भी यज्ञ करो, मुझे अर्पण करो, मेरी पूजा करो! जो भी उत्तम पदार्थ मिले, मुझे भेंट करो।''

प्रजा के नेता ने कहा, ''हे राजा! तेरी बुद्धि भ्रष्ट हो गई है। तू भगवान् के अस्तित्व को अस्वीकार करता है। तेरा अंत निकट आ गया है।''

ब्राह्मणगण भी तीव्र स्वर में बोल उठे, ''यह अधार्मिक है। राजा बनने के योग्य नहीं है। लात मारकर इसे सिंहासन से नीचे गिरा दो।''

बस, सबने तुरंत वेण को खींचकर सिंहासन के नीचे गिरा दिया। वह अपने अधिकारियों को बुलाता ही रहा, लेकिन किसी ने उसकी नहीं सुनी। क्षण भर में उसके प्राण-पखेरू उड़ गए।

अत्याचारी राजा को दंड देने का प्रजा का सदा अधिकार रहा है।

□

महाराज चित्रकेतु का पुत्र-शोक

प्राचीन काल में शूरसेन देश में महाराज चित्रकेतु राज्य करते थे। वे सभी गुणों और ऐश्वर्य से संपन्न थे। किंतु उनके कोई संतान नहीं थी, इसलिए उन्हें सदा चिंता रहती थी। संयोगवश एक दिन अंगिरा ऋषि वहाँ आए और चिंता का कारण जानकर बोले, ''मैं आपके लिए यज्ञ करूँगा।''

तब उन्होंने त्वष्टा देवता के योग्य चरु तैयार कर उससे यज्ञ किया और उसका प्रसाद रानी को देकर राजा से कहा, ''हे राजन्! तुम्हारी पत्नी से तुम्हें हर्ष और शोक दोनों ही देनेवाला पुत्र उत्पन्न होगा।''

समय आने पर महारानी के सुंदर पुत्र उत्पन्न हुआ। चारों ओर आनंद छा गया। राजा ने बालक के उचित संस्कार कराए और ब्राह्मणों को खूब दान दिया। महाराज अब अधिकतर उसी रानी के पास रहने लगे जिसको पुत्र उत्पन्न हुआ था। यह देखकर दूसरी रानियाँ ईर्ष्या से जलने लगीं। उनकी स्थिति दासी से भी बदतर हो गई थी और बुद्धि भी भ्रष्ट हो गई थी। इसलिए एक दिन छुपकर उन्होंने नन्हे से राजकुमार को विष दे दिया।

सहसा धाय के रोने की आवाज सुनकर माँ अपने पुत्र के शयन-गृह में पहुँची तो देखा, बच्चा मरा हुआ पड़ा है। वह मूर्च्छित होकर वहीं गिर पड़ी। समाचार पाकर राजा चित्रकेतु पागलों की तरह दौड़ते हुए वहाँ आए। उनकी आँखों के आगे अँधेरा छा गया। राजा-रानी दोनों इस तरह विलाप करने लगे कि सारे राज-कर्मचारी रुदन कर उठे। देश भर में दुःख के बादल छा गए।

महर्षि अंगिरा और देवर्षि नारद यह समाचार पाकर वहाँ आ पहुँचे और तरह-तरह की वैराग्यपूर्ण उक्तियाँ सुनाकर उन्हें समझाने लगे। उन्होंने कहा, ''राजन्! जिसके लिए आप शोक कर रहे हैं, वह बालक इस जन्म और पूर्व के जन्म में तुम्हारा कौन था? उसके तुम कौन थे? आगे तुम्हारा क्या संबंध रहेगा, कौन जानता है? जल के वेग से बालू

के कण जैसे एक-दूसरे से जुड़ते और बिछुड़ते रहते हैं वैसे ही काल के प्रवाह में प्राणियों का मिलन और बिछोह होता रहता है। भगवान् समस्त प्राणियों के अधिपति हैं। यह संसार उन्हीं की माया से मिथ्या होता हुआ भी सत्य सा प्रतीत होता है।''

इस प्रकार महर्षि अंगिरा ने राजा चित्रकेतु को नाना प्रकार से उपदेश दिया, परंतु उसका शोक दूर नहीं हुआ। तब महर्षि नारद ने मरे हुए राजकुमार के जीव को प्रत्यक्ष बुलाकर कहा, ''देखो, तुम्हारे माता-पिता तुम्हारे वियोग से अत्यंत शोकाकुल हैं। तुम अपने शरीर में फिर आ जाओ।''

जीव ने उत्तर दिया, ''देवर्षि, मैं अपने कर्मों के अनुसार कितनी योनियों में, कितने जन्मों में भटक रहा हूँ। ये लोग किस जन्म में मेरे माता-पिता हुए। विभिन्न जन्मों में सभी एक-दूसरे के भाई-बंधु, शत्रु-मित्र होते रहते हैं। जब तक जिसका जिससे संबंध रहता है तभी तक ममता भी रहती है। आत्मा नित्य, अविनाशी, सूक्ष्म और स्वयं प्रकाश है। इसका न कोई प्रिय है, न अप्रिय; न अपना, न पराया।''

यह कहकर वह जीव चला गया। उसी के साथ राजा का स्नेह बंधन भी कट गया। उसका शोक भी जाता रहा। तब देवर्षि नारद के कहने पर उसने मंत्रोपनिषद् ग्रहण किया। विधिपूर्वक अनुष्ठान करने पर उन्हें विद्याधरों का अखंड आधिपत्य प्राप्त हो गया। कुछ दिन और अनुष्ठान करने पर उसे भगवान् के दर्शन हुए और उसके बचे-खुचे पाप नष्ट हो गए। भगवान् ने कहा, ''राजन्! देवर्षि नारद ने तुम्हें जिस विद्या का उपदेश दिया है, उससे और मेरे दर्शन से तुम सिद्धि प्राप्त कर चुके हो।''

भगवान् ने चित्रकेतु को और भी उपदेश दिया और फिर वह चले गए।

एक दिन चित्रकेतु ने विमान पर घूमते हुए शंकर या पार्वती को देखा और पार्वती से कहा, ''शिव तो समस्त प्राणियों में श्रेष्ठ हैं, फिर वह भरी सभा में अपनी पत्नी के साथ साधारण पुरुषों की तरह क्यों बैठे हैं?''

चित्रकेतु की यह बात सुनकर शंकर तो हँस पड़े, लेकिन पार्वती को बड़ा क्रोध आया और उन्होंने उसे शाप देते हुए कहा, ''जिन भगवान् शंकर का बड़े-बड़े महर्षि और देवर्षि निरंतर ध्यान करते हैं उनका तुमने इस प्रकार तिरस्कार किया है, इसलिए हे दुर्मते! तू पापमय असुर योनि में चला जा।''

यह शाप सुनकर चित्रकेतु ने सिर झुकाकर पार्वती को प्रसन्न करने का प्रयत्न करते हुए कहा, ''माता, मैं आपका शाप स्वीकार करता हूँ। प्रारब्ध के अनुसार जीव अज्ञान से मोहांध होता है और इसी कारण सुख-दुःख भोगता रहता है। सुख-दुःख देनेवाला न तो अपनी आत्मा है, न दूसरा है। जो अज्ञानी हैं वे ही अपने को सुख-दुःख का कर्ता मानते हैं। आपको जो मेरी बात अनुचित मालूम हुई, उसके लिए क्षमा करें।''

यह कहकर चित्रकेतु वहाँ से चला गया। भगवान् ने पार्वती से कहा, ''प्रिय, जो

लोग भगवान् के शरणागत हैं उन्हें स्वर्ग, मोक्ष और नरक में समान भाव से भगवान् के दर्शन होते हैं। जीवों को देह के संयोग होने के राग व द्वेष नहीं करते। यह चित्रकेतु भगवान् का अनुचर और समदर्शी है। इसलिए हे पार्वती! तुम्हें इसके व्यवहार पर चकित नहीं होना चाहिए।''

यह सुनकर पार्वती शांत हो गईं। चित्रकेतु चाहते तो उन्हें शाप दे सकते थे, पर उन्होंने ऐसा नहीं किया, क्योंकि वह साधु पुरुष थे। शाप के अनुसार उन्हें दानव योनि में जाना पड़ा और उन्होंने वृत्रासुर के रूप में जन्म लिया। इस योनि में आने पर भी उनका हृदय ज्ञान व भक्ति से भरा रहा और उस जन्म में इंद्र ने छल से उनको मारा। फिर भी वह मुक्ति को प्राप्त हुए।

□

पतिव्रता का प्रभाव

महर्षि भृगु अपने समय के महान् तपस्वी थे। वह ब्रह्मदेव के पुत्र थे और उनके पुत्र का नाम था चयवन। चयवन भी परम तपस्वी थे। पुष्कर क्षेत्र में उन्होंने घोर तपस्या आरंभ की। युग बीत गए। उनका शरीर धूल से भर गया। दीमकों के ढेर के भीतर उनकी देह छिपने लगी। उनकी गरदन में साँप लटकने लगे। उनकी जटाओं में पक्षियों ने घोंसले बना लिये। दूर से देखने पर ऐसा लगता था कि वहाँ कोई दीमकों का टीला है।

एक बार महाराज शर्याति शिकार के लिए से पुष्कर क्षेत्र में आए। उनके साथ उनका परिवार भी था। उसमें उनकी तरुणी कन्या सुकन्या भी थी। वह जैसी सुंदर थी वैसी ही बुद्धिमती भी थी। पिता की बड़ी लाड़ली थी। वन की शोभा निरखते हुए वह उस ओर जा निकली, जहाँ चयवन ऋषि कठोर तपस्या कर रहे थे। राजा को यह बात मालूम थी और उन्होंने आदेश दिया था कि कोई व्यक्ति उनकी तपस्या में विघ्न न डाले। इसलिए कोई भी उधर नहीं जाता था।

लेकिन सुकन्या तो राजा की लाड़ली थी। ऋषि को इस अवस्था में देखकर उसके मन में बहुत कौतूहल हुआ। उसके साथ के बालकों ने महर्षि को बूढ़ा और निकम्मा जानकर बहुत परेशान किया। ऋषि क्रुद्ध हो उठे। राजा ने यह सुना तो तुरंत वहाँ आए। उन्होंने तपोवृद्ध और वयोवृद्ध चयवन ऋषि को देखा तो सिर झुकाकर प्रणाम किया और बालकों के अपराध की क्षमा माँगी। तपस्वी का हृदय कोमल था। उन्होंने एक शर्त पर राजा को क्षमा कर दिया कि सुकन्या का विवाह उनके साथ कर दिया जाए।

राजा यह सुनकर बहुत दुःखी हुए। लेकिन यह प्रस्ताव उन्हें स्वीकार करना ही पड़ा। सुकन्या स्वयं भी इसके लिए प्रस्तुत थी। उसने सहर्ष महर्षि के साथ विवाह करना स्वीकार कर लिया। यही नहीं, राजा के चले जाने पर वह बहुत लगन से वृद्ध महर्षि की

सेवा करने लगी। आश्रम में जैसे जीवन लौट आया। देखते-देखते चारों ओर उसका यश फैल गया।

एक बार अश्विनीकुमार उस आश्रम में आ निकले। उन्होंने सुंदर सुकन्या को देखा और उसका परिचय पाकर कहा, "अरे, तुम क्या इस आश्रम के योग्य हो? तुम जैसी सुंदरी को तो किसी राजा से विवाह करना चाहिए था। यह सफेद बालों वाला और दंतहीन मुखवाला तुम्हारा पति होने के योग्य नहीं है। सो तुम हममें से किसी एक का वरण कर जीवन को आनंद से बिताओ।"

सुकन्या अश्विनीकुमार को पहचानती थी। बोली, "भारतीय ललनाएँ रूप का नहीं, हृदय का व्यापार करती हैं। परिणय ही पति-पत्नी के हृदय को बाँधने वाला है। पति की सेवा मेरा परम धर्म है।"

अश्विनीकुमार तो परीक्षा लेने आए थे। राजकुमारी की बातें सुनकर उन्हें बहुत संतोष हुआ। वे देवताओं के वैद्य थे। उन्होंने चयवन के साथ पुष्कर में गोता मारा। बाहर निकलते ही सबने आश्चर्य से देखा—दो के स्थान पर तीन अश्विनीकुमार थे। एक जैसे सुंदर और एक जैसे सुहावने। लेकिन सुकन्या तो पतिव्रता थी। अपने पति को पहचानने में उसे देर नहीं लगी। आश्रम में चारों ओर आनंद बहने लगा।

चयवन ऋषि ने अश्विनीकुमार के इस उपहार को गद्गद होकर स्वीकार किया और मन-ही-मन प्रतिज्ञा की कि इस उपहार के बदले में अश्विनीकुमारों को सोमरस पीने का अधिकारी बनाऊँगा।

उस समय तक देवता अश्विनीकुमारों को अपने समान सोमरस का अधिकारी नहीं मानते थे। राजा शर्याति ने यह समाचार सुना तो वह आश्रम में आए। महर्षि के रूप को देखकर उन्हें बड़ा सुख हुआ और महर्षि ने उनसे विराट् यज्ञ का आयोजन करने को कहा। उस यज्ञ के अंत में उन्होंने अश्विनीकुमारों को दूसरे देवताओं के साथ सोमरस पीने के लिए निमंत्रित किया। यह देखकर इंद्र क्रुद्ध हो उठा। उसने च्यवन ऋषि को चुनौती दी। लेकिन च्यवन ऋषि ने भरे मंडप में इंद्र के सामने ही गंभीर स्वर में कहा, "हे देवतागण! अश्विनीकुमार आयुर्वेद के पंडित हैं। वे शरीर की रक्षा करते हैं। ऐसे जगत् का कल्याण करनेवाले प्राणाचार्यों का तिरस्कार नहीं करना चाहिए। शरीर ही धर्म का साधन है। शरीर खराब हो जाता है तो धर्म नहीं ठहर सकता। अश्विनीकुमार ने अनेक ऋषियों, अनेक नारियों, अनेक राजाओं, देवताओं, दैत्यों, महर्षियों के प्राणों की बार-बार रक्षा की है। हे देवाधिदेव! देवताओं और मानवों का सहयोग आवश्यक है। मैं चाहता हूँ कि आज से संसार आयुर्वेद के महत्त्व को समझे। मैं दोनों भाइयों को सोमरस पिलाऊँगा। सामर्थ्य हो तो कोई मुझे रोके।"

इतना कहकर उन्होंने सोमरस का पात्र अश्विनीकुमारों के सामने रखा। सभा में

निस्तब्धता छा गई और इंद्र ने वज्र प्रहार करने के लिए भुजा उठाई कि सहसा वह वहीं बीच में ही ठहर गई और एक महा भयंकर दानव इंद्र को खाने के लिए आगे बढ़ा। अब तो इंद्र काँपने लगा। उसने महर्षि चयवन की नाना प्रकार से प्रार्थना की, ''हे महर्षि! आपकी बात पूरी हो, मुझे कोई आपत्ति नहीं है।''

महर्षि प्रसन्न हुए और अश्विनीकुमार ने सोमरस का पान किया। जनता ने आश्चर्य से चकित होकर च्यवन ऋषि के तप के प्रभाव को देखा और देखी सुकन्या के पातिव्रत्य धर्म की महिमा।

□

राजा नृग का उद्धार

एक बार यदु कुल के अनेक राजकुमार घूमने के लिए उपवन में गए। घूमते-घूमते उन्हें प्यास लग आई और वे एक कुएँ पर पहुँचे। लेकिन वह कुआँ बड़ी दुर्दशा में था। पानी निकालने के प्रयत्न में एक राजकुमार उसमें गिर पड़ा। अंदर उन्होंने एक भीमकाय गिरगिट को देखा। उसे वहाँ देखकर उनके मन में करुणा पैदा हुई और उसे बाहर निकालने का बहुत प्रयत्न किया, परंतु निकाल नहीं सके। निराश होकर वह भगवान् श्रीकृष्ण के पास आए। श्रीकृष्ण जैसे सबकुछ जानते हों, वह तुरंत कुएँ पर पहुँचे और बड़ी आसानी से उसे बाहर निकाल लिया। लेकिन यह क्या, उनके कर-कमलों का स्पर्श पाते ही वह गिरगिट एक देवता के रूप में परिणत हो गया। उसका यह रूपांतर देखकर श्रीकृष्ण ने पूछा, "तुम कौन हो? किस कर्म के फल से तुम्हें इस योनि में आना पड़ा? अपना परिचय देकर हमारा कौतूहल दूर करो।"

भगवान् के इस प्रकार पूछने पर उसने कहा, "प्रभो! मैं इक्ष्वाकु का पुत्र राजा नृग हूँ। मैंने अपने समय में अनेक दुधारू कपिला गायें दान में दी थीं। मैंने उनके सींगों को सोने से मढ़ दिया था। उनको कीमती वस्त्रों और हारों से सजाया था और मैं जिन ब्राह्मणों को दान दिया करता था वे शील-संपन्न, दंभ-रहित और विद्या दान करने वाले होते थे। लेकिन प्रभु, एक दिन ऐसा हुआ कि एक तपस्वी की दान में गई हुई गाय छूटकर मेरी गायों में आ मिली। मुझे इस बात का कुछ भी पता नहीं था। अनजाने ही मैंने वह गाय अपने नियम के अनुसार किसी दूसरे ब्राह्मण को दान कर दी। जिस समय वह ब्राह्मण उस गाय को ले जा रहा था तभी उसका पहला स्वामी वहाँ आ पहुँचा और बोला, 'यह गाय तो मेरी है।'

दान ले जानेवाले ने भी कहा, 'राजा नृग ने यह गाय मुझे अभी दान में दी है, इसलिए यह मेरी है।'

इसके बाद उन दोनों में वाद-विवाद आरंभ हुआ। झगड़ते हुए दोनों मेरे पास आए। भगवन्, उन दोनों की बात सुनकर मैं बहुत दुःखी हुआ। उस धर्म-संकट में पड़कर मैंने उनसे कहा, 'इस गाय के बदले में मैं आपको और बहुत सी गायें दूँगा। आप यह गाय मुझे दे दीजिए। मुझसे अनजाने ही यह अपराध हो गया। मैं तो आपका सेवक हूँ। कृपा करके मुझे इस संकट से उबार लीजिए, लेकिन गाय का पहला स्वामी किसी भी शर्त पर नहीं माना और असंतुष्ट होकर वहाँ से चला गया।'

"हे भगवान्! आखिर एक दिन मेरी आयु समाप्त हुई तो यमराज के दूत मुझे यमराज के सम्मुख ले गए। उन्होंने मुझसे पूछा, 'राजन्, तुम पहले पुण्य का फल भोगना चाहते हो या पाप का? तुम्हारे दान और धर्म के फलस्वरूप तुम्हें ऐसा तेजस्वी लोक प्राप्त होने वाला है जिसकी लालसा बड़े-बड़े ऋषि-मुनि करते रहते हैं।'

'मैंने उत्तर दिया, 'धर्मराज, मैं पहले अपने पाप का फल ही भोग लेना चाहता हूँ।'

"बस, उसी क्षण मैं वहाँ से विदा हुआ और गिरगिट बऔर वह शर्त यह थीन गया। प्रभो, मैं तपस्वी ब्राह्मणों का सेवक हूँ और आपका भक्त हूँ। मेरे मन में आपके दर्शनों की बड़ी अभिलाषा थी। आपकी कृपा से मेरे पूर्वजन्म की स्मृति नष्ट नहीं हुई थी। बड़े-बड़े योगीश्वर अपके निर्मल हृदय में आपका ध्यान करते रहते हैं, लेकिन आप अनायास ही मेरे नेत्रों के सामने कैसे आ गए? सबकुछ होने पर भी मैं बहुत से व्यसनों और दुःखमयी कर्मों में फँसा हुआ था। आपका दर्शन तो तभी होता है जब संसार के बंधन से छूटने का समय आ जाता है। हे प्रभो! अब आप मुझ पर ऐसी कृपा कीजिए कि मेरा चित्त सदा आपके चरण-कमलों में ही लगा रहे। मैं बार-बार आपको नमस्कार करता हूँ।"

राजा नृग ने इस प्रकार विनय कर भगवान् की परिक्रमा की और उनके चरण छूकर उन्हें प्रणाम किया। फिर उनकी आज्ञा पाकर वह विमान पर सवार हुए और स्वर्ग को चले गए।

वहाँ पर उपस्थित भगवान् श्रीकृष्ण के सभी कुटुंबी जन यह देखकर बहुत ही चकित और प्रभावित हुए। उनको इस प्रकार विस्मित हुआ देखकर श्रीकृष्ण ने उनसे कहा, "अग्नि के समान ऐसे तेजस्वी पुरुष भी पराए धन को नहीं पचा सकते, फिर अभिमानी राजाओं की क्या हस्ती है जो वे इस पाप से मुक्त हो सकें। मैं हलाहल विष को विष नहीं समझता क्योंकि उसकी चिकित्सा हो सकती है, परंतु दूसरों की संपत्ति को पचा लेने की शक्ति इस धरती के किसी भी प्राणी में नहीं है। विष खा लेने से केवल उसी प्राणी का नाश होता है, जो विष खाता है, लेकिन दूसरे के धन का हरण करने से जो अग्नि पैदा होती है वह सारे कुल को, समाज को, जाति को समूल नष्ट कर देती है। जिन उदार

हृदय और बहु कुटुंबी लोगों की संपत्ति छीन ली जाती है, उनके रोने पर उनके आँसुओं की बूँदों से इस धरती के जितने धूलि कण भीगते हैं, उतने वर्षों तक धन हरण करनेवाले और उसके वंशजों को नरक का दु:ख भोगना पड़ता है। अभी आप लोगों ने राजा नृग को देखा। उन्होंने अनजाने ही यह अपराध किया था, जिसके फलस्वरूप अनेक वर्षों तक उन्हें गिरगिट बनकर इस अंधे कुएँ में रहना पड़ा। आप अब भी समझ सकते हैं—जो जान-बूझकर दूसरों का धन छीनते हैं, उनकी क्या गति होती होगी।''

इस प्रकार श्रीकृष्ण के वचन सुनकर यदुवंश के राजकुमारों का मन निर्मल हो गया और वे राजा नृग को मन-ही-मन प्रणाम करते हुए अपने-अपने घरों को लौट गए।

□

सुकर्मी मनुष्य

एक दिन महाराज नरवाहन दत्त महारानी अलंकारवती के भवन में बैठे हुए थे। उसी समय उन्होंने बाहर नगाड़ों की आवाज सुनी। उन्हें आश्चर्य हुआ और सेनापति हरिशिख से कहा, "इस समय नगाड़े क्यों बज रहे हैं? पता तो लगाओ।"

सेनापति तुरंत बाहर गए और कुछ देर बाद लौटकर कहा, "इस नगरी में रुद्र नाम का एक वैश्य रहता है। व्यापार करने की इच्छा से वह सुवर्ण द्वीप गया था। वहाँ उसने बहुत सा धन इकट्ठा किया और फिर वापस लौट पड़ा। मार्ग में अचानक उसका जहाज टूट गया और उसी के साथ उसकी सारी संपत्ति भी नष्ट हो गई। बेचारा किसी प्रकार अपने प्राण बचाकर अकेला ही घर लौटा। अभी छह दिन पहले ही वह आया था, लेकिन आज अचानक अपने बाग में उसे बड़ा भारी खजाना गड़ा हुआ मिल गया। वह तुरंत वत्सराज उदयन के पास पहुँचा और सब हाल बताकर निवेदन किया, 'महाराज, यह धन राज्य का है, इसे आप स्वीकार करें। किंतु वत्सराज ने वह धन उसी को लौटा दिया। इसी प्रसन्नता के कारण वह वणिक पुत्र नगाड़े बजवा रहा है।"

अपने पिता की इस उदारता और धार्मिकता की कहानी सुनकर महाराज नरवाहन दत्त बहुत विस्मित हुए। बोले, "विधाता क्यों तो किसी का धन लेता है और क्यों फिर दुबारा दे देता है!"

यह सुनकर गोमुख ने कहा, "सचमुच विधाता की लीला बड़ी विचित्र है। इस संबंध में मैं आपको एक और कथा सुनाता हूँ।

"प्राचीन काल में हर्षपुर नाम का एक नगर था। वहाँ हर्षवर्मा नाम का राजा राज्य करता था। उसके राज्य में एक बहुत ही कुलीन, धार्मिक और अत्यंत धनी वैश्य रहता था। उसका नाम समुद्रशूर था। दूर-दूर के द्वीपों में उसका व्यापार फैला हुआ था। समय-समय पर वह स्वयं भी व्यापार करने के लिए इन द्वीपों में जाया करता था। एक बार वह

व्यापार करने के लिए सुवर्ण द्वीप की ओर जा रहा था कि समुद्र में उसका जहाज एक विशाल मछली से टकरा गया। वह मछली इतनी ताकतवर थी कि जहाज के टुकड़े-टुकड़े हो गए। सबकुछ डूब गया। किंतु समुद्रशूर तैरना जानता था, इसलिए वह तैरता हुआ किनारे की टोह में चल पड़ा। तैरते-तैरते उसने देखा कि एक शव जा रहा है। वह उसी पर चढ़कर बैठ गया और धीरे-धीरे किनारे पर आ लगा। वहाँ आकर उसने देखा कि उस शव की पीठ से एक वस्त्र लिपटा हुआ है। उसे बड़ा आश्चर्य हुआ। वह धोती थी। उसने धोती को खोलकर देखा तो उसमें रत्नों की एक कंठी जगमगा रही थी। समुद्रशूर वहाँ से चल पड़ा और घूमता-घामता एक नगर में पहुँचा। उस नगर का नाम कलशपुर था और उसके बाहर एक सुंदर मंदिर बना हुआ था। समुद्रशूर बेहद थक गया था। मंदिर में बैठते ही उसे नींद आ गई। वह सो गया। उसी समय अचानक राज्य के कुछ सिपाही उधर आ निकले। उन्होंने सोते हुए समुद्रशूर के हाथ में वह रत्नकंठी देखी। उसे देखकर वे आपस में चर्चा करने लगे। एक ने कहा, 'अरे, यह कंठी तो देखो।'

"दूसरा और पास आकर बोला, 'अरे कंठी तो राजकुमारी चक्रसैना की है।'

"तीसरे ने कहा, 'हो न हो, इसी ने राजकुमारी के गले से इस कंठी को चुराया है।'

"चौथा बोला, 'तब तो इसे पकड़कर राजा के पास ले चलना चाहिए।'

"उन्होंने समुद्रशूर को जगाया और उसे बंदी बनाकर राजा के पास ले गए। राजा ने समुद्रशूर से कहा, "तुम्हें यह कंठी कहाँ से मिली?'

"समुद्रशूर ने जो कुछ उसके साथ बीता था, वह कह सुनाया। लेकिन राजा को विश्वास नहीं हुआ। उसने समस्त सभासदों को वह कंठी दिखाई और कहा, 'यह राजकुमारी चक्रसेना की कंठी है। यह जो कुछ कहता है, बिलकुल झूठ है।'

"ठीक इसी समय आकाश से झपट्टा मारता हुआ एक गिद्ध वहाँ आया और उस कंठी को छीनकर उड़ गया। यह देखकर समुद्रशूर बहुत दुःखी हुआ और वह आर्त्त स्वर में भगवान् शिव को पुकारने लगा। राजा बहुत क्रुद्ध हुआ और उसने आज्ञा दी कि इस वणिक को मार दिया जाए।

"आश्चर्य की बात, उसी समय आकाशवाणी हुई, 'हे राजन्! इसे मत मारो। यह चोर नहीं है। यह हर्षपुर का रहनेवाला व्यापारी समुद्रशूर है। इसने राजकुमारी की कंठी नहीं चुराई। जिसने चुराई थी वह राजपुरुषों के डर से रात को समुद्र में डूबकर मर गया। उस चोर की पीठ से इसे यह कंठी मिली है। इस धार्मिक व्यापारी को धन देकर मुक्त कर दो।'

"यह आकाशवाणी सुनकर राजा को बड़ा आश्चर्य हुआ और उसने समुद्रशूर से क्षमा माँगते हुए उसे बहुत सा धन दिया। धन लेकर समुद्रशूर अपने देश को लौट चला।

समुद्र पार करने के बाद जब वह एक वन में पहुँचा तो रात हो गई। उसके सब साथी सो गए, लेकिन वह जागता रहा। तभी चोरों ने उनके दल पर आक्रमण किया; लेकिन समुद्रशूर चुपचाप पास के एक बरगद के पेड़ पर चढ़ गया। सवेरा हुआ तो उसके आश्चर्य का ठिकाना नहीं था। सामने गिद्ध का घोंसला था और उसके सामने वही रत्नों की कंठी पड़ी हुई थी। समुद्रशूर बहुत प्रसन्न हुआ। सब रत्न बटोरकर वह नीचे उतरा और अपने नगर हर्षपुर लौट आया। उसके बाद वह सुखपूर्वक रहने लगा। इस प्रकार हे राजन्! जो सुकर्मी मनुष्य हैं, वे अंत में सुख ही पाते हैं।"

□

भोग लक्ष्मी

हस्तिनापुर नगर में चमरवाल नाम का राजा राज्य करता था। उसके पास बड़ा भारी खजाना, सेना और अनेक किले थे। उसके वंश के समर बल आदि दूसरे पाँच राजाओं ने मिलकर विचार किया कि यह चमरवाल हम सबको एक-एक करके हानि पहुँचाता है, क्यों न हम सब मिलकर इसे जीत लें।

यह सलाह करके वे पाँचों यात्रा का शुभ लग्न पूछने के लिए ज्योतिषी के पास पहुँचे। उसने शुभ लग्न के साथ अपशकुन भी देख उनसे कहा, ''इस वर्ष तो कोई अच्छा लग्न नहीं है। यदि तुम अशुभ लग्न में चढ़ाई करोगे तो तुम्हारी हार होगी। पर तुम लोग चमरवाल की संपत्ति से ईर्ष्या क्यों करते हो? लक्ष्मी का फल है उसका उपभोग, सो वह आप लोगों को उससे भी अधिक प्राप्त है। क्या आप लोगों ने इस संबंध में दो वैश्यों की कथा नहीं सुनी?''

राजा बोले, ''नहीं। आप सुनाइए।''

ज्योतिषी ने कहा, ''सुनो। प्राचीन काल में कौतुकपुर नाम के नगर में बहुसुवर्ण नाम का एक राजा था। यशोवर्मा नाम का एक क्षत्रिय कुमार उसका सेवक था। दानशील होते हुए भी वह राजा उसको कुछ नहीं देता था। जब कभी वह राजा से माँगता था तो वह कह देता, 'मैं तो तुम्हें देना चाहता हूँ, किंतु सूर्य भगवान् देने नहीं देते। मैं क्या करूँ?'

''एक दिन सूर्यग्रहण के समय उस क्षत्रिय कुमार ने राजा से कहा, 'आज तो सूर्य भगवान् को राहु ने पकड़ रखा है, इसलिए आप जो कुछ मुझे देना चाहते हैं, वह अभी दे दीजिए।'

''यह बात सुनकर राजा बहुत हँसा और उसने वस्त्र, सोना आदि बहुत कुछ उस युवक को दिया। कुछ ही दिनों में यशोवर्मा ने वह सब धन व्यय कर दिया। लेकिन उसके बाद राजा ने उसे कुछ भी नहीं दिया। यही नहीं, इस बीच उसकी पत्नी भी मर गई। वह

बहुत दु:खी हुआ और अंत में अपने जीवन को निरर्थक मानकर देवी के सामने पहुँचा। वह अपना शरीर छोड़कर इच्छित वर पाना चाहता था। इसलिए विंध्यवासिनी के मंदिर में निराहार रहकर उसने बड़ा कठोर तप किया। उसके तप से प्रसन्न होकर देवी स्वप्न में दर्शन देने आईं और बोलीं, 'हे पुत्र! मैं तुमसे बहुत प्रसन्न हूँ। बोलो, तुम अर्थलक्ष्मी चाहते हो या भोगलक्ष्मी?'

"यह सुनकर यशोवर्मा ने देवी से कहा, 'माता, मैं इन दोनों में भेद नहीं जानता।'

"देवी बोलीं, 'तुम्हारे नगर में भोगवर्मा और अर्थवर्मा नाम के दो वैश्य रहते हैं। उनकी लक्ष्मी को जाकर देखो। उन दोनों में से जो भी तुम्हें अच्छी लगे, वही मुझसे माँग लेना।'

"प्रात:काल जागते ही यशोवर्मा अपने कौतुकपुर नगर में गया। वहाँ वह पहले अर्थवर्मा के घर पहुँचा। उसके घर में अनंत स्वर्ण और रत्न आदि थे। अर्थवर्मा ने उसका बड़ा सत्कार किया और समय पर दोनों भोजन के लिए बैठे। यद्यपि अर्थवर्मा ने बहुत थोड़ा खाया था, किंतु फिर भी और दिनों की अपेक्षा अधिक ही खाया। यशोवर्मा ने उससे पूछा, 'सेठजी, क्या बात है? आपने बहुत कम खाया है।'

"अर्थवर्मा ने उत्तर दिया, 'मैंने आज तुम्हारे अनुरोध से कुछ अधिक ही खा लिया। मैं तो हमेशा सत्तू ही खाता हूँ। वह भी मेरे मंदाग्निवाले पेट में नहीं पचता।'

"रात्रि के समय अर्थवर्मा ने यशोवर्मा के लिए दूध और भात मँगवाया। स्वयं केवल एक तोला दूध लिया। जब वे दोनों सो गए तो यशोवर्मा ने स्वप्न में देखा कि कुछ भयंकर आकृति के मनुष्य अर्थवर्मा को फटकारकर कह रहे हैं कि आज तूने अधिक क्यों खाया? ऐसा कहते हुए उन्होंने अर्थवर्मा को खूब पीटा और उसके पेट से अधिक खाया हुआ धन बाहर खींच लिया।

"वह स्वप्न देखकर ज्यों ही यशोवर्मा जागा, त्यों ही उसने देखा कि अर्थवर्मा के पेट में दर्द हो रहा है और वह वमन कर रहा है। यह देखकर यशोवर्मा ने सोचा कि ऐसे जीवन को धिक्कार है और ऐसी संपत्ति को भी धिक्कार है।

अगले दिन वह भोगवर्मा के पास पहुँचा। उसने भी खूब आदर-सत्कार किया और भोजन के लिए आमंत्रित किया। यशोवर्मा ने देखा कि भोगवर्मा अपना व्यापार उचित रीति से करता है। एक व्यक्ति से सामग्री लेकर दूसरे को देता है और बिना किसी पूँजी के धन पैदा कर रहा है। फिर उसने अपनी पत्नी के लिए खाने-पीने की सामग्री खरीदकर भेज दी। तभी भोगवर्मा का एक मित्र उसे अपने यहाँ प्रीतिभोज पर ले गया। यशोवर्मा भी उसके साथ गया। शाम को घर आकर दोनों ने फिर खूब खाया-पीया। सोते समय यशोवर्मा को बातों-ही-बातों में पता चला कि कल खाने के लिए कुछ भी नहीं है। रात को स्वप्न में उसने देखा कि कुछ आदमी दूसरे आदमियों को पीट रहे हैं और कह रहे हैं।

कि तुमने भोगवर्मा के लिए कल के भोजन का प्रबंध क्यों नहीं किया? दूसरों ने उत्तर दिया, 'हमसे अपराध हुआ, क्षमा कीजिए। कल से फिर ऐसा न होगा।'

"जब यशोवर्मा की आँख खुली तो उसने सोचा, यही लक्ष्मी उत्तम है। विदा होकर वह फिर विंध्यावासिनी के मंदिर में तप करने के लिए पहुँचा। उसके कठोर तप से प्रसन्न होकर देवी फिर प्रकट हुईं। तब उसने भोगलक्ष्मी को अपने लिए माँग लिया।

"सो इस प्रकार भोग के योग्य लक्ष्मी थोड़ी होने पर भी अच्छी होती है और भोग-रहित लक्ष्मी अधिक होने पर भी अच्छी नहीं है। इसलिए आप लोग राजा चमरवाल की संपत्ति की क्यों इच्छा करते हैं?"

पर ज्योतिषी के मना करने पर भी वे पाँचों नहीं माने और उन्होंने चमरवाल पर आक्रमण कर ही दिया। समाचार पाकर राजा चमरवाल ने भी शिव की पूजा की और युद्ध के लिए उतर पड़ा। उस घमासान युद्ध में अंत में चमरवाल की विजय हुई। विजय में पाँचों राजाओं की रानियाँ तथा अपार संपत्ति उसे मिली। इस प्रकार बहुत से शत्रुओं को एक पौरुष-संपन्न व्यक्ति युद्ध में जीत लेता है।

□

पाप का घड़ा

दो व्यक्ति पास-पड़ोस में रहते थे। उनमें एक धनवान् था और दूसरा साधारण। धनवान् व्यक्ति बहुत ही दयालु और पर दुःखकातर व्यक्ति था। जनता उसका बड़ा आदर करती थी। लेकिन उसका पड़ोसी हमेशा उससे डाह रखता था। उसका धन उसे बहुत अखरता था और रात-दिन वह इसी चिंता में रहता कि किसी तरह इस धनवान् भले आदमी को नीचा दिखाऊँ।

एक दिन उसके घर में लड़के की शादी का प्रसंग आ गया। उसके पास पैसा नहीं था। वह अपने धनवान पड़ोसी के पास गया और अपने लड़के के लिए सोने के गहने माँगे धनवान् ने तुरंत गहने दे दिए और उससे रुक्का लिखवा लिया। विवाह होने के बाद गहने लौटा देने थे। लेकिन उस व्यक्ति ने ऐसा नहीं किया। एक-दो बार धनवान् व्यक्ति ने उसे याद दिलाया, लेकिन वह बिगड़ उठा। बोला, "तुम्हारे गहने मैं कभी का लौटा चुका हूँ। क्या दो बार लेना चाहते हो? यह मेरा अपमान है।"

धनवान् व्यक्ति चकित रह गया। बोला, "तुमने मेरे गहने कब लौटाए? तुम्हें झूठ नहीं बोलना चाहिए। यदि तुम गहने नहीं लौटाओगे तो मैं पंचायत बुलाऊँगा।"

ईर्ष्यालु व्यक्ति और भी क्रुद्ध हो उठा। कहने लगा, "धन के मद में तुम कुछ भी कर सकते हो; लेकिन अंत में जीत गरीब की ही होती है। तुम्हारे पास धन का बल है तो मेरे पास जनता-जनार्दन का। मैं पंचायत में जाने से नहीं डरता।"

धनवान् व्यक्ति उसकी ओर देखता रह गया। गहने भी गए और अब बदनामी का भी डर है। उसकी यह शंका सच थी, क्योंकि वह ईर्ष्यालु व्यक्ति जनता को भड़काने लगा था। हरेक से कहता, "देखो, कैसा कलियुग आ गया। धनवान् लोग गरीबों को निगल जाना चाहते हैं। मैंने इसके गहने कभी के लौटा दिए हैं, लेकिन यह मेरा अपमान करने पर तुला हुआ है।"

जनता में से एक व्यक्ति बोल उठता, "भाई, वह आदमी ऐसा है तो नहीं। वह तो हरेक की सहायता करता है, किसी का शोषण नहीं करता।"

ईर्ष्यालु व्यक्ति उत्तर देता, "कभी करता होगा, लेकिन अब तो उसके लिए पैसा ही परमेश्वर है। अपनी प्रतिष्ठा, अपना यश सबकुछ खोकर वह पैसा कमाना चाहता है।"

कोई व्यक्ति उसकी बात मानता, कोई नहीं भी मानता। जब एक बात बार-बार कही जाती है तो उसका असर होता ही है। वे लोग सोचने लगे, शायद यह गरीब व्यक्ति ठीक ही कह रहा हो। अब तो उस धनवान् को बड़ी परेशानी होने लगी। आखिर उसने पंचायत से न्याय की प्रार्थना की। पंचायत ने एक दिन उन दोनों को बुला भेजा और सारी बात सुनकर ईर्ष्यालु व्यक्ति से कहा, "तुम अपनी सत्यता प्रमाणित करने के लिए जलता हुआ लोहे का गोला हाथ में लेने को तैयार हो?"

उस व्यक्ति ने उत्तर दिया, "मैं तो यही चाहता हूँ कि मेरे साथ न्याय हो। मैं सबकुछ करने को तैयार हूँ।"

पंचायत ने एक दिन नियत कर दिया। उस दिन सारा समाज वहाँ इकट्ठा हुआ, लेकिन वह ईर्ष्यालु व्यक्ति दिखाई नहीं दिया। वह कुछ देर बाद आया। उसके हाथ में अनाज का एक घड़ा था और वह काँप रहा था। उसने विलंब से आने के लिए क्षमा माँगी और फिर झुँझलाकर कहा, "मैंने इसके गहने लौटा दिए थे। यदि मेरी बात सत्य न हो तो पंच जो गरम लोहे का गोला मेरे हाथ में रखें तो उससे मेरे हाथ जल जाएँ और यदि मैं सच्चा हूँ तो मुझे कुछ भी न हो।"

यह कहकर उसने अनाज से भरा घड़ा सेठ के हाथ में देते हुए कहा, "जरा दो मिनट के लिए इसे सँभालो। परीक्षा के बाद मैं वापस ले लूँगा।"

सेठ ने वह घड़ा ले लिया और पंचों ने आग से जलता हुआ लाल-लाल लोहे का गोला उस ईर्ष्यालु व्यक्ति के हाथों पर रख दिया। जनता ने चकित होकर देखा, उसका हाथ तनिक भी नहीं जला। उसकी सत्यता प्रमाणित हो गई। जनता धनवान व्यक्ति को दुत्कारने लगी। धनवान् व्यक्ति जैसे काँप उठा। हतप्रभ-सा वह उस घटना को देखता ही रह गया। गहने भी गए और यह अपमान भी सहना पड़ा। इससे बढ़कर दुर्घटना और क्या होगी? उसके मन में यह पूर्ण विश्वास था कि गहने उसे नहीं मिले हैं, अतः उसी की जीत होगी। लेकिन अग्नि से जलता हुआ लोहे का गोला क्यों ठंडा हो गया?'

उसकी आत्मा में जब यह भयंकर तूफान उठा तो उसकी संज्ञा जैसे खोने लगी और उसके हाथ में जो अनाज का घड़ा था, वह एकाएक नीचे गिर पड़ा। गिरते ही वह टूट गया। अनाज चारों ओर बिखर गया और लोगों ने आश्चर्य से देखा कि उस अनाज के बीच में सेठ के सभी गहने छिपे हुए थे। अब तो जैसे पाप का घड़ा फूट गया। हाथ न

जलने का रहस्य भी सामने आ गया, क्योंकि जिस समय आग का गोला हाथ में रखा गया था, उस समय वह गहने सेठ को लौटा चुका था। पंच और जनता इस षड्यंत्र को भाँप गई और उस ईर्ष्यालु व्यक्ति की जो हालत हुई, उसका वर्णन नहीं किया जा सकता। पाप का घड़ा इसी तरह फूटता है।

□

घमंड का फल

प्राचीन काल में दो मुनि भरद्वाज और रैभ्य वन में आस-पास आश्रम बनाकर रहते थे। दोनों परम मित्र थे। रैभ्य के दो पुत्र परावसु और अर्वावसु बड़े विद्वान् थे। उनका यश चारों ओर फैला हुआ था। लेकिन भरद्वाज का पुत्र यवक्रीत बिलकुल मूर्ख था। वह देखा करता था कि ब्राह्मण लोग रैभ्य मुनि का जितना आदर करते हैं उतना मेरे पिता का नहीं करते। यह देखकर उसके मन में बड़ी जलन पैदा होती थी और ईर्ष्या के कारण उसका शरीर जलने लगता था।

आखिर अपनी अविद्या को दूर करने के लिए उसने देवराज इंद्र की तपस्या आरंभ की। अपने शरीर को आग में खूब तपाया और अपने को यातना दी। धीरे-धीरे उसकी तपस्या बहुत कठोर हो उठी। देवराज बहुत दुःखी हुए और उन्हें यवक्रीत पर दया आई। धरती पर आकर उन्होंने यवक्रीत से पूछा, "तुम इतना कठोर तप क्यों कर रहे हो?"

यवक्रीत ने कहा, "मैं चारों वेदों का ज्ञान पाना चाहता हूँ—ऐसा ज्ञान जो आज तक किसी को न मिला हो। गुरु के यहाँ रहकर सीखने में बड़ी कठिनाई होती है। एक-एक छंद को बार-बार रटना पड़ता है। मैं चाहता हूँ कि बिना गुरु की कृपा के ही पंडित बन जाऊँ।"

इंद्र हँसकर बोले, "ब्राह्मणकुमार, तुम उलटे रास्ते पर जा रहे हो। अच्छा यही है कि किसी योग्य आचार्य के पास जाकर परिश्रम से वेदों का अध्ययन करो। बिना पढ़े ज्ञान नहीं पाया जा सकता।"

इंद्र चले गए, लेकिन यवक्रीत ने उनका कहना नहीं माना। तपस्या और कठोर कर दी। देवताओं को और कष्ट देने लगा। देवराज फिर धरती पर आए। बोले, "मुनिकुमार, शरीर को क्यों व्यर्थ कष्ट दे रहे हो? हठ करना ठीक नहीं है। तुम्हारे पिता वेदों के पंडित हैं, उनसे ज्ञान प्राप्त करो। वेद सीखकर पंडित बनो।"

लेकिन यवक्रीत अब भी नहीं माना। बोला, "यदि आप मेरी इच्छा पूरी नहीं करेंगे तो मैं अपने शरीर का एक-एक अंग काटकर आग में डाल दूँगा।"

इंद्र ने फिर भी उसकी इच्छा पूरी नहीं की और यवक्रीत की तपस्या चलती रही। एक दिन वह गंगा-स्नान के लिए जा रहा था तो उसने देखा कि गंगा के किनारे बैठा हुआ एक बूढ़ा मुट्ठी भर-भरकर बालू बहती धारा में फेंक रहा है। उसे बड़ा अचरज हुआ। पूछा, "बूढ़े बाबा, यह क्या कर रहे हो?"

बूढ़े बाबा ने उत्तर दिया, "तुम नहीं जानते। उस पार जाने के लिए लोगों को बड़ा कष्ट होता है। सोचता हूँ कि रेत डालकर उस पार तक एक बाँध बना दूँ, जिससे लोग आसानी से आ-जा सकें।"

यह सुनकर यवक्रीत बड़े जोर से हँसा। बोला, "बूढ़े बाबा, कैसी बातें करते हो! भला कहीं बहती धारा में रेत डालकर बाँध बाँधा जा सकता है! तुम्हारा यह परिश्रम बेकार ही नहीं, मूर्खतापूर्ण भी है। कुछ और काम करो।"

बूढ़े ने उत्तर दिया, "भला मेरा परिश्रम बेकार क्यों जाएगा? आप अपने को भी तो देखिए। बिना गुरु से शिक्षा पाए आप वेदों का ज्ञान पाने के लिए तप कर रहे हैं। यदि आप इस तरह वेदों का ज्ञान पा सकते हैं तो मैं बाँध क्यों नहीं बाँध सकता?"

यवक्रीत के सामने सहसा सबकुछ स्पष्ट हो गया—जैसे ज्ञान के कपाट खुल गए हों। उसने बूढ़े को पहचान लिया। विनम्र स्वर में बोला, "देवराज, अगर मेरी तपस्या व्यर्थ है तो फिर मुझे एक वर दीजिए।"

इंद्र बोले, "माँगो, क्या माँगते हो?"

यवक्रीत ने कहा, "आपकी कृपा से मैं वेदों का परम पंडित बनना चाहता हूँ।"

इंद्र बोले, "तथास्तु! अभी से जाकर वेदों का अध्ययन शुरू कर दो। एक दिन तुम बहुत बड़े विद्वान् बनोगे।"

वर पाकर यवक्रीत आश्रम लौट आया और मन लगाकर वेदों का अध्ययन करने लगा। शीघ्र ही वह बहुत बड़ा विद्वान् हो गया। लेकिन साथ ही उसे घमंड भी कम नहीं हुआ। उसके पिता भरद्वाज ने उसे बहुत समझाया, "पुत्र०, घमंड मत कर। घमंड के कारण शीघ्र ही विनाश हो जाता है।"

लेकिन यवक्रीत की समझ में कुछ नहीं आया। एक दिन उसने परावसु की सुंदर पत्नी को देखा। उसके मन में कुवासना जाग उठी और धोखा देकर उसने उस अबला के साथ दुराचार किया।

आश्रम में लौटने पर रैभ्य मुनि को यह समाचार मिला। वह क्रुद्ध हो उठे और अपने तप के बल से उन्होंने तुरंत दो पिशाचों को पैदा किया। एक परम सुंदरी कन्या के रूप में था और दूसरा एक दैत्य के रूप में। मुनि ने दोनों को आज्ञा दी, "जाकर यवक्रीत

को मार डालो!''

दोनों यवक्रीत के पास पहुँचे। सुंदरी कन्या ने हाव-भाव से उसका मन मोह लिया और अवसर पाकर उसका कमंडलु लेकर खिसक गई। उसी समय पिशाच भाला लेकर यवक्रीत पर झपटा। यवक्रीत हड़बड़ा उठा। इधर-उधर देखा, कमंडलु गायब था। पानी न हो तो वह शाप कैसे दे सकता था। वह तालाब की ओर भागा। तालाब सूखा पड़ा था। झरने की ओर भागा, झरना भी सूखा था। नदी की ओर भागा, नदी भी सूखी थी और पिशाच बराबर भाला ताने पीछे-पीछे आ रहा था। अंत में बेचारा पिता की यज्ञशाला में घुसने लगा। वहाँ का द्वारपाल काना था। वह भयातुर यवक्रीत को पहचान न सका और उसने उसे अंदर जाने से रोक दिया। उसी समय पिशाच वहाँ पहुँच गया और उसने तुरंत भाले से यवक्रीत को मार डाला।

यवक्रीत ने जो पाप किया था, उसी का फल उसे मिला। लेकिन पुत्र को मरा देखकर भरद्वाज होश खो बैठे। उन्होंने रैभ्य मुनि को शाप दे डाला, ''तुम्हारी मृत्यु तुम्हारे अपने पुत्र के हाथों से होगी!''

किंतु जब होश आया तो बहुत दुःख हुआ। इतना दुःख हुआ कि वह पुत्र की चिता में जल मरे।

यवक्रीत की मूर्खता और घमंड ने सबका सत्यानास कर डाला।

□

विद्या विनयेन शोभते

रैभ्य मुनि के शिष्य राजा बृहद्युम्न थे। एक बार उन्होंने एक बहुत बड़ा यज्ञ करने का विचार किया। उन्होंने रैभ्य मुनि से प्रार्थना की कि वे यज्ञ कराने के लिए अपने दोनों पुत्रों को भेज दें। मुनि को क्या आपत्ति हो सकती थी? बस, पिता की आज्ञा पाकर परावसु और अर्वावसु राजा के पास पहुँच गए। यज्ञ की तैयारियाँ होने लगीं।

काफी दिन बीत जाने पर एक दिन परावसु के मन में आया—क्यों न मैं अपनी पत्नी से मिल आऊँ। यज्ञ में तो अभी बहुत दिन शेष हैं।

बस, यह सोचकर वह आश्रम की ओर चल पड़े। रातभर चलते रहे। अगले दिन बहुत तड़के वह आश्रम में पहुँचे। अभी अँधेरा था और आश्रम के पास एक झाड़ी थी। परावसु ने देखा, वहाँ एक हिंसक पशु-सा कुछ मालूम होता है। उन्हें डर लगा और वह उस पर शस्त्र चला बैठे। लेकिन जब पास पहुँचे तो देखा कि वह तो उनके पिता रैभ्य मुनि थे। उन्होंने हिंसक पशु की खाल ओढ़ी हुई थी और उनके प्राण निकल चुके थे।

परावसु को बहुत दुःख हुआ। लेकिन भरद्वाज के शाप के कारण उनके पिता की मृत्यु इसी प्रकार होनी थी, यह सोचकर उन्होंने संतोष कर लिया। उसके बाद पिता का दाह-संस्कार किया और राजा बृहद्युम्न के पास लौट गए। अपने भाई अर्वावसु से उन्होंने सब हाल कहा और बोले, "मेरे इस पाप के कारण यज्ञ में बाधा नहीं पड़नी चाहिए। मैं अकेला यज्ञ का काम चला लूँगा। तुम मेरे स्थान पर जाकर इस ब्रह्म-हत्या का प्रायश्चित्त कर आओ। शास्त्रों में लिखा है कि अनजाने की गई हत्या का प्रायश्चित्त हो सकता है। तुम अकेले यज्ञ का काम नहीं कर सकोगे, इसलिए मेरा जाना ठीक न होगा। तुम ही मेरे बदले व्रत रखो और प्रायश्चित्त पूरा करके लौट आओ।"

अर्वावसु बड़े धर्मात्मा थे। बड़े भाई की बात सुनकर वह बोले, "ठीक है, आप राजा का यज्ञ कराइए। सचमुच मैं अकेले यह काम नहीं सँभाल सकूँगा। आपके

स्थान पर ब्रह्म-हत्या का प्रायश्चित्त मैं करूँगा और जब व्रत समाप्त हो जाएगा तब लौट आऊँगा।''

इतना कहकर अर्वावसु वहाँ से चले गए और विधि के अनुसार व्रत धारण करते हुए उन्होंने भाई की ब्रह्म-हत्या का प्रायश्चित्त पूरा किया। जब व्रत समाप्त हो गया तो वह यज्ञशाला में लौट आए। लेकिन परावसु ने अपने पिता की हत्या स्वयं की थी और उसका प्रायश्चित्त किया था अर्वावसु ने, इसलिए ब्रह्म-हत्या का दोष धुल नहीं सका। इसका परिणाम यह हुआ कि उनका मन अशांत हो उठा। उन्हें बुरे-बुरे विचारों ने घेर लिया। जिस समय उन्होंने अर्वावसु को आते हुए देखा तो उसका मन ईर्ष्या से जल उठा। अर्वावसु के मुख-मंडल पर विशुद्ध ब्रह्म-तेज की आभा फूटी पड़ती थी। परावसु ने उनके सामने अपने को बहुत छोटा अनुभव किया। मनुष्य जब छोटा हो जाता है तो वह बुरे-से-बुरा काम करने में भी नहीं हिचकता। परावसु अपने आज्ञाकारी छोटे भाई तक को अपमानित करने के लिए तैयार हो गए। उन्होंने चिल्लाकर राजा बृहद्युम्न से कहा, ''अर्वावसु हत्यारा है! इसने ब्रह्म-हत्या की है। यह इस पवित्र यज्ञशाला में कैसे प्रवेश कर रहा है?''

यह सुनकर राजा ने अपने सेवकों से कहा, ''इस अर्वावसु को यज्ञशाला से बाहर निकाल दो!''

अर्वावसु हतप्रभ हो उठे। किसी तरह अपने को सँभालकर उन्होंने विनम्र स्वर में राजा से कहा, ''राजन्, मैं सच कहता हूँ कि मैंने ब्रह्म-हत्या नहीं की। वास्तव में ब्रह्म-हत्या मेरे भाई ने की है। चूँकि मैं यज्ञ का भार अकेला नहीं सँभाल सकता था, इसलिए मैंने उनकी ओर से प्रायश्चित्त किया है।''

लेकिन अर्वावसु की इस बात पर किसी ने यकीन नहीं किया। भला कोई दूसरे के लिए प्रायश्चित्त क्यों करेगा! सो उन्हें अपमानित करके यज्ञशाला से निकाल दिया गया। लोग तरह-तरह की बातें कहने लगे, 'देखो तो, कैसा अंधेर है—पहले तो ब्रह्म-हत्या की, उसका प्रायश्चित्त भी किया और फिर दोष लगाने लगे अपने भाई पर!'

धर्मात्मा अर्वावसु का हृदय हाहाकार कर उठा। चुपचाप यज्ञशाला से निकलकर वह गहन वन में चले गए और वहाँ घोर तपस्या आरंभ कर दी। जब उनका तप बहुत कठोर हो उठा तो देवताओं को बड़ा क्लेश हुआ। वे धरती पर आए और अर्वावसु से पूछा, ''महात्मन, आप किस कामना के लिए इतना कठोर तप कर रहे हैं?''

अर्वावसु जब अपमानित होकर यज्ञशाला से निकले थे तो उनको अपने भाई पर बहुत क्रोध हो आया था। उनसे बदला लेने के लिए ही उन्होंने इतना कठोर तप किया था; लेकिन कठोर तप और साधना ने उनके मन को निर्मल कर दिया। उन्होंने देवताओं से प्रार्थना की, ''मेरे भाई परावसु के सब दोष दूर हो जाएँ और मेरे पिता रैभ्य फिर से जीवित

हो उठें।''

देवताओं ने प्रसन्न होकर कहा, ''ऐसा ही होगा!''

अर्वावसु और परावसु दोनों एक पिता के पुत्र थे—एक महान् पिता के पुत्र। दोनों ने उन्हीं से विद्या प्राप्त की थी। लेकिन केवल विद्या से ही मनुष्य बड़ा नहीं होता। विद्या के साथ विनय भी चाहिए। भलाई को ग्रहण करने के लिए और बुराई से दूर रहने के लिए भले-बुरे का भेद समझना आवश्यक है। लेकिन यह ज्ञान विचारों में इस तरह से समा जाना चाहिए कि उसके कामों पर उसका कोई प्रभाव न पड़े। ऐसा होने पर ही विद्या विनय का रूप लेती है। ज्ञान गुण की जगह नहीं ले सकता। वह केवल जानकारी भर देता है। जैसे मनुष्य शरीर पर वस्त्र धारण करता है, लेकिन वस्त्र ही तो मनुष्य नहीं है। मनुष्य तो शील है, विनय है। तभी तो कहा है कि विद्या विनयेन शोभते—'विद्या की शोभा विनय से है'।

□

यक्ष और युधिष्ठिर

पाँचों पांडव वनवास की अवधि पूरी होने की प्रतीक्षा कर रहे थे। एक दिन एक हिरण के पीछे भागते-भागते वे बहुत थक गए। हिरण कहीं गायब हो गया और प्यास के मारे पाँचों के प्राणों पर आ बनी। बड़े भाई की आज्ञा पाकर नकुल एक पेड़ पर चढ़े और देखा—कुछ दूर पर पानी के पास उगनेवाले कुछ पौधे दिखाई दे रहे हैं। वहाँ कुछ बगुले भी बैठे हैं।

बस, नीचे उतरकर वह उसी ओर चल दिए। लेकिन बहुत देर हो जाने पर भी वापस नहीं लौटे। तब चिंतित होकर युधिष्ठिर ने सहदेव को भेजा। सहदेव भी बहुत देर तक नहीं लौटे तो अर्जुन को भेजा। लेकिन अर्जुन भी नहीं लौटे। बाट जोहते-जोहते युधिष्ठिर व्याकुल हो उठे। उन्होंने भीमसेन से कहा, ''देखो तो, वे सब कहाँ रह गए?''

लेकिन भीमसेन भी लौटकर नहीं आए। अब तो युधिष्ठिर स्वयं उसी ओर चल पड़े। बड़ी दूर जाने पर वह एक तालाब के पास पहुँचे। देखते क्या हैं—उनके चारों भाई वहाँ मरे पड़े हैं। उनका हृदय असह्य शोक से तिलमिला उठा। वे विलाप करने लगे। विलाप करते-करते उन्होंने बड़े ध्यान से भाइयों के शरीर को देखा। कोई घाव नहीं, कोई परिवर्तन नहीं, ऐसा लगता है जैसे थककर सो गए हों। कहीं आस-पास कोई शत्रु भी तो नहीं। अवश्य दुर्योधन ने इस पानी में विष मिला दिया है।

यह सोचकर वे तालाब की ओर बढ़े। तभी सहसा किसी ने पुकारकर कहा, ''सावधान! तुम्हारे भाइयों ने मेरी बात नहीं मानी, तुम भी अगर ऐसा ही करोगे तो उसका परिणाम अच्छा नहीं होगा। यह तालाब मेरा है। पहले मेरे प्रश्नों का उत्तर दो, फिर पानी पीओ।'

धर्मात्मा युधिष्ठिर समझ गए कि यह यक्ष है। बोले, ''अच्छी बात है। मैं आपके प्रश्नों का उत्तर दूँगा। पूछिए!''

यक्ष ने पूछा, "सूर्य किसकी आज्ञा से प्रतिदिन उगता है?"

युधिष्ठिर ने उत्तर दिया, "ब्रह्म अर्थात् परमात्मा की आज्ञा से।"

यक्ष ने पूछा, "मनुष्य का साथ सदा कौन देता है?"

युधिष्ठिर बोले, "धैर्य।"

यक्ष ने पूछा, "धरती से भारी चीज क्या है?"

युधिष्ठिर बोले, "संतान को कोख में धारण करनेवाली माता।"

यक्ष ने पूछा, "आकाश से भी ऊँचा कौन है?"

युधिष्ठिर बोले, "पिता।"

यक्ष ने पूछा, "हवा से भी तेज कौन चलता है?"

युधिष्ठिर बोले, "मन।"

यक्ष ने पूछा, "सुख क्या है?"

युधिष्ठिर बोले, "जो शील और सच्चरित्रता पर आधारित है, वही सुख है।"

यक्ष ने पूछा, "वह क्या है, जिसके खो जाने से दुःख नहीं होता?"

युधिष्ठिर बोले, "क्रोध।"

यक्ष ने पूछा, "वह क्या है, जिसको खोकर मनुष्य धनी हो जाता है?"

युधिष्ठिर बोले, "लालच।"

यक्ष ने पूछा, "युधिष्ठिर, अच्छी तरह सोचकर बताओ कि ब्राह्मण का होना किस बात पर निर्भर है—जन्म पर, विद्या पर या शील पर?"

युधिष्ठिर बोला, "शील पर। शील के बिना कोई ब्राह्मण नहीं हो सकता। चारों वेदों का जिसने ज्ञान प्राप्त कर लिया है लेकिन उसका चरित्र भ्रष्ट है तो वह ब्राह्मण नहीं है, नीच है।"

इस प्रकार यक्ष ने और भी प्रश्न किए। लेकिन युधिष्ठिर बिना किसी हिचक के सबके ठीक-ठीक उत्तर देते चले गए। अंत में यक्ष बोला, "धर्मराज युधिष्ठिर, मैं तुमसे प्रसन्न हूँ। तुम्हारे चार भाइयों में से एक को जिला सकता हूँ। बोलो, किसको जिलाऊँ?"

युधिष्ठिर ने एक क्षण सोचा, फिर कहा, "जिसका रंग साँवला है और आँखें कमल के समान हैं। जिसकी छाती विशाल है और भुजाएँ लंबी-लंबी हैं, वही मेरा भाई नकुल आपकी कृपा से जीवित हो उठे!"

युधिष्ठिर अपना वाक्य पूरा भी नहीं कर पाए थे कि यक्ष उनके सामने प्रकट हो गया। बोला, "युधिष्ठिर, मैंने तो सुना है कि जिसके शरीर में दस हजार हाथियों का बल है, उस भीमसेन को तुम सबसे अधिक प्यार करते हो। फिर उसको छोड़कर तुमने नकुल को जिलाना क्यों ठीक समझा? कम-से-कम अर्जुन को ही जिलाने की बात कहते। वह तुम्हारी बार-बार रक्षा करता रहा है। अपने इन दो रण-बाँकुरे भाइयों के सामने तुम नकुल

को क्यों इतना चाहते हो''

युधिष्ठिर ने उत्तर दिया, ''यक्षराज! मनुष्य की रक्षा न तो भीम करता है, न अर्जुन करता है; धर्म ही मनुष्य की रक्षा करता है। धर्म ही मनुष्य का नाश करता है। मैं नकुल को क्यों चाहता हूँ—यह बड़ी सीधी सी बात है। मेरे पिता की दो पत्नियाँ थीं, कुंती का पुत्र मैं जीवित हूँ। माद्री का भी एक पुत्र जीवित रहना चाहिए। नकुल उन्हीं का पुत्र है। आपकी कृपा से वही जीवित हो!''

गद्गद होकर यक्ष ने कहा, ''मेरे प्यारे पुत्र, तुम पक्षपात से रहित हो। तुम्हारे चारों ही भाई जीवित हो उठें!''

स्वयं धर्मराज यक्ष का रूप धारण करके आए थे। इससे पहले हिरण का रूप भी उन्होंने ही धारण किया था। वह अपने पुत्र युधिष्ठिर की परीक्षा लेना चाहते थे। उनके इन गुणों पर मुग्ध होकर उन्होंने उन्हें छाती से लगा लिया और कहा, ''तुम्हारे वनवास की अवधि पूरी होने वाली है। अज्ञातवास का समय भी तुम सफलता से पूरा कर लोगे, तुम्हें कोई पहचान नहीं सकेगा।''

यह कहकर धर्मराज चले गए और पाँचों पांडव भी प्रसन्न होकर अपने स्थान पर लौट आए।

□

दान की महिमा

प्राचीन काल में वाराणसी में राजा ब्रह्मदत्त राज्य करते थे। उस समय बोधिसत्त्व ने विसह्य सेठ के रूप में धरती पर जन्म लिया। वह बहुत धनी थे, साथ ही दानी और पाँचों शीलों का पालन करनेवाले भी थे। उन्होंने नगर के चारों ओर के दरवाजों पर, नगर के बीच में और अपने दरवाजे पर भी दान देने के लिए दानशालाएँ बनवा रखी थीं। प्रतिदिन छह लाख मुहरों का दान होता था। सारे जंबू द्वीप में उनकी चर्चा थी। उनकी यह गाथा सुनते-सुनते एक दिन शक्र (इंद्र) का सिंहासन भी डोल उठा। वह सोचने लगा, 'यह कौन है, जो मुझे मेरे पद से गिराना चाहता है'

उसने ध्यान लगाया तो मालूम हुआ कि वह विसह्य नाम का सेठ है। उसके दान की सारे जंबू द्वीप में चर्चा हो रही है। हो सकता है कि अपने दान के प्रताप से मुझे सिंहासन से हटाकर वह स्वयं शक्र बन जाए। मैं उसके धन का नाश करके उसे दरिद्र बना दूँगा। तब वह दान नहीं कर सकेगा।

और उसने ऐसा ही किया। सब धन-धान्य, तेल, मधु, शक्कर, स्त्रियाँ, नौकर-चाकर सबको उसने अपने मंत्र-बल से अंतर्धान कर दिया। दान का प्रबंधन करनेवालों ने सेठ से आकर कहा, "स्वामी, दानशालाएँ खाली हो गई हैं। जहाँ जो कुछ रखा हुआ था, वहाँ वह दिखाई नहीं देता। न जाने सारी सामग्री कहाँ चली गई!"

सेठ ने उत्तर दिया, "दान देना मत रोको। धन यहाँ से ले जाओ। उससे और सामग्री खरीद लो, पर दान नहीं रुकना चाहिए।"

फिर उसने अपनी पत्नी को बुलाया। बोला, "भद्रे, दान चालू कराओ। इन्हें धन दो।"

पत्नी ने सारा घर खोज डाला, लेकिन कहीं भी उसे कुछ दिखाई नहीं दिया। आकर बोली, "आर्य, हम जो वस्त्र पहने हुए हैं, उनको छोड़कर हमारे घर में अब कुछ

नहीं रहा। रत्नों से भरे जो सात कोठे थे, उनको खोलकर देखा तो वहाँ भी कुछ दिखाई नहीं दिया।''

सचमुच यही बात थी। सेठ और उसकी पत्नी को छोड़कर नौकर-चाकर तक गायब हो गए थे। सेठ ने फिर अपनी पत्नी से कहा, ''भद्रे, कुछ भी हो, दान बंद नहीं किया जा सकता। फिर खोजो। कुछ-न-कुछ तो निकलना ही चाहिए। कहीं कुछ छिपा पड़ा होगा।''

उसी समय ऐसा हुआ कि एक घसियारा दराँती, बहँगी और घास बाँधने की रस्सी दरवाजे के अंदर फेंककर भाग गया। पत्नी ने उन्हीं को उठाकर सेठ को दे दिया और कहा, ''स्वामी, इनके अतिरिक्त घर में अब कुछ नहीं है।''

सेठ ने उत्तर दिया, ''भद्रे, अब से पहले मैंने कभी घास नहीं काटी, लेकिन आज घास काटने जाऊँगा और उसे बेचकर दान करूँगा।''

दान देना बंद न हो जाए, इस डर से वह दराँती, बहँगी व रस्सी लेकर नगर से निकला और वहाँ पहुँचा जहाँ घास थी। बेचारा सेठ घास खोदना क्या जाने; पर उसने बिना किसी संकोच के काम शुरू कर दिया और धीरे-धीरे घास छीलकर उसने दो ढेरियाँ बाँधीं। फिर उन्हें बहँगी पर रखकर नगर में बेचने ले गया। मन-ही-मन सोचा कि जो धन मुझे मिलेगा, उसका एक भाग दान करूँगा और दूसरे भाग से अपना काम करूँगा।

उसने ऐसा ही किया। जो धन मिला, उसका एक भाग उसने याचकों में बाँट दिया। इस प्रकार छह दिन बीत गए। सातवें दिन जब वह घास लेकर जा रहा था, तो निराहार रहने के कारण धूप में उसकी आँखें चकरा गईं। देखने में असमर्थ वह वहीं गिर पड़ा। घास चारों ओर बिखर गईं। शक्र सबकुछ देखता हुआ घूम रहा था। आकाश में खड़े होकर उसने कहा, ''विसह्य, तूने पूर्व समय में बहुत दान किया। दान देते-देते सभी धन खर्च हो गया। यदि तू भविष्य में दान न देने की प्रतिज्ञा करे तो मैं सब धन लौटा दूँगा।''

सेठ ने बात सुनी। फिर आँखें खोलकर पूछा, ''तू कौन है ?''

शक्र ने उत्तर दिया, ''मैं शक्र हूँ।''

सेठ बोला, तू शक्र है। शक्र तो स्वयं दान देकर, पाँचों शीलों का पालन कर और सात व्रत पूरे कर शक्रत्व को प्राप्त हुआ है। मैं दान देना बंद नहीं कर सकता।''

तब शक्र ने पूछा, ''तू किसलिए दान देता है ?''

सेठ ने उत्तर दिया, ''मुझे न तो शक्र बनने की इच्छा है, न ब्रह्म को पाने की इच्छा है। मैं तो सर्वज्ञता के लिए दान देता हूँ।''

शक्र ने यह सुना तो वह बहुत प्रसन्न हुआ। उसने सेठ की पीठ पर हाथ फेरा। देखते-देखते बोधिसत्त्व पहले की भाँति हो गया, जैसे उसने उपवास किया ही न हो।

शक्र ने उसका सारा धन भी लौटा दिया तथा अपने पास से और भी अपरिमित धन दिया, फिर अपने लोक को लौटते हुए उसने कहा, "हे महासेठ! अब तू प्रतिदिन बारह-बारह लाख मुद्राएँ दान में दे सकता है।"

□

धर्म का रहस्य

एक मुनि किसी गृहस्थ के घर भिक्षा के लिए गया। घर में एक वृद्ध पुरुष और उसकी एक पुत्रवधू यही दो व्यक्ति थे। वृद्ध पुरुष धर्म-कर्म में विश्वास नहीं करता था। मुनि को देखकर उसकी पुत्रवधू नें सादर प्रणाम किया।

मुनि की आयु बहुत थोड़ी थी। उस बहन ने कहा, "मुनिवर, अभी तो सवेरा ही है!"

शिशु मुनि ने उत्तर दिया, "बहन, मुझे काल का पता नहीं चलता।"

वृद्ध पुरुष को यह सुनकर बड़ा क्रोध आया। कैसी मूर्ख है यह बहू। सूरज सिर पर चढ़ आया है और कहती है—अभी सवेरा है।

तभी मुनि ने फिर पूछा, "बहन, तुम्हारे घर का क्या आचार है?"

बहन ने उत्तर दिया, "मुनिवर, हम तो बासी ही खाते हैं।"

मुनि ने पूछा, "तुम्हारा पुत्र कितने वर्ष का है?"

बहन बोली, "सोलह वर्ष का।"

मुनि ने पूछा, "तुम्हारे पति की आयु क्या है?"

बहन ने उत्तर दिया, "आठ वर्ष।"

मुनि ने पूछा, "और श्वसुर?"

बहन बोली, "वह तो अभी पालने में ही झूल रहे हैं।"

यह वार्त्तालाप सुनकर वृद्ध आगबबूला हो उठा। यह कैसी पुत्रवधू है कि यह मेरी और मेरे घर की इज्जत खाक में मिला रही है और झूठ बोले जा रही है।

जब मुनि भिक्षा लेकर शांत भाव से चले गए तो उसने अपनी पुत्रवधू को बहुत डाँटा।

पुत्रवधू ने शांत स्वर में उत्तर दिया, "आप मुझे डाँटें, यह आपको शोभा नहीं

देता पिताजी! भला मैं साधु के प्रश्नों का उत्तर कैसे न देती! आप उनके पास जाइए। वहाँ उनके गुरु भी होंगे। उनसे कह आइए कि वह अपने शिष्य को फिर कभी यहाँ न आने दें।''

वृद्ध को यह बात जँच गई। वह कई बार उन साधुओं को डाँटने की बात सोचा करता था। आज अच्छा अवसर हाथ आया है। ऐसा उलाहना दूँगा कि फिर वह मेरे घर तक आने का कभी नाम न लेगा। यही सोचता हुआ वह गुरु के पास जा पहुँचा। परंतु उन्हें देखते ही उसका सिर अपने आप ही झुक गया और उसने प्रणाम करने के बाद कहा, ''आज आपका छोटा साधु मेरे घर भिक्षा के लिए गया था। लेकिन वहाँ उसने बहुत ही अशोभनीय बातें की हैं।''

गुरुजी ने उस शिशु मुनि को बुलाया। उसने सबकुछ सुनकर कहा, ''गुरुदेव, इनसे ही पूछिए, मैंने क्या अशोभनीय बातें कीं?''

वृद्ध बोला,''मेरी पुत्रवधू ने इससे कहा, अभी तो सवेरा ही है और इसने उत्तर दिया, मैंने काल को नहीं जाना। भला क्या यह बात सच हो सकती है?'

शिशुमुनि बोले, ''जी, यही बात हुई थी और इसका अर्थ यह है—बहन ने मुझसे पूछा था, 'आपने इस उभरती हुई आयु में संन्यास का कठोर मार्ग क्यों ग्रहण किया?' मैंने उत्तर दिया था, 'बहन, काल अर्थात् मृत्यु का कोई भरोसा नहीं।' गुरुदेव, इसमें तो कोई अशिष्ट बात नहीं है।''

वृद्ध ने कहा, ''अच्छा, इस बात को छोड़िए। दूसरी बात इस साधु ने पूछी थी, 'तुम्हारे घर का क्या आचार है?' और मेरी पुत्रवधू ने उत्तर दिया था, 'हम तो बासी ही खाते हैं।' भला इसमें क्या ज्ञान की बात थी?''

शिशु मुनि ने कहा, ''गुरुदेव, मैंने पूछा था, 'तुम्हारे घर का क्या आचार है?' अर्थात् क्या धर्मानुष्ठान होता है? बहन ने उत्तर दिया था, 'हम तो बासी ही खाते हैं; अर्थात् पूर्व जन्म में जो धर्म-कर्म किए होंगे, उसी के फलस्वरूप हमें सबकुछ प्राप्त है। आगे के लिए हम कुछ नहीं कर रहे। भला इसमें कौन सी बुरी बात है?''

वृद्ध पुरुष चकित तो हुए, लेकिन उन्होंने फिर कहा, ''अच्छा, इसको भी छोड़िए। मेरी पुत्रवधू ने अपने पुत्र की आयु सोलह वर्ष, पति की आयु आठ वर्ष और मुझ वृद्ध पुरुष को पालने में झूलनेवाला ही बताया था। भला यह बात कैसे सही हो सकती है?''

शिशु मुनि ने उत्तर दिया, ''गुरुदेव, मैंने बहन से पूछा था कि तुम्हारे घर में कोई धर्मज्ञ है या नहीं? इस पर उसने उत्तर दिया था, 'मेरा पुत्र जन्म से ही धर्म-कर्म जानता है और उसकी आयु सोलह वर्ष की है। मेरे पति पहले तो परम नास्तिक थे, किंतु अब मेरे समझाने-बुझाने से धर्म के मर्म को समझने लगे हैं और आठ वर्ष से वह भी धर्मनिष्ठाय

हैं; लेकिन मेरे श्वसुर आज भी धर्म की बात सुनना नहीं चाहते।' वह वृद्ध धर्म का रहस्य जानते तो आपके पास आते ही नहीं।''

यह सुनकर वृद्ध पुरुष बहुत लज्जित हुए। वह अब धर्म के रहस्य को और उसकी शक्ति को समझ गए थे।

□

लालच का फल

प्राचीन काल में एक राजा हुआ है। उसको आम खाने का बहुत ही शौक था, लेकिन उसे आमवात रोग भी था। नाना प्रकार की चिकित्सा करवाने पर भी उसका वह रोग शांत नहीं हुआ। अंत में एक अत्यंत अनुभवी चिकित्सक ने बड़ी खोज करने के बाद रोग के कारण का पता लगाया। उसने राजा से कहा, "आपको यह प्रतिज्ञा करनी होगी कि आप कभी आम नहीं खाएँगे।"

राजा का मन तो नहीं करता था, लेकिन जब कुछ दिन की चिकित्सा के बाद उसका स्वास्थ्य सुधरने लगा तो उसने चिकित्सक को विश्वास दिलाया कि वह अब इस जीवन में ऐसी गलती कभी नहीं करेगा।

राजा की सुरक्षा के लिए मंत्रियों ने राज्य में जितने भी आम के पेड़ थे, सब उखड़वा दिए। बाहर से आमों के मँगाने पर कड़ा प्रतिबंध लगा दिया।

धीरे-धीरे समय बीतने लगा और उसके साथ ही राजा का रोग भी शांत होने लगा। एक दिन वह पूर्ण स्वस्थ हो गया। तभी की बात है। ग्रीष्म ऋतु का समय था, सवेरे-सवेरे ही राजा और मंत्री घोड़ों पर चढ़कर घूमने के लिए चल दिए। घूमते-घूमते वह अपने राज्य की सीमा को लाँघ गए। दोपहर आ गई और कड़ी धूप के कारण राजा अकुलाने लगा। उसने मंत्री से कहा, "किसी सघन वृक्ष की छाया में चलना चाहिए।"

कुछ दूर पर एक वृक्ष दिखाई दिया, लेकिन वह आम का वृक्ष था। मंत्री ने कहा, "महाराज, उधर नहीं चलेंगे।"

राजा ने पूछा, "क्यों?"

मंत्री बोला, "महाराज, वह वृक्ष आम का है। आपके स्वास्थ्य के लिए ठीक नहीं है।"

राजा ने उत्तर दिया, चिकित्सक ने आम खाने का निषेध किया है, छाया में बैठने

का नहीं। धूप के मारे मेरे प्राण निकल रहे हैं। वहीं चलना चाहिए।''

मंत्री ने बहुत रोका, लेकिन राजा ने एक नहीं मानी। फिर तो पलक मारते ही दोनों वहाँ पहुँच गए। वृक्ष की सघन छाया में थोड़ी देर विश्राम करने के बाद उनकी थकान दूर हो गई। तब राजा ने दृष्टि उठाई। पेड़ पर पके हुए उनके आम लगे हुए थे। राजा के मुँह में पानी भर आया। बोला, ''कितने सुंदर फल हैं! अपने देश में हमने ऐसे आम कभी नहीं खाए।''

यह सुनकर मंत्री राजा से चलने के लिए कहने लगा, लेकिन राजा उन फलों की प्रशंसा ही करता रहा। तभी हवा के झोंके से पका हुआ एक मीठा आम अचानक वृक्ष से टूटा और राजा की गोद में आ गिरा। मंत्री ने तुरंत उस फल को उठाना चाहा। लेकिन राजा ने उसे अपने हाथ में ले लिया। मंत्री बोला, ''महाराज, आप आमवात के रोगी रह चुके हैं।''

बात काटकर राजा ने कहा, ''तू तो बहुत भोला है। मैं कोई बच्चा थोड़े ही हूँ कि आम खाकर अपना जीवन संकट में डालूँगा।''

मंत्री बेचारा कर ही क्या सकता था? बस, देखता रहा और राजा कभी उस आम के फल को सूँघता, कभी सहलाता, कभी बोल उठता—''ऐसा आम मैंने कभी नहीं देखा, कभी नहीं खाया।''

फिर एकाएक बोला, ''यदि मैं इसके रस की एक घूँट भर लूँ तो क्या हानि है? रोग तो पूरा आम खाने से भड़केगा। एक घूँट से कुछ नहीं होगा।''

अब तो मंत्री ने बरबस राजा का हाथ पकड़ लिया और आम छीन लिया। राजा हँस पड़ा। मंत्री ने कहा, ''महाराज, रहने दीजिए। राजधानी लौट चलिए। आप आम नहीं खा सकते।''

मंत्री जैसे-जैसे राजा को रोकने का प्रयत्न करता और वहाँ से चलने को कहता, वैसे-वैसे राजा का मन आम खाने को और लालायित हो उठता। धीरे-धीरे यह स्थिति आ गई कि वह आम खाने की लालसा को नहीं रोक सका। कहा, ''राजधानी पहुँचते ही मैं दवा ले लूँगा। अब तुम मुझे आम खा लेने दो।''

और यह कहते-कहते वह सारा आम खा गया। मंत्री रोता-चिल्लाता ही रहा। फिर दोनों राजधानी की ओर लौट चले। लेकिन थोड़ी दूर ही गए होंगे कि राजा का जी घबराने लगा। मंत्री ने कहा, ''मैंने तो आपसे पहले ही कहा था। अब मैं क्या कर सकता हूँ?''

राजा हँस पड़ा। बोला, ''तू तो बहुत डरता है। अरे, यह पुराना रोग नहीं है। गरमी में घूमने से जी घबरा गया है। अभी शहर पहुँचकर दवा ले लेते हैं।''

इस तरह दोनों बात करते हुए शहर के समीप पहुँच गए, लेकिन तब तक राजा का

रोग काफी बढ़ गया था। राजमहल में पहुँचकर चिकित्सक बुलाया गया। उसने राजा को देखते ही कहा, "अब मेरे हाथ की बात नहीं रही।"

क्षणभर में हाहाकार मच गया। राजा तड़पने लगा। किसी औषधि-उपचार से कोई लाभ नहीं हुआ। देखते-देखते राजा चिरनिद्रा में सो गया और उसी के साथ उसकी पीड़ा भी शांत हो गई। लालच का यही फल हो सकता है।

□

झूठा गर्व

प्राचीन काल में एक धनी वैश्य रहता था। उसके कई पुत्र थे। उनका वह बड़े लाड़-प्यार से पालन-पोषण करता था। उनके मनोरंजन के लिए उसने अपने यहाँ एक कौआ पाल रखा था। नित्य घर की जूठन खाकर वह कौआ मोटा-ताजा होता जा रहा था। पेट भरने के लिए उसे कुछ भी परिश्रम नहीं करना पड़ता था। वहीं घर की छत पर बैठा रहता और थोड़ा इधर-उधर उड़ लिया करता। काफी जूठन मिलने के कारण अभिमान भी उसे बहुत हो गया था। किसी को अपने बराबर नहीं समझता था और सदा दूसरे पक्षियों का अपमान किया करता था।

एक दिन मानसरोवर में रहनेवाले पक्षियों के राजा हंस उड़ते-उड़ते वहाँ आ पहुँचे। उन्हें बड़ी तेजी से आकाश में उड़ते देखकर वैश्य के बेटों ने कौए से कहा, "हे काग! तुम तो अपने को सभी पक्षियों में श्रेष्ठ मानते हो। देखो, ये हंस कितनी तेज चाल से उड़ रहे हैं। क्या तुम इनके समान तेज गति से उड़ सकते हो? हमारा विचार है कि तुम इनसे भी अधिक तेजी से उड़ सकोगे।"

वैश्य कुमारों के मुँह से अपनी प्रशंसा सुनकर वह अभिमानी कौआ और भी फूल उठा। अपने को हंसों से कहीं अधिक तीव्रगामी समझने लगा। बोला, "अवश्य उड़ सकूँगा। ये हंस मेरे सामने क्या उड़ेंगे। मैं सौ प्रकार की चालें जानता हूँ और सौ योजन तक उड़कर जा सकता हूँ।"

यह सुनकर बनिए के बेटे उसे हसों के साथ उड़ने के लिए उकसाने लगे। बस, कौआ उड़कर आकाश में पहुँचा और उन हंसों में जो सबसे श्रेष्ठ हंस था उससे बोला, "अरे हंस, इस तरह अकेले-अकेले क्या आकाश में उड़ते फिरते हो! यदि तुममें शक्ति है तो मेरे साथ होड़ लगाकर उड़ो।"

कौए की यह बात सुनकर हंस हंसने लगे। एक हंस ने उसका मजाक उड़ाते हुए

कहा, "अरे कौए! अपने आपको देख और फिर बात कर। अरे मूर्ख, कहाँ तू और कहाँ हम! हम मानसरोवर में रहनेवाले हंस हैं। दूर-दूर तक आकाश में विचरण करते रहते हैं। तू एक क्षुद्र पक्षी है। पेड़ की इस डाल से उस डाल तक उछला करता है। अपने पैरों को देख, तू हमारे साथ क्या होड़ करेगा! क्यों मूर्ख बनता है?"

यह सुनकर कौआ गुस्से में भर उठा। बोला, "अरे हंसो! मेरा उपहास न करो। देखने में छोटा हूँ तो क्या हुआ, गुण में तुमसे बड़ा हूँ। मैं उड़ने की सौ रीतियाँ जानता हूँ। सौ योजन तक उड़ सकता हूँ। जरा मेरा बल और कौशल तो देखो। बताओ, किस रीति से मेरे साथ उड़ोगे?"

कौए की यह गर्वोक्ति सुनकर हंस और भी जोर से हँस पड़े। एक बोला, "भैया कौए, तुम तो हमारे गुरु बनने योग्य हो। हमें ये विद्याएँ सिखा दो न! हमें तुमसे डर लगता है। हम तो एक ही विद्या जानते हैं।"

उसी समय और भी पक्षी वहाँ आ गए और कौए की हंसी उड़ाने लगे। बोले, "इन बेचारे हंसों की क्या मजाल, जो तुम्हारा मुकाबला कर सकें! भला तुमसे बढ़कर कोई उड़ाका है!"

कौआ और भी फूल उठा। जो मूर्ख हैं, वे सच्चाई नहीं पहचान पाते। इसलिए कौआ व्यंग्य को भी सच ही समझ रहा था। बस, कुछ ही क्षण बाद एक हंस के साथ वह आकाश में उड़ने लगा। गर्व से फूलकर वह अपनी गतियों का प्रदर्शन करने को उत्सुक हो उठा। लेकिन हंस बराबर सम चाल में उड़ता रहा। शुरू में वह कौए से कुछ पीछे रह गया था। कौआ और फूल उठा। धीरे-धीरे वे समुद्र के ऊपर आ गए। थोड़ी ही देर में अपनी उतावली के कारण कौआ थकने लगा। उसकी चाल धीमी पड़ने लगी और वह हंस से पीछे रह गया। हंस एक ही गति से आगे बढ़ रहा था। कौए के पैर फूलने लगे। ऐसा लगा, जैसे वह समुद्र में गिर जाएगा और डूब जाएगा। दूर-दूर तक कहीं कोई सहारा नहीं, कोई रुकने का स्थान नहीं। बस, समुद्र की उछलती हुई लहरें जैसे निगलने को आ रही हों। वह काँपने लगा। उसके लिए उड़ना असंभव हो गया। यह देखकर हंस बोला, "क्यों जी, क्या आपकी सब चालें खत्म हो गईं? आप बार-बार गिर क्यों रहे हैं?"

कौआ अब तक अपनी मूर्खता को पहचान गया था। विनम्र स्वर में बोला, "मुझे क्षमा करो! अभिमानवश होकर मैं आपका अपमान कर रहा था। मैं जाति का कौआ हूँ। मेरी बिसात ही क्या है! मुझे बचाइए!"

कौए का यह करुण स्वर सुनकर हंस को दया आ गई। एक क्षण की देर करने का भी अवसर नहीं था। उसने कहा, "आओ, तुम मेरी पीठ पर बैठ जाओ। मैं तुम्हें समुद्र के पार ले जाऊँगा।"

कौआ तुरंत हंस की पीठ पर बैठ गया और दीन स्वर में बोला, "हे हंस! मैं जानता हूँ कि मुझे झूठा गर्व हो गया था। मैंने जूठन खाकर अपनी काया को मोटा किया। मैं सदा दूसरों पर निर्भर रहा हूँ, इसी कारण मैंने आपका और दूसरे पक्षियों का अपमान किया। लेकिन अब मेरी आँखें खुल गई हैं। आज से मैं न तो किसी का अपमान करूँगा और न झूठा गर्व ही करूँगा।"

□

अहं का परिणाम

अहं मनुष्य का सबसे बड़ा शत्रु है। स्वामी रामतीर्थ इस संबंध में अनेक सुंदर कहानियाँ प्रतीक रूप में सुनाया करते थे। एक बार अपने मधुर भाषण में उन्होंने निम्नलिखित दो कहानियाँ सुनाईं।

किसी समय में एक ऐसा चतुर मनुष्य था कि वह अपने आपको अनेक रूपों में बदल सकता था। उसके वे रूप इतने सच्चे होते कि असली और नकली रूप में पहचान करना .बहुत ही कठिन था। एक बार उसे पता चला कि यमराज के दूत उसे लेने आ रहे हैं। वह संकट में पड़ गया और सोचने लगा कि उनसे बचने का क्या उपाय करना चाहिए। अंत में उसने एक उपाय ढूँढ़ ही निकाला। उसने अपने अलग-अलग एक दर्जन रूप धारण किए। जब यमदूत आया तो वह चकित रह गया। वह यह न जान सका कि जिस व्यक्ति को मैं लेने आया हूँ, वह इनमें कौन सा है। बहुत परेशान होकर वह यमलोक को लौट गया और यमराज से सब कुछ निवेदन करके उसने पूछा, "असली व्यक्ति को पहचानने के लिए मैं क्या करूँ?"

यमराज ने उसके कान में कुछ कहा और वह फिर पृथ्वी पर लौट आया। वह वहीं पहुँचा, जहाँ एक दर्जन रूप धारण किए वह व्यक्ति बैठा था। वहाँ पहुँचकर उसने कहा, "प्रियवर, तुम सचमुच बहुत ही चतुर हो। नाना रूप धारण करने की विद्या तुम्हें खूब आती है। तुम सिद्धहस्त हो। कोई भी व्यक्ति, यहाँ तक कि मैं भी, इस कला में तुम्हारा मुकाबला नहीं कर सकता। लेकिन मेरे मित्र, तुम एक गलती कर गए। बस, जरा सी त्रुटि रह गई।"

यह सुनकर एक दर्जन रूप धारण करनेवालों में जो वास्तविक व्यक्ति था, वह झट उछल पड़ा और पूछा, "वह क्या त्रुटि रह गई है? किस बात में मैंने गलती की है?"

यमदूत बोला, "इसी बात में।"

अब तो वह व्यक्ति सबकुछ समझ गया; क्योंकि शेष मूर्तियाँ तो मूक थीं। उसका यह पूछना कि 'मैंने कहाँ गलती की' ही वास्तविक गलती थी। उसका अहं जाग पड़ा था और वह यह नहीं चाहता था कि वह पराजित हो।

इसी प्रकार इस पूछनेवाले कि सिवाय तुम असल में और कौन हो सकते हो? कर्ता-भाव का अभिमान ही अहं है और यह अहं ही मनुष्य को मृत्यु-रूप यमराज के वश में कर देता है।

दूसरी कहानी इस प्रकार है—

एक समय इस देश में बहुत भयंकर अकाल पड़ा। चारों ओर हाहाकार मच गया। असंख्य नर-नारी मृत्यु के कराल पंजे में फँसकर तड़फड़ाने लगे। उन्हीं में एक गरीब स्त्री भी थी। जब बड़े-बड़े मृत्यु के पंजे से न बच सके तो उस बेचारी गरीब स्त्री की क्या बिसात थी! वह भी मर गई। यम के दूत उसे भी यम की पुरी में ले गए। वहाँ उसकी मरने के बाद की जाँच-पड़ताल आरंभ हो गई। अर्थात् उसके अच्छे और बुरे कामों की जाँच-पड़ताल होने लगी। लेकिन बहुत ढूँढ़ने पर भी उसका कोई पुण्य कर्म दिखाई नहीं दिया। बस, इतना ही पता लगा कि एक बार किसी भूखे भिखारी को उसने एक गाजर या शायद एक मूली दान में दी थी। बस, यमराज ने आज्ञा दी और वही गाजर वहाँ आकर उपस्थित हो गई। उसके बाद यह तय हुआ कि यह गाजर उसे स्वर्ग ले जाए।

वह स्त्री बहुत प्रसन्न हुई और उसने उस गाजर को पकड़ लिया। धीरे-धीरे वह गाजर स्वर्ग की ओर ऊपर उठने लगी। उसी के साथ ऊपर उठने लगी वह गरीब स्त्री।

ठीक उसी समय एक बूढ़ा भिखारी यमराज के न्यायालय में आ उपस्थित हुआ। उसने जब उस गरीब स्त्री को स्वर्ग की ओर जाते हुए देखा तो उसके फटे हुए कपड़ों के सिरे को कसकर पकड़ लिया। परिणाम यह हुआ कि वह भी उसके साथ धीरे-धीरे स्वर्ग की ओर उठने लगा। एक तीसरे भिखारी ने इस दृश्य को देखा। बस, आव देखा न ताव, उसने पहले भिखारी के पैर ही पकड़ लिये। लो, वह भी ऊपर उठने लगा। अब तो यमराज के न्यायालय में भाग-दौड़ मच गई। जैसे ही पहला व्यक्ति ऊपर उठता नीचे खड़ा हुआ दूसरा व्यक्ति उसके चरण पकड़ लेता। इस प्रकार को देखते-देखते उन व्यक्तियों की एक लंबी पंक्ति हो गई और वे सबके सब ऊपर उठनेवाली उस गाजर के सहारे स्वर्ग की ओर बढ़ने लगे। आश्चर्य की बात तो यह थी कि उस स्त्री को अपने नीचे लटकती हुई इन असंख्य आत्माओं का बोझ बिलकुल भी मालूम नहीं दे रहा था और वे क्षमाप्राप्त व्यक्ति ऊपर-ही-ऊपर उठते चले जा रहे थे। आखिर वे स्वर्ग के द्वार पर पहुँच गए। सब लोग बड़े प्रसन्न थे। वह स्त्री भी बहुत प्रसन्न थी और गद्गद मन से चारों ओर स्वर्ग के सौंदर्य को देख रही थी कि अचानक उसकी दृष्टि नीचे की ओर गई। अरे, यह क्या? ये असंख्य व्यक्ति मेरी इस गाजर के सहारे स्वर्ग की ओर चले जा रहे हैं। इन्हें क्या

अधिकार है मेरी गाजर का सहारा लेने। का यह गाजर मेरी है ? मैं इसकी स्वामिनी हूँ। केवल मैं ही इसके सहारे स्वर्ग पहुँच सकती हूँ।

बस, यह विचार मन में आते ही उसने पीछे आनेवाली आत्माओं से चिल्लाकर कहा, "अरे, तुम सब मेरे पीछे क्यों आ रहे हो ? तुम सब लोग भाग जाओ। यह गाजर तो मेरी है।"

यह कहते हुए उसने आवेश में आकर उनको हटाने के लिए अपना हाथ हिलाया कि गाजर हाथ से छूट गई और उन असंख्य आत्माओं के साथ वह स्त्री भी नीचे यमलोक में आ गिरी।

अहं का यही परिणाम होता है।

□

अहमदाबाद के भामाशाह

एक बार निजामुलमुल्क के चाचा हामिद खाँ ने मराठों की सहायता से अहमदाबाद पर आक्रमण किया। सूबेदार इब्राहीम कुली खाँ अहमदाबाद के शासक थे। लेकिन वह हामिद खाँ की विशाल सेना के सामने ठहर न सके और भागकर किले में जा छिपे। अब अहमदाबाद की रक्षा करनेवाला कोई नहीं था। हामिद खाँ की सेना शहर में घुसकर लूट-मार और हत्याएँ करने लगी। यह देखकर अहमदाबाद के अग्रगण्य पुरुष इकट्ठे हुए और यह विचार करने लगे कि नगर को इस विनाश से कैसे बचाया जाए। शत्रु का अत्याचार क्षण-प्रतिक्षण बढ़ रहा था और पीड़ित जनता हाहाकार कर रही थी। इसी समय एक जैन वणिक आए। उनका नाम नगरसेठ खुशालचंद्र था। अनेक पीढ़ियों से उनके कुल के लोग नगरसेठ होते आए थे। औरंगजेब के समय में उन्हें सिक्के चलाने का अधिकार भी था। इसी कारण जब-जब शहर पर विपत्ति आती थी तो वह नगरसेठ उसे बचाने का प्रयत्न करते थे। खुशालचंद्र ने भी ऐसा ही किया। उस सामूहिक हत्याकांड के समय वह अपने प्राणों की चिंता न करके सेनापति हामिद खाँ के पास पहुँचे और विनम्र शब्दों में कहा, "यह अराजकता रोककर नगर में व्यवस्था स्थापित कीजिए।"

हामिद खाँ ने रक्तपूर्ण नेत्रों से उस नगरसेठ की ओर देखा। सिर पर अहमदाबादी जरी की पगड़ी, कानों में स्वर्ण-कुंडल और अत्यंत सौम्य आकृति। वह रक्त-पिपासु कई क्षण तक उन्हें देखता रहा। फिर बोला, "मैं धन चाहता हूँ। उसके बिना यह हत्याकांड बंद नहीं होगा।"

नगरसेठ का हृदय द्रवित हो उठा था। करुण स्वर में उन्होंने कहा, "कितना धन चाहते हो, मैं दूँगा। सेना को वापस लौट जाने का आदेश दीजिए। व्यर्थ ही निर्दोष नागरिकों की हत्या और संपत्ति का यह महानाश मैं नहीं देख सकता।"

हामिद खाँ बोला, "जितना माँगूँगा उतना धन दोगे?"

नगरसेठ ने उत्तर दिया, "दूँगा। आप सेना को लूट-मार करने से रोकिए। मैं अभी वापस आता हूँ।"

हामिद खाँ ने एक बार फिर नगरसेठ की ओर देखा। नगरसेठ जानते थे कि सारा धन मुझे ही देना होगा। लेकिन इस समय अपनी संपत्ति बचाने का विचार उन्हें छू भी नहीं गया था। इसलिए उनके मुख पर दृढ़ता थी। इस दृढ़ता ने अत्याचारी के हृदय को छुआ। उसने तुरंत रणभेरी बजाने की आज्ञा दी। लूट-मार करनेवाली सेना अपने-अपने शिविरों की ओर लौट पड़ी। जनता ने राहत की साँस ली।

थोड़ी देर बाद वह क्या देखते हैं कि चार बैलों के सुंदर रथ पर रुपयों से भरी असंख्य थैलियाँ लिये हुए नगरसेठ हामिद खाँ की ओर जा रहे हैं। दूसरे ही क्षण सेनापति के सामने रुपयों का ढेर लग गया। सेनापति की आँखें चमक उठीं। मुक्त कंठ से उसने कहा, "नगरसेठ, तुम्हारा नगर अब सुरक्षित है।"

नगर सुरक्षित था। लेकिन नगरसेठ अपना सबकुछ लुटा बैठे थे। पीढ़ी-दर-पीढ़ी उनके पूर्वजों ने जो धन इकट्ठा किया था, वह अब विदेशियों के पास पहुँच गया था। नगरसेठ के सामने प्रश्न था—अब व्यापार कैसे चलेगा? कल बाजार में हुंडियाँ कैसे सकारी जाएँगी?

लेकिन यह सब होते हुए भी उनके मुख पर चिंता की कोई रेखा दिखाई नहीं देती थी। वह एक अनिर्वचनीय आनंद से दीप्त हो रहा था। धन गया तो क्या हुआ, शहर तो बच गया। जनता की रक्षा तो हो गई।

नगरसेठ वापस घर लौटे। दूसरे ही क्षण चारों ओर यह खबर फैल गई कि अपना सर्वस्व लुटाकर नगरसेठ खुशालचंद्र ने हमें और हमारे शहर को बचाया है। जो काम सेना नहीं कर सकती थी, वही काम अकेले एक नगरसेठ ने किया है। बस, नगर के सभी प्रमुख व्यापारी इकट्ठे हुए और उन्होंने सर्वसम्मति से यह निर्णय किया कि अहमदाबाद के बाजार में जितना माल काँटे पर तौला जाए, उसका २5 प्रतिशत भाग सेठ को मिले।

ऐसा ही एक प्रतिज्ञा-पत्र लिखा गया। उस प्रतिज्ञा-पत्र पर तारीख पड़ी है हिजरी संवत् ११३७, तारीख १० माह शाबान। इसके अनुसार नगरसेठ को बराबर पैसा मिलता रहा। अहमदाबाद पर शासन करनेवाली गायकवाड़ और पेशवा-सरकार ने इस प्रतिज्ञा-पत्र का सम्मान किया। यही नहीं, उन्हें छत्र और आसन भी प्रदान किया। कंपनी-सरकार ने भी इस अधिकार को स्वीकार किया था, लेकिन एक निश्चित राशि नियत कर दी। यह राशि थी २,१३३ रुपए वार्षिक। कुछ समय बाद एक कलेक्टर ने यह राशि देना बंद कर दिया। धन की दृष्टि से यह रकम बड़ी नहीं थी। किंतु मान की दृष्टि से उसका मूल्यांकन नहीं हो सकता। इसीलिए नगरसेठ के वंशज सेठ प्रेमाभाई

विलायत तक लड़े और इस अधिकार को फिर प्राप्त किया। आज भी इस महान् नगरसेठ की स्मृति में यह रकम भारत सरकार की ओर से प्रति वर्ष उनके वंशजों को दी जाती है। आज वह परिवार बहुत बड़ा है और राशि बहुत ही छोटी है; लेकिन इसके साथ नगरसेठ खुशालचंद्र के साहस की जो कहानी जुड़ी हुई है, उसका मोल अनमोल है। वही सत्य है और सबकुछ मिथ्या है।

□□□